거의 사랑하는 거 말고

거의 ____
　　사랑하는 거 ____
　　　　____ 말고

김병운
소설

문학동네

차례

봄에는 더 잘해줘   7

만나고 나서 하는 생각   41

크리스마스에 진심   75

세월은 우리에게 어울려   107

교분   143

오프닝 나이트   177

그리고 여기서부터가 사소한 일이다   215

해설 김건형(문학평론가)
퀴어의 수치심과 온전한 돌봄의 시간   253

작가의 말   289

봄에는 더 잘해줘

모처럼 늘어져도 되는 월요일을 만끽하기 위해 아침부터 티브이 앞에 작정을 하고 누워 있는데, 엄마가 대뜸 인턴도 월급이 잘 나오느냐고 물었다. 출근 준비를 진작 마치고도 괜히 부엌과 거실을 오가며 늦장을 부리는가 싶더니 갑자기 그런 걸 궁금해했다. 티브이에서는 어느 대학병원의 가정의학과 교수가 함께 먹으면 득이 되는 음식과 독이 되는 음식을 소개하고 있었다.

무슨 인턴? 의사?

아니, 의사 말고 회사. 많이는 못 벌지?

글쎄……

나는 인턴도 인턴 나름인데다 회사마다 운영 방식이 달라서 얼마나 버는지는 알 수가 없다고 대답했다. 그러고는 누가 인턴을 하느냐고 물었다. 엄마가 이러는 건 분명히 주변에서 누가 인턴을 한다는 뜻일 테니까. 엄마는 잠시 머뭇거리는가 싶더니 그 집 말이야, 했다. 취업이 안 돼 마음고생이 심했던 그 집 큰딸이 지난달부터 어떤 회사의 인턴이 됐다고, 월급이 얼마나 되는지는 모르겠는데 어쨌든 며칠 전에는 합격 턱이라며 자기 부모뿐만 아니라 엄마에게도 내복을 챙겨줬다고 했다.

엄마가 말하는 그 집이란 근 이십오 년이나 근속중인 엄마의 일터. 엄마가 처음 그 집에 갔을 때만 해도 아이들은 아장아장 걷거나 기는 젖먹이였는데 어느덧 모두 어엿한 성인이 되었다. 내 밥을 지은 다음에는 그애들의 밥을 지었고 내 옷을 빨고 넌 다음에는 그애들의 옷을 빨고 널었으니, 내가 애를 셋이나 키웠다는 엄마의 말은 결코 과장이 아니다.

요즘 엄마는 슬슬 은퇴를 준비하는 눈치다. 그 집 애들이 다 컸으니 더는 일손이 필요치 않을 거라는 판단에서다. 해도 해도 끝이 없는 게 가사라지만 일이 널널해진 지는 꽤 됐고, 그 집에서도 그걸 모르지 않으나 그간 일해온 세월을 감안해 우대 차원에서 계속 써주는 것 같다는 게 엄마의 심증이다. 내일 당장 그만둬도 아쉬울 게 없다고 매번 말은 하면서도 서운한 기색까지 완전히 숨기지는 못하는 엄마.

그 집 식구들과 헤어질 생각을 하면 마음이 싱숭생숭한지, 엄마는 언젠가부터 그 집에 대한 이런저런 얘기를 내게 하기 시작했다. 예전에는 남의 집 살림하는 얘기는 남부끄럽다며 가급적 삼가려 했고 나도 불편한 마음에 일절 묻지 않았는데, 이제는 그게 뭐 대수인가 싶은지 먼저 그 집 식구들의 자잘한 소식도 알리고 흉도 보고 그런다.

 엄마는 그 집의 첫째와 둘째, 같은 뱃속에서 태어났는데도 판이한 자매의 성정에 대해서 몇 마디 늘어놓더니, 그래서 인턴에게는 뭐가 필요하느냐고 물었다. 선물에 대한 보답을 하고 싶다고 했다.

 음…… 초콜릿은 어때?

 초콜릿?

 나는 받는 사람이 누구든 초콜릿 선물은 중간은 간다던 M의 선물 지론이 떠올랐고, 이런 선물은 뭐니 뭐니 해도 포장발이니 주중에 백화점을 한번 돌아보겠다고 했다. 몇 해 전 직장 동료의 퇴사 선물을 준비하는 M을 따라서 들어가본 매장이 있었다.

 엄마는 처음에는 그런 걸 왜 돈 주고 사느냐며 탐탁지 않아 했지만 생각해보니 그 집 냉동실에 항상 초코 하겐다즈가 구비되어 있다며 반대하지 않았다. 그러고는 지갑에서 만원짜리 지폐 다섯 장을 세었다. 이왕 사는 거 없어 보이게 일이만원짜리 말고 오만원짜리로 사라면서.
 됐어, 돈은 안 줘도 돼. 내가 낼게.
 그걸 왜 네가 내.
 몰라, 그냥 사주고 싶어. 엄마한테 잘한다며.
 ......
 나는 엄마 돈을 거절해도 이상하지 않을 핑곗거리를 찾으며 괜한 고집을 부렸고, 결국 일요일로 예정되어 있는 식사 자리 얘기를 꺼냈다. 엄마는 영묵씨가 우리집에 올 때마다 갈비며 잡채며 손이 많이 가는 음식을 한 상 차렸는데, 이제는 그렇게 안 할 거라지만 그래도 이래저래 장을 보려면 돈이 꽤 들 터였다. 고깃값으로 퉁치자는 내 제안에 엄마는 대충 가격을 따져보는 듯하더니 고개를 끄덕였고, 다시 돈을 집어넣다 말고 영묵씨가 언제 도착하는지 물었다. 조금 일찍 도착한다고 하면 뭐라도 더 해 먹일 엄마였다.
 아, 일요일 말고 토요일에 올 수도 있어. 일정이 있었는데 취소됐대.
 토요일? 그럼 여기서 이틀을 자는 거야?
 응, 아마도?

출근하는 엄마를 배웅한 뒤에는 초콜릿 매장을 찾아봤다. 상호가 가물가물해 백화점 홈페이지를 뒤적여보았으나 여기다 싶은 데가 없었고, '수제 초콜릿' '초콜릿 세트 선물' 같은 키워드로 검색해 한남동과 광화문 두 곳에 매장이 있다는 다른 브랜드를 발견했다. 개업 오 주년 이벤트로 초콜릿에 이름을 새겨준다기에 살펴보고 있는데 엄마에게서 카톡이 왔다. 이제 막 역에 도착했거나 지하철을 탔을 시간이었다.

〔이틀은 힘들 것 같아. 토요일 말고 일요일에 오면 좋겠어.〕
〔알겠어, 엄마. 일요일에 오는 것으로.〕
〔미안해.〕
〔아니야.〕

나는 엄마가 억지로 참지 않고 바로 말해줘서 다행이다 생각했고, 조금 전까지 살펴보던 이벤트 페이지를 캡처해 엄마에게 보냈다. 그러고는 그 집 큰딸의 이름을 물었다. 유정 아니면 유미였는데 그중 첫째의 이름이 무엇인지 헷갈렸다.

〔유미야. 임유미.〕

엄마는 초콜릿에 이름이 있으면 더 근사할 것 같다며 마음에 들어했고, 오 분쯤 뒤에 카톡을 또하나 남겼다.

〔똑같은 걸로 하나 더 사, 영묵이도 주게. 그건 내가 낼게.〕

 볕이 좋아 건조대의 빨래를 옥상으로 옮겨두고는 엄마 방에 있는 스위치봇 허브를 재설치했다. 며칠 전부터 반응이 없어서 뭐가 문제지 했는데, 다행히 기기 자체의 결함은 아니었는지 리셋을 하고 와이파이 연결을 다시 하니 바로 작동이 됐다. 스위치봇 허브는 일종의 원격 제어 장치로 자동 타이머 기능이 없는 구식 티브이도 스마트폰으로 끌 수 있게 해주는 기기. 이태 전 엄마 집으로 돌아온 지 얼마 되지 않았을 때 밤새 티브이를 켜두고 자는 엄마 때문에 은근히 스트레스 받는다고 얘기했더니—엄마보다 두어 시간쯤 늦게 자는 내가 날마다 티브이를 *끄는* 역할을 맡게 됐으니까—영묵씨가 유튜브에서 본 적이 있다며 이 기기를 알려주었다.
 타이머 설정과 전원 연결 상태를 한번 더 점검하고는 방을 나서려는데, 반으로 접힌 이불 옆에 웬 검은색 노트가 하나 놓여 있었다. 뭔가 싶어 펼쳐보니 엄마의 일기장이었다. 작년 이맘때쯤이었던가. 엄마가 혹시 안 쓰는 노트가 있으면 하나 달라기에 건넸던 하드커버 몰스킨이었고, 언젠가 영묵씨가 회사 바자회에서 반의반 값에 득템했다며 내게 준 것이었다. 이거 나도 아끼느라 포장도 뜯지 않았다고 하면 받지도 쓰지도 않을 엄마라는 걸 알기에 어디서 덤으로 끼워준 사은품이라고 했던 것 같은데, 그 말이 먹힌 건지 노트는 표지에서부터 자주 쓰고 매만진 흔적이 여실했다.

일기는 하루에 두세 줄을 넘기지 않았다. 평소보다 과식한 날은 식단 기록, 배수지를 걸은 날은 운동 일지, 동네 마트나 성당 보름장에 다녀온 날은 가계부와 다름없는 가운데, 많은 문장이 '걱정이다'로 끝났다. 뭘 맛있게 먹어도 당 걱정, 어딜 즐겁게 다녀와도 무릎 걱정이라는 엄마는 지난가을에는 허리 디스크로 고생중인 큰이모를, 겨울에는 급격히 말이 어눌해지고 사람을 알아보지 못하게 된 앞집 할머니를 걱정했다.

그리고 올봄에는 내 걱정을 했다. 내 이름이 거의 모든 날에 등장했고, 나를 위해 기도했다는 문장이 내 이름만큼 자주 보였다. 하루는 일기 대신 엄마가 이따금 묵주기도를 할 때 읊는 신비 5단 기도문이 깜지처럼 한가득 필사되어 있기도 했는데, 날짜를 따져보니 내가 엄마에게 입원과 시술 일정을 알린 날 같았다. 이날 엄마는 너무 나쁜 걸 물려줘서 미안하다고, 너도 부모 복 하나는 정말 없는 것 같다며 눈물을 보였고, 엄마 잘못이 아니라고 해도 자꾸 사과를 했다.

나는 다른 날에 비해 유독 빽빽한 이날의 흔적을 넘겨보다 엄마의 이부자리에 누웠다. 얼마나 힘주어 썼는지 종이가 형압으로 누른 것처럼 까끌까끌했고, 손끝에 닿은 글자들에서 엄마가 어렵사리 봉인해두었을 고통과 두려움이 입체처럼 되

살아나는 듯했다. 묵상을 하자는 청유형 문장에 스스로를 정박하지 않고서는 도저히 견딜 수가 없었을 밤의 고초. 손을 움직여 뭐라도 쓰지 않고서는 좀처럼 진압되지 않았을 마음의 소요.

생각이 거기까지 닿았을 때 나는 엄마가 지난 일 년여간 써 내려간 모든 글자와 그 안에 깃든 감정을 하나도 빠짐없이 갖고 싶다는 발작에 가까운 충동을 느끼고는 다시 첫 장으로 돌아갔다. 가질 수는 없으니 가급적 오래 눈에 담는 것 말고는 달리 방법이 없었고, 다행히 나는 시간이 많았다.

*

남의 일기장을 훔친 적이 있다. 그때는 오늘처럼 훔쳐본 것도 아니고 훔쳤지.

초등학교 2학년이었으니 아홉 살이었을 것이다. 학기가 시작된 지 한 달쯤 지났을 무렵이었고 처음으로 일기장을 제출하는 날이었다. 주말에 일기 쓰기 과제를 하면 보상으로 '참 잘했어요' 도장이 찍힌 스티커 하나를 받을 수 있었는데, 나는 노는 시간을 줄여가며 일기를 두 편이나 썼음에도 일기장을 빠뜨린 채 등교했다.

지금 생각하면 그까짓 스티커 하나 못 받는 게 무슨 대순가 싶지만, 아홉 살의 나는 그 순간을 절체절명의 궁지로 인식했다. 부반장으로서 모범을 보여야 한다는 압박과 스티커 경쟁에서 뒤처지고 싶지 않은 욕심이 나를 막다른 쪽으로 내몰았을 것이다. 결국 나는 체육 시간을 틈타 옆옆자리 아이의 일기장을 훔쳤다. 그리고 표지 하단에 적힌 그 아이의 이름 위에 내 이름과 번호를 적은 하얀 종이를 오려붙이고는 내 것인 양 제출했다. 아버지가 정형외과 의사라는 그 아이는 날마다 외제 차로 등하교를 하며 동네 문구점에서는 팔지 않는 학용품만 사용했는데, 그날 교실 안에 있었던 서른여 개의 일기장 가운데서도 하필 그 아이의 것을 선택했던 걸 보면, 나는 그 아이의 일기장뿐만 아니라 그 안에 담겨 있을 근사한 주말까지도 내 것이었으면 하는 열망에 사로잡혔던 것 같다. 그러니까 그날의 나는 마냥 충동적이기만 한 건 아니었던 셈.

이튿날 선생님은 엄마를 소환했다. 하교시간에 맞춰 엄마가 교실로 찾아왔고, 나는 복도에 서 있는 엄마를 발견하자마자 내가 한 짓이 발각되었음을 직감했다. 선생님도 엄마도 면담에 대해서는 아무런 언질이 없었으므로 내게 내려질 처분이 가볍지는 않을 듯했다.

하지만 면담을 마치고 나온 엄마는 나를 혼내지 않았다. 오히려 평소보다 더 다정했고 그래서 나는 엄마가 내게 많이 놀라고 실망했다는 걸 알 수 있었다. 엄마는 선생님이 이 일에 대해서 함구할 것이며 엄마도 선생님도 너를 믿기에 걱정은 하지 않을 거라고 했는데, 말은 그렇게 해도 걱정을 아예 안 할 수는 없는지 결국 그날 밤 나란히 누운 내 머리를 쓸어넘기며 당부했다. 남의 것이 탐날 때는 스스로에게 백 번을 물어보라고. 진짜로 원하는 게 맞는지, 이게 없으면 정말로 안 되는 건지 딱 백 번만 생각해보라고. 그리고 그렇게 물었는데도 여전히 갖고 싶다면 엄마한테 얘기하라고 했지. 그게 무엇이든 무슨 수를 써서라도 다 구해줄 테니 엄마를 한번 믿어보라고 했지.

그때 나는 내가 면제받은 처벌의 수위가 궁금한 나머지 만약 이런 일이 또 생기면 어떻게 되느냐고 물었는데, 엄마는 생각에 잠긴 듯 한동안 말을 잇지 못하더니 이내 한결 가벼워진 말투로 그땐 마음이 지옥이 될 거라고 했다. 지옥이 되는 걸 홀로 감당해야 한다고 했다.

나는 엄마의 말을 완전히 이해할 수는 없었지만 머지않아 그 뜻을 어렴풋하게나마 알 것 같은 날들을 보내게 됐다. 왜냐하면 그날 이후로 내겐 교실에 앉아 있는 시간이 지옥처럼 느껴졌으니까. 일기장을 도둑맞은 그애는 내가 범인인 걸 모르니 그렇다손 쳐도 모든 걸 다 알고 있는 선생님을 1교시부터 6교시까지 마주하는 건 그 자체로 미칠 노릇이었으니까. 선생님이 나를 특별히 주시한다거나 신경쓴다는 인상은 받지 못했는데도 그랬다. 선생님은 그저 존재만으로도 내가 한 짓을 상기시켰고, 나는 내 머릿속에서 증식하는 비난과 미움을 의식하며 선생님의 눈치를 살폈다. 그리고 이따금 선생님과 시선이 얽힐 때면, 내가 땅으로 꺼질 수도 없고 하늘로 솟을 수도 없다는 자명한 사실에 번번이 굴복하게 될 때면, 움켜쥐고 있던 연필 끝으로 손바닥을 세게 누르며 숨을 참았다.

*

경주와는 공덕역에서 만나 서강대역까지 걸었다. 원래 계획은 경의선 숲길을 따라 연남동으로 넘어가 이름난 식당과 카페에 가보는 것이었으나, 시터님의 건강 문제로 지호가 합류하게 되면서 처음 구상과는 조금 다른 데이트를 하게 됐다.

지호는 유모차 등판에 기대지 않고 자꾸 허릿심으로 앉으려 했다. × 자로 가슴을 덮은 안전벨트를 아래로 끌어당겼고, 두툼한 양말로 싸인 발을 안전바 밖으로 쭉쭉 뻗었다. 자세히 보니 뺨에 붉은 기운이 돌고 콧물이 윗입술까지 흘렀는데, 혹시 감기 기운이 있는 거 아니냐고 묻자 경주가 이 친구는 코로나도 이겨낸 스트롱 베이비라며 가제 수건으로 지호의 코와 입 주변을 쓱 닦았다.

너희 집에서 만날 걸 그랬다.

아니야, 나오고 싶었어. 집에만 있으니까 숨막혀.

계절마다 안부를 확인하기는 했어도 얼굴을 보는 건 햇수로 삼 년 만. 마지막으로 봤을 때도 오늘처럼 거리 곳곳에 떨어진 목련꽃이 캐러멜라이징된 설탕처럼 절반쯤 짓이겨져 있었는데, 그때는 좀 추웠고 오늘은 좀 더우나 그때도 오늘도 봄은 봄이므로 어째 우리는 봄에만 보게 되는 것 같다는 말이 한참을 오갔다. 봄에 보는 것이니까 '봄에 봄?' 하는 내게 경주가 미간을 좁히며 그보단 '봄봄'이 낫지 않으냐고 되물었을 때는 우리가 자주 어울렸던 시절로 돌아간 것 같기도 했고.

우리는 점점 느려지는 걸음 속에서 각자의 근황을 두서없이 늘어놓았다. 경주는 지호를 먹이고 재우느라 엉망이 된 수면 패턴과 지인의 소개로 시작하게 된 아로마 치료, 당장 다음달로 다가온 복직 일정에 대해 말했고, 나는 이번주 휴가를 사수하기 위해 들인 노력과 옆 팀의 줄퇴사로 인해 싱숭생숭해진 사무실 분위기에 대해 말했다. 그리고 언제나 그랬듯이 우리가 한때 헌신했던 단체 사람들의 요즘을 업데이트하다가 M의 소식으로 넘어갔다.

얼마 전 M과도 만났다는 경주는 M의 이직과 이사, 강아지 입양 소식 등을 내게 전했고, 나는 잘 지낸다니 다행이다, 좋다, 하면서 조금은 연극적으로 고개를 끄덕여 보였다. 듣다보니 더 자세히 묻고 싶었지만 경주가 내 반응을 M에게 전할 수도 있겠다는 생각에 말을 아끼게 됐다.

생각해보면 경주는 내 친구이기 이전에 M의 친구였고, 알아온 세월로 보나 친분의 정도로 보나 나보다는 M과 더 가깝기에 나와는 진작 끊어졌어도 이상할 게 없었다. 하지만 그럼에도 우리가 여전히 이어져 있는 건 전적으로 경주의 의지 덕분이었다. 잊을 만하면 한 번씩, 내가 바쁜 척 놓친 척 콜백을 하지 않아도 괘념치 않는 듯 그래서 너는 어떻게 지내는데, 하고 먼저 연락해왔으니까.

한번은 경주와 통화중에 내 입장을 이해해줘서 고맙다는 말을 한 적도 있었는데, 경주는 이해는 무슨 이해, 하고 코웃음을 치더니만 까맣게 잊고 있었던 어느 봄밤의 기억을, 혹시 아무 말도 하지 않고 같이 걸어줄 수 있느냐는 경주의 부탁에 우리가 대흥에서 시청을 거쳐 동대문까지 걸었던 그날 밤을 되살렸다. 그때 경주는 결혼과 임신에 대한 욕망으로 탈반한 변절자, 혈연에 집착하는 가족주의자, 소수자성을 탐낸 패션 퀴어 같은 소리가 자신의 등뒤에서 가혹한 농담처럼 오간다는 걸 알면서도 단체를 떠나지 않았지. 내가 아는 그 누구보다도 퀴어 공동체를 진심으로 애정했던 경주. 그래서 자신의 욕망이 충분히, 아니 넘치게 퀴어하지 않다는 사실에 늘 죄책감과 억울함을 동시에 느꼈던 경주.

침묵이 도리어 더 많은 이야기를 들려주었던 그 밤의 신비에 대해 생각하는 사이, 경주가 근데 말이야, 하면서 나를 똑바로 바라봤다. 그러고는 이걸 물어도 되나 망설이는 듯한 말투로 혹시 무슨 일이 있느냐고 물었다.

나? 무슨 일 있어 보여?

아니, 그런 건 아닌데…… 아닌 게 아닌 것 같기도 하고 잘 모르겠네.

나는 얼굴에 드리운 단서를 털어내듯 느릿하게 고개를 저어 보였고, 왜 그런 생각을 하게 되었는지 되물었다.

먼저 연락 잘 안 하잖아. 만나자고는 더더욱 안하고.

내가 그런가?

많이 그렇지. 그냥이라는 게 없지, 너는.

……

나는 경주니까 모든 걸 털어놓고 싶다는 생각과 경주니까 괜한 걱정은 끼치고 싶지 않다는 생각 사이를 오가다, 어쩌면 얼마 전 책장에서 다시 꺼내본 미시마 유키오의 『남에게 폐를 끼치고 죽어라』 때문일지도 모르겠다고 얼버무렸다. 어느 해 내 생일에 경주는 종이가 낙엽처럼 누렇게 삭은 이 괴팍한 제목의 산문집을 선물로 주었는데, 보수동 헌책방을 구경하다 우연히 눈에 들어온 이 제목에 내가 떠올랐다고 했다. 어째서인지는 자기도 잘 모르겠다고 했으나 나는 경주가 그걸 모를 리는 없다고 생각했고, 책표지에 적힌 그 위악적인 한마디에 잠시나마 해방감을 느꼈다.

누텔라가 잔뜩 발린 와플 하나를 나눠 먹고 다시 공덕역으로 돌아왔을 때 경주가 목을 가다듬으며 물었다.

한 번만 안아보면 안 되냐?

응?

한 번만 안아보라고.

니는 한참을 쭈뼛대다 경주에게 한 걸음 더 가까이 다가갔다. 이런 건 우리의 방식이 아니어서 순간 당황스러웠지만, 왠지 지금이 아니면 기회가 없을 것만 같았다. 하지만 막상 팔을 뻗자 나는 생각처럼 경주를 꼭 끌어안지는 못했다. 경주도 나도 서로 가슴과 배는 닿지 않도록 긴장했기 때문이었다. 그러므로 우리가 한 건 포옹이라기보다는 포옹 미수 혹은 세미 포옹이었고, 나는 그게 못내 아쉬우면서도 우리와 잘 어울린다는 느낌에 싱겁게 웃었다. 그리고 잠시 후 몸을 살짝 뒤로 젖힌 경주가 쑥스러운 분위기를 무마해보려는 듯 더 크게 웃었다.

아니, 야, 나 말고 지호 말한 건데. 우리 지호 한 번만 안아보라고.

지호?

다른 사람들은 보자마자 안겠다고 난린데 너는 왜 끝까지 안아보겠다는 소리를 한 번 안 하냐. 자존심 상하게.

내가 안아봐도 돼?

그럼 안 돼?

……

나는 유모차 안에 비스듬히 누워 있는 지호를 내려다봤다. 이제 잘 시간이라는 말이 무색할 만큼 초롱초롱한 눈동자가 내 움직임을 감지했고 작고 섬세한 손이 곡선을 그리며 무어라 말했다. 내가 망설이는 사이 경주가 지호를 유모차 밖으로 능숙하게 들어올리더니 내게 넘겼다. 경주가 일러주는 대로 목덜미를 감싸고 엉덩이를 받치자, 지호의 심장박동이 느껴질 정도로 서로 몸이 밀착되었다.

이윽고 지호가 몸에서 힘을 빼며 내게 자신을 맡기고 있다는 게 확실해졌을 때 나는 나도 모르게 울컥 치솟는 감정에 놀라 지호의 어깨에 고개를 파묻게 됐다. 그냥 바라만 봤을 때는 상상조차 하지 못했던 일렁임이었고, 나는 순간적으로 충만해지는 것 같기도 하고 죄스러워지는 것 같기도 한 어려운 기분 속에서 지호를 토닥였다.

거봐, 안아보길 잘했지?

경주가 내게 넉넉한 시간을 준 뒤에 물었고,

응, 최고로 잘했다.

내가 헛숨을 내쉬며 대답했다.

*

그 집 사람들이 먹을 물김치를 해 나르느라 아침부터 짐이 한가득인 엄마를 택시에 태워 보내고는 멀뚱히 누워만 있었다. 좀더 자라는 엄마의 말이 아니었어도 좀더 잘 생각이었기에 다시 이불을 덮고 눈을 감았는데도 잠이 오질 않았다. 아무래도 점점 다가오는 날짜 때문에 몸이 긴장하는 게 아닐까 싶었다.

영화를 볼까, 아님 서점에 들렀다 미술관에 갈까. 불현듯 영묵씨가 일하는 역삼 쪽으로 가볼까 하는 생각이 들어 메시지를 보냈는데 영묵씨는 묵묵부답. 보통 점심 전까지가 가장 바쁘다는 걸 알기에 바로 확인을 안 하는 게 이상하지는 않았지만, 씻고 나와서 광화문으로 가는 지하철에 올라탄 뒤에도 대화창은 조용했다.

티케팅을 한 뒤에는 극장 건너편의 역사박물관으로 향했다. 영화 시작까지는 삼십 분이 조금 넘게 남아 있었고, 카페에 들어가기도 뭣하고 극장 로비에 앉아 있기도 뭣할 때에는 박물관 뒤편의 작은 중정만한 곳이 없었다. 나는 중정 안쪽의 그늘진 벤치에 자리를 잡고는 습관처럼 주위를 둘러봤다. M을 일부러 마주치려는 것은 아니나 마주칠 수도 있겠다는 생각은 올 때마다 하게 됐고, 오늘도 예외는 아니었다. 내게 이곳을 처음 알려준 사람이 M이니까.

그 시절 M은 영묵씨에게 직접 전하고 또 전해도 좀처럼 소강되지 않는 감정의 열기가 버거운 듯 자꾸 내게 영묵씨를 향한 자신의 마음을 꺼내 보였다. 아직 탐색중인 관계가 야기하는 혼란은 물론이고 이전의 실패를 반복하지 않으려는 노력에서 비롯된 초조함과 두려움까지. 대부분 M의 불안에서 뻗어나온 감정들이었고 이러니저러니 해도 결국에는 모두 영묵씨를 향한 애착으로 수렴될 생각들이었다. 자신을 전부 다 내어줄 수 있을 것 같다며 환희에 차 있던 M은 얼마나 애틋했던가. 일상을 초과하는 설렘과 걱정이 그 시기의 M을 얼마나 선명하고 생생하게 만들어주었던가.

잔디를 가로지르는 돌길과 구름다리 너머로 펼쳐진 초록을 눈으로 흘려보내고 있는데, M이 영묵씨에 대한 내 인상을 물었던 곳도 바로 여기였다는 생각이 났다. 아니, 정확히 말하자면 여기는 아니고 박물관 앞 작은 광장에 있는 벤치였을 것이다. M에게 영묵씨를 소개받은 지 얼마 지나지 않았을 때였고, M은 영묵씨가 이제껏 만나본 자기 친구들 가운데서도 유독 너를 어려워하는 것 같다고, 혹시 영묵씨를 만났을 때 마음에 걸리는 게 있었다면 솔직히 말해달라고 했지.

그 당시 M은 주변 사람들의 인정과 승인을 통해 영묵씨와의 관계를 좀더 진전시키려 했던 것 같은데, 지금 돌이켜보면 바로 그때였던 것 같다. 어쩌면 영묵씨도 나와 같은 걸 느꼈을지도 모른다는 어두운 기쁨에 사로잡혔던 순간. 어째서 영묵씨와 눈이 마주치면 마음속에서 새떼가 일제히 날개를 퍼덕이는 것처럼 고통스러운지, 어째서 영묵씨가 뭔가를 물으면 배가 조여오는 듯이 긴장되는지 가만히 생각해보게 된 순간.

*

영화를 보고 나왔더니 영묵씨에게서 메시지가 여러 개 와 있었다. 영화 시작 후 한 시간쯤 뒤부터 몇 분 간격을 두고 차례대로.
〔미안, 지금 봤어.〕
〔극장이야? 영화 봐?〕
〔이거 어때? 어머님 좋아하실까? 자동 타이머 기능 있음.〕
마지막 메시지에 첨부된 링크를 클릭해보니 32인치 스마트 티브이 구매 페이지가 나왔다. 영묵씨 회사의 임직원몰이었고, 중소기업 제품인지 브랜드가 생소한 대신 할인율이 70퍼센트에 달했다. 괜찮아 보인다고 답하자 영묵씨가 바로 읽고는 주문 완료 페이지를 캡처해 보내왔다.

나는 할인도 할인이지만 구매처가 임직원몰이라는 얘기를 들으면 엄마가 더 좋아하겠다 싶었고, 수달인지 해달인지 모를 캐릭터가 손뼉을 치는 이모티콘을 남겼다. 그러고는 극장에 와 있는 건 어떻게 알았느냐고 물었다.

〔뻔하지. 내 손안에 있는데.〕

〔내가?〕

〔그럼, 벗어날 수 없지. 뭐 봤는데?〕

〔클로즈.〕

〔어? 그거 재개봉했나?〕

영묵씨는 자기도 얼마 전 그 영화가 생각나 왓챠에서 다시 봤다며 반색하더니 영화 속 명대사를 따라 했다. 사랑이 어디 있는데? 볼 수도 만질 수도 느낄 수도 없어. 몇 마디 말은 들리지만 그렇게 쉬운 말들은 공허할 뿐이야. 영묵씨가 말하는 영화는 〈클로저〉였고, 나는 방금 보고 나온 건 〈클로저〉가 아니라 〈클로즈〉라고, 아이들이 나오는 퀴어 영화라고 정정해주었다.

그 많고 많은 영화 중에서 왜 하필 〈클로저〉를 다시 봤을까, 영묵씨는. 외도로 파국을 맞는 사람들 얘기를 보면서 무슨 생각을 했을까. 나는 문득 그런 게 궁금해졌지만 그런 생각은 더 해봤자 좋을 게 없으므로 딴소리를 했다.

〔괜히 미안하네. 나만 혼자 너무 잘 놀고 있는 것 같아서.〕

〔미안하면 내 몫까지 두 배로 놀도록.〕

〔그럼 내 몫까지 두 배로 일해주나?〕

〔두 배가 뭐야, 세 배, 네 배도 가능하지.〕

영묵씨는 오늘도 어김없이 다정했고 나는 내게 필요한 하루치 다정을 모두 채운 듯한 기분으로, 이제 영묵씨가 없는 하루는 상상조차 할 수 없다는 실감과 함께 극장을 나섰다. 그리고 길 건너편의 역사박물관이 다시 눈에 들어왔을 때, 획획 지나가는 버스 사이로 M과 내가 나란히 앉아 있던 벤치가 보였을 때 어쩌면 내가 M에게서 훔친 건 삶의 일부가 아니라 전부였을지도 모르겠다는 생각이 들었다.

*

스크롤을 내리고 또 내려서 M과의 대화창을 열어본다. M이 내게 마지막으로 남긴 당부의 말.
〔자책도 후회도 안 했으면 좋겠다. 행여나 니가 그런 걸 해서 스스로를 용서하는 일 같은 건 없었으면 좋겠어.〕

*

토요일 저녁의 공원은 완연한 봄 날씨를 만끽하려고 나온 사람들로 북적였다. 땅거미가 어둑하게 내려앉은 잔디밭에도, 아파트 불빛에 가로등까지 더해져 일찌감치 환해진 산책로에도 사람이 많았다. 러닝 동호회 소속인지 상하의를 어두운 색으로 맞춰 입고 일렬로 뛰는 사람들의 활력에 시선을 빼앗긴 사이, 엄마가 조심조심, 하며 나를 살짝 끌어당겼다. 앞을 보니 우리가 지나가려는 길목에서 아기가 걸음마 연습을 하고 있었다. 이제 막 걷기 시작했는지 잔디밭 위로 내딛는 한 걸음 한 걸음이 신중했다.

이윽고 아기가 발이 엉키면서 엉덩이부터 털썩 주저앉았고, 우나 안 우나 반응을 살피던 아기 엄마가 그 옆에 덩달아 앉았다. 아기는 울기는커녕 웃더니 잔디며 흙모래며 손에 잡히는 것들을 모조리 엄마의 신발에 문지르기 시작했는데, 아기 엄마가 더러우니까 안 된다고 하지 않고 그저 지켜봐주는 그 모습이 마음에 들어서 한참을 쳐다보게 됐다.

요새 애기들이 참 예쁜 것 같아.

내가 등뒤로 멀어지는 두 사람을 한번 더 돌아보며 말했고,

요새 애기들만 예쁜가. 옛날 애기들도 예뻤지.

엄마가 나를 힐끗 보며 말했다.

아니, 그게 아니고. 내가 요즘 그렇다고. 전에는 관심도 없었는데 이제는 길에서 애기들 보면 넋이 나간다니까.

나는 언젠가부터 헐벗은 남자들 사진보다 귀여운 아기들 영상이 더 많이 뜨는 내 인스타그램 추천 피드를 떠올렸다. 아기들이 웃고, 울고, 먹고, 말하는 모습을 보다보면 시간이 가는

줄 몰랐다.

늙어서 그래. 너도 자식이 있어도 이상하지 않은 나이가 됐으니까.

……그런 건가?

없어도 이상하진 않고.

……응.

잠시 어색한 정적이 흘렀고, 시선을 낮췄다 높였다 하며 산책로 양옆으로 늘어선 가로수를 눈에 담던 엄마가 대뜸 저 아기만 했을 때의 나는 친탁을 한 편이었다는 얘기를 꺼냈다. 엄마에 따르면 나는 웃을 때만 겨우 엄마였고 그 외에는 아빠였는데, 그래서인지 엄마는 틈만 나면 나를 웃게 하려고 아주 용을 썼다고, 하지만 나는 웃음에 인색해 웬만해선 웃어주질 않았다고 했다.

거기까지 들었을 때 나는 예전에 영묵씨가 했던 말이 문득 생각나 거들었다. 엄마와 나는 눈, 코, 입을 하나씩 뜯어보면 제각각인데 어쩐지 웃으면 전체적인 인상이랄까 분위기가 비슷해진다고 했지.

영묵이가 그런 말을 했어?

응, 그러더라고.

걔도 웃기네. 안 보는 것 같아도 다 보는구나.

어, 좀 그런 편.

나는 엄마가 영묵씨를 영묵이라고 부를 때마다 여전히 벅찬 기분을 느꼈지만, 이제 그런 건 너무 익숙하고 심상해진 것처럼 고개를 끄덕여 보였다. 그러고는 영묵씨도 나처럼 친탁했다는 얘기를, 나이를 먹으면 딱 저런 모습이겠구나 싶을 정도로 아버지와 많이 닮았다는 얘기를 했다.

아버지를 봤어? 언제?

아니…… 직접 본 건 아니고. 사진을 봤지.

……

말은 그렇게 했지만, 사실 나는 영묵씨 아버지를 직접 본 적이 있었다. 영묵씨로부터 아버지가 운영하는 부동산 사무실 이름이 '영묵 부동산'이라는 얘기를 전해들은 무렵이었고, 영묵씨는 지금도 모르는 일이다. 영묵씨에게 내가 결코 접근할 수 없는 영역이 있다는 게 불안해지기 시작했던 날들. 영묵씨가, 나의 공범이 진심을 감추는 데 얼마나 능하고 비밀을 만드는 데 얼마나 탁월한지 곱씹게 되었던 날들.

나는 그날의 내가 한심해 아직도 헛웃음이 났다. 손님인 척, 방을 구하는 척 몇 마디라도 나눠보려고 찾아갔으면서도 막상 사무실 앞에 도착했을 때는 문을 열지도 못했으니까. 유리창 너머로 보이는 초로의 남자가 정말이지 영락없는 영묵씨 아버지라는 사실에 놀라 나는 얼음이 됐고, 인기척에 창밖을 내다보던 시선, 찰나였지만 분명히 나와 얽혔던 그 시선이 마치

땡, 하는 신호라도 되는 것처럼 달아났다. 그리고 한동안 그 주변을 맴돌면서, 영묵씨 아버지의 넓은 이마와 그 아래로 움푹 깊게 들어간 눈매, 반듯하게 뻗은 콧대와 얇은 입술에서 연상되는 노년의 영묵씨를 가늠해보면서, 내가 영묵씨의 과거와 현재뿐만 아니라 미래도 원한다는 것을 알게 됐다.

어쩌면 그날 나는 영묵씨의 미래를 당겨 본 게 아닐까. 과거를 보러 갔다가 미래까지 덤으로 얻었으니 이대로 먼저 떠나도 너무 억울해할 필요는 없지 않을까 생각하는데, 엄마가 내 팔꿈치를 툭 치며 말했다.

니가 남자 복은 있나보다.

……응?

니가 그렇게 좋아라 하는 사람이 너한테 참 잘하잖아. 그게 쉬운 게 아닌데.

그래? 잘하는 것 같아?

두고 봐. 더 잘할 거야. 내가 사람 하나는 잘 보잖아.

그 순간 나는 영묵씨가 잘해줄 때마다 속절없이 떠오르는 사람이 있고, 그래서 내 마음은 한 번씩 지옥이 된다고, 그때 나는 영묵씨를 앞에 두고 나 자신에게 백 번이 아니라 천 번을 물어야 했는지도 모르겠다고 말하고 싶었지만, 저간의 사정을 알 리가 없고 알 필요도 없는 엄마에게 차마 얘기할 수는 없었다.

엄마 눈 믿어도 되는 거지?

그럼, 찐이라니까. 백년해로⋯⋯각?

그런 말은 또 누구한테 배운 거냐며 하하하 웃음을 터뜨리자, 엄마가 민망한 듯 입을 꾹 다물다 말고 미소를 머금었다. 그러고는 누구 덕분에 이번 생은 배움이 끝이 없다며 옅은 한숨을 내쉬었다.

산책을 마치고 다시 공원 정문으로 돌아왔을 때 엄마가 바리케이드 앞에 서 있는 사람들에게 조심히 들어가세요, 하고 먼저 말을 걸었다. 누군데 알은체를 하나 싶어 자세히 봤더니 아까 잔디밭에서 걸음마 연습을 하던 아기였다. 아기는 이제 엄마 품에 안겨 쪽쪽이를 빨고 있었고, 아기 아빠로 보이는 내 또래의 남자가 그 옆에서 유모차를 접고 있었다.

천사처럼 예뻐요.

공원 밖으로 나가기 전 엄마가 호기심이 가득한 눈으로 우리를 올려다보는 아기에게 말했다. 그리고 이어서 감사합니다, 하고 대신 인사를 하는 아기 엄마에게 덧붙였다.

엄마는 더 예쁘고요.

*

경주가 카톡으로 유튜브 링크를 하나 보내왔다. 눌러보니 기다란 풀잎에 송글송글 맺혀 있는 물방울 이미지와 함께 피아노 연주가 시작되었다. 여섯 시간짜리 명상 음악이었고, '우와 진짜 놀랍다. 하루 10분 만병을 치료해주는 힐링 명상 기 치료 음악 및 영상, 스트레스 해소 음악, 긴장 이완 음악, 편안한 음악(치유음악)'이라는 제목을 달고 있었다. 어마무시한 제목 덕분인지 조회수가 이천만 회에 달했다.

혹시 잘못 보낸 거 아니냐고 묻자, 경주가 알고리즘 때문에 우연히 알게 된 음악인데, 듣는 동안 내가 여러 번 떠올랐다고 했다. 어째서인지는 모르겠으나 일단 떠올랐고, 솔직히 스트레스 해소도 긴장 이완도 치유도 되지 않는 것 같지만 그래도 추천한다고 덧붙였다.

뭘 알아서 이러는 걸까, 아님 모르는데도 이러는 걸까 가늠해보는데, 경주가 말을 이었다.

〔있잖아, 내가 곰곰이 생각해봤는데.〕

〔응.〕

〔우리 남에게 폐만 많이 많이 끼치자. 죽지는 말고.〕

*

영묵씨는 함께 밥을 먹는 내내 엄마에게 한마디라도 더 건네보려고 열심이었다. 처음에는 갈비 핏물 빼는 법과 양념장 비율 같은 걸 묻고 메모하더니 나중에는 엄마가 요 근래 MBC

ON 채널에서 즐겨 보는 드라마 〈인어 아가씨〉 얘기를 하며 호응을 유도했는데, 이런 모습 하나하나가 모두 노력이라는 걸 모르지 않는 엄마도 평소보다 훨씬 더 사근사근해졌다. 엄마가 실없이 크게 웃거나 한 옥타브쯤 높아진 목소리로 얘기할 때는 항상 영묵씨가 옆에 있었다.

 영묵씨가 우리집에 두번째로 다녀갔을 때였나. 엄마가 영묵씨에게 너무 애쓰지 말라고 전해주면 좋겠다고, 할말이 없을 땐 그냥 가만히 있어도 괜찮다고 내게 얘기한 적도 있었는데, 나는 알겠다고 고개를 끄덕여놓고서도 영묵씨에게 전하지 않았다. 왜냐하면 그때는 두 사람이 무리해서라도 가까워지기를 바랐으니까. 세상의 각본을 훔쳐 기어코 따라 하고 있는 것만 같은 이 상황이, 더없이 전형적이고 평범해서 내게는 허락되지 않을 것만 같았던 이 모든 상황이 우리에게 익숙해지기 위해 필요한 시간을 어떻게든 단축해보고 싶었으니까. 가져보기 전까지는 절대로 포기하고 싶지 않았던 나의 진부한 욕망. 내가 이런 걸 원한다는 게 자존심이 상하면서도 거부하고 싶지 않았던 나의 소중한 욕망.

 나는 한참 이야기를 나누다 잠시 각자의 내부로 물러선 듯한 두 사람을 차례로 바라봤다. 서서히 꺼져드는 불씨를 살리려는 것처럼 금세 열성적이 되었다가 다시 서먹해지는 두 사람은 그 어느 때보다도 사랑스러웠고, 그런 두 사람을 지켜보고 있노라면 가슴이 저릿해지면서 이것이 내게 얼마나 큰 의미인지 체감할 수 있었다. 그리고 내가 평생에 걸쳐 진실로 원했던 건 바로 이거라는 확신을, 내 모든 걸 다 걸고서라도, 어떤 대가를 치르더라도 갖고 싶은 단 한 장면이 있다면 바로 이 순간이라는 생각을 어김없이 하게 됐다.

*

밥을 먹고 뒷정리까지 마치니 어느덧 열시 반. 소화도 시킬 겸 영묵씨와 동네를 한 바퀴 돌아보려 했는데, 자정 넘어 온다던 비가 조금 일찍 내리는 통에 덩달아 일찍 씻고 누웠다. 영묵씨는 엄마가 내 침대 옆 바닥에 깔아준 이부자리에 누울 때마다 어린 시절 시골에서 놀던 기억이 난다며 뒹굴뒹굴했고, 방안에서 우리끼리 웃고 까불다보니 긴장이 풀리는지 연신 하품을 했다.

내일 몇시까지라고?

불을 끄고 침대에 눕자 영묵씨가 물었고,

아홉시. 수속하고 검사하고 하면 수술은 오후일 듯?

내가 이불을 끌어올리며 대답했다.

수술 아니고 시술이라며.

맞다, 시술.

택시를 타면 만원도 안 나오는 거리라고 말해도 영묵씨는 어머니도 모셔야 하니 자기가 데려다주겠다며 고집이었는데, 그것만으로는 성에 차지 않는지 결국 휴가를 이틀이나 내서 병실을 지키겠다고 나섰다.

엄마가 말이야.

응.

나는 부모 복은 없어도 남자 복은 있는 것 같대.

어머니가?

응, 어떻게 생각해?

글쎄…… 그 반대 아닌가?

나는 영묵씨가 그렇게 말해주어서 고마웠고, 그렇게 말할 수 있는 사람이 영묵씨여서, 그런 사람이 내 곁에 있어서 울고 싶어졌다.

만약에 말이야.

응.

진짜 만약에 말이야.

응.

그럴 린 없겠지만 만에 하나 내가 잘못되면 다시 만나도 돼.

……

내가 납득할 수 없는 사람을 만나는 것보다는 그게 낫겠어.

……

긍정이든 부정이든 무슨 말이라도 해주면 좋으련만 영묵씨는 말을 잇지 않았고, 나는 길어지다못해 따갑게 느껴지기까지 하는 그 정적에 마음이 쪼그라들어서는 방금 내뱉은 말을 번복했다.

아니다, 만나지 마. 생각해보니까 그게 더 속상하겠네.

잠시 후 나는 몸을 크게 한번 굴려 침대 아래로 툭 떨어졌다. 내 밑에 깔려 억 소리를 내던 영묵씨가 이내 자리를 만들어주었고, 겨드랑이를 파고들다 가슴 위에 안착한 내 머리를 가볍게 쓰다듬어주었다. 영묵씨에게서 내가 쓰는 샴푸 냄새가 났다.

나한테 너무 잘해주지 마.

……진짜?

아니야, 잘해줘. 더 잘해줘야겠어.

……어쩌라는 건지.

그러게, 나도 모르겠네.

빗줄기가 점점 거세지며 창밖에서 차바퀴가 자갈밭을 지나는 듯한 소리가 이어졌고, 반투명한 유리 너머로 옆 건물의 적갈색 벽돌이 흘러내리는 것처럼 우글거렸다. 이제 잠이 오는지 영묵씨의 숨소리가 깊어졌다.

자?

……

자는 거야?

자는 척하는 건지 정말 자는 건지 한참을 기다려도 답이 없기에, 나는 영묵씨의 가슴 베개에서 머리를 들었다. 그러고는 암순응한 눈으로 언제 어떻게 봐도 못생겼는데 잘생긴 영묵씨의 옆얼굴을, 그동안 내게 너무 많이 웃어주느라 주름이 잡힌 것만 같은 눈꼬리와 못다 한 말을 삼키느라 늘어진 것만 같은 턱살을 바라봤다. 미세하게 꿈틀거리는 목울대를 눈에 담는데 불현듯 이틀 전 냉장고에 넣어둔 초콜릿 생각이 났다. 엄마가 영묵씨에게도 주고 싶다기에 하나 더 사온 수제 초콜릿 세트. 오면 바로 줘야지 했는데 엄마도 나도 깜빡하고 말았다.

나는 영묵씨를 깨우고 싶은 충동을 누르며 얼굴 앞에 천천히 손을 흔들어보았다. 그러고는 딱 초콜릿 한 조각이 들어갈 만큼 벌어져 있는 영묵씨의 입술 사이로, 날숨이 조금씩 새어나오는 컴컴한 동굴 같은 그 입속으로 이끌리듯 오른쪽 검지를 조심스레 넣어보았다. 그리고 손끝에 혀가 닿았을 때, 물컹하고 축축한 감촉에 새삼 놀라서 손을 거두려 했을 때 영묵씨가 기다렸다는 듯이 앙, 하고 입을 다물었다.

만나고 나서 하는 생각

1

 아침 강습을 마치고 집으로 돌아오니 엄마가 부엌과 화장실을 잇는 길목에 앉아서 머리를 칠하고 있었다. 내 기억이 맞다면 엄마는 일을 나가기 시작한 그해부터 직접 염색을 했는데, 경력이 거의 이십오 년이 다 되어가는데도 여전히 정수리나 귀 뒤쪽은 대충일 때가 많았고 오늘도 예외는 아니었다.
 얼른 해치우자 싶어 바짝 붙어앉자 엄마가 기다렸다는 듯이 등뒤로 비닐장갑과 솔을 넘겼다. 미용 가운을 두르지 않은 탓에 목덜미 주변으로 물에 덜 개어진 가루가 달라붙어 있었고 장갑이 땀으로 축축했다. 염색방에 가면 만오천원이라는데 왜

사서 고생일까, 그 돈을 아껴서 무슨 부귀영화를 누리려는 걸까 생각하며 솔질을 하는데, 이런 내 생각이 빤했는지 엄마가 밖에서 쓰는 약은 두피 건강에 좋지 않다며 지금 쓰는 인도산 천연 헤나를 예찬했다. 그러고는 수순처럼 내게 염색을 권했다. 그렇게 새치가 많으면 사람이 추잡스러워 보인다고, 이제 너도 적은 나이가 아니니 관리를 해야 한다고 했다.

남의 눈을 신경쓰는 듯 말했지만 사실 엄마는 해를 거듭할수록 내 얼굴에서 점점 더 선명해지는 아빠의 모습이 못마땅한 것이었는데, 아빠처럼 일찍 세어버린 머리가 결정적이라고 생각하는지 요즘 들어 툭하면 염색 얘기를 꺼냈다.

말 나온 김에 너도 지금 할래?

……

응? 보이는 데만이라도 해. 내가 해줄게.

……

나는 싫다는 뜻이 분명히 전해지도록 엄마의 머리 각도를 힘주어 재조정하고는 빗질로 넘어갔다. 엄마가 먼저 칠해놓은 자리마다 염료가 떡져 있었다.

말은 또 안 하는 거야?

엄마가 잠시간 이어지던 정적을 끊으며 물었고,

어, 안 하는 거야.

나는 대답 대신 생각만 했다.

얼추 마무리된 듯하여 장갑을 벗었을 때 식탁 위에 올려둔 엄마의 휴대폰이 울렸다. 급하면 또 걸겠지 하고 안 받았더니 일이 분쯤 뒤에 한번 더 울렸고, 확인해보니 홍주였다. 나는 통화 버튼을 누르고는 엄마의 귓가에 휴대폰을 가져다댔다. 염색약이 묻어나지 않게 휴대폰을 살짝 떨어뜨렸더니 홍주의 말소리와 숨소리가 내게도 잘 들렸다.

응, 홍주야. 무슨 일이야.

쉬는 날 죄송해요.

홍주는 방금 원기를 등원시키고 출근하는 길이라며 사정을 설명했다. 갑자기 회사에 일이 터져 자리를 비울 수 없게 됐다고, 최대한 노력을 하겠지만 퇴근 역시 많이 늦어질 것 같다고. 근로자의 날부터 대체 휴일까지 내리 엿새를 쉬어보겠다는 홍주의 야심찬 계획은 이로써 실패하게 됐는데, 그 말인즉슨 엄마의 연휴도 졸지에 중단되었다는 뜻이었다.

엄마는 홍주가 우리와 다시 한동네에 살게 된 재작년부터 원기를 돌봤다. 홍주의 출퇴근 시간에 맞춰 원기를 등하원시키고 식사를 챙기고 그 밖의 필요한 집안일을 돕는 게 엄마의 일이었다. 엄마에 따르면 홍주는 이전에 엄마가 일했던 그 어떤 집보다도 일당을 후하게 쳐주는 편이었다.

너무 급하게 말씀드렸죠?

그러네, 좀 급하다.

아, 오늘 어려우세요?

아니, 어려운 건 아니고. 원기 우리집에 있어도 되려나?

그럼요, 되고말고요.

엄마가 동의를 구하듯 나를 힐끗 쳐다보기에 나는 고개를 끄덕여 보였다. 같이 밥을 먹고 연도를 바치는 게 전부일 테니 원기가 있다고 해서 특별히 어색하거나 불편하지는 않을 것 같았다.

염색 도구를 마저 정리하고 걸레질을 하는데 홍주에게서 다시 연락이 왔다. 이번에는 엄마의 휴대폰이 아니라 내 휴대폰이었고, 통화가 아니라 카톡 메시지였다.

〔아줌마 말이야. 무슨 일 있으셔? 요새 원기 때문에 힘들다고 하시지?〕

〔응? 원기가 왜?〕

〔말을 잘 안 듣거든. 근데 아줌마가 못 도와주시면 나 정말 곤란해져.〕

〔그런 거 아니야.〕

〔아니야?〕

〔응, 무슨 일 없고, 원기는 말을 안 들어도 너무 예쁘고, 그냥 오늘은…… 아빠 기일.〕

*

 오늘 선산행은 두 시간에 십오 분이 더 걸렸다. 행정구역상 경기도지만 버스를 두 번이나 갈아타고도 한참을 더 걸어올라야 하는 외가의 선산. 아빠 장례를 치렀을 때만 해도 이쪽으로는 버스가 다니지도 않았는데, 그사이 인근에 리조트가 들어서고 캠핑장이 생기더니 이제는 터널을 뚫을 예정이라고 했다. 십수 년 전부터 개발이 되네 마네 말이 많더니만 결국은 되는 모양이었고, 올해가 가기 전에 선산 전체를 이장하는 게 이씨네 장손들의 숙제였다.
 아빠의 자리는 외할아버지와 외할머니의 무덤으로부터 오십 보 정도 떨어진 수풀 안에 있다. 듬성듬성 심긴 소나무 가운데 유독 둥치가 가늘고 가지가 굽어 있는 게 우리가 아빠로 삼은 나무고, 이 나무 밑동에 소주 두 병을 고루 붓는 게 내가 엄마를 대신해 하는 일이다. 엄마는 무릎 연골판이 파열된 이후로 산행이 어려워졌고, 나는 마침 아빠의 십 주기이기도 했던 그해를 기점으로 다시 이곳을 찾게 됐다. 한때는 이쪽으로 머리도 두지 않겠다고 다짐했던 나였는데, 그 다짐을 번복하는 미래는 절대로 없을 거라고 자신했던 나였는데……
 아빠의 유골을 이곳에 뿌리게 된 데는 내게도 적지 않은 지분이 있다. 그 시절 나는 아빠를 아빠 대신 그 사람이라고 부르거나 아예 부르지 않았는데, 그런 내 마음을 누구보다 잘 알고 있었던 엄마는 내게 짐이 될지도 모를 일은 애초에 만들고 싶어하지 않았다. 무덤이나 봉안당을 마련해두고 방치할 바에는 아예 흔적도 남기지 않는 게 낫다는 생각이었고, 당시 장례 전반을 진두지휘하던 큰외삼촌의 제안에 따라 외가의 선산으로 눈을 돌리게 됐다. 말이 좋아 자연으로의 회귀지 실제로는 아빠를 밖에다 내다버리는 것 같아서 내심 찝찝했다는 엄마에게 양친이 묻힌 선산은 그나마 심리적으로 거부감이 덜했을 것이다. 지금 생각해보면 평생 소원했던 처가 사람들과 죽어서까지 이웃하는 건 아빠에게 다소 잔인한 처사가 아니었을까 싶기도 한데, 그때는 아빠의 입장을 헤아릴 경황은 물론이거니와 다른 선택지를 찾아보려는 의지 또한 없었다.

그래서일까. 이 나무를 아빠로 삼는 것이 과연 합당한지에 대한 의문은 엄마와 나 사이에 늘 있었다. 뼛가루를 뿌리던 그 순간에 정작 엄마와 나는 수풀 밖에 있었으니까. 영화나 드라마에서 보던 것과 달리 아직 화기가 채 가시지 않은 골분함에 손을 넣는 일은 상상 이상으로 공포스러웠는데, 결국 우리는 한두 번 시늉만 하고는 뒤로 물러섰고, 그 일까지 대신 맡아준 큰외삼촌의 뒷모습을 먼찍이서 바라보기만 했다.

여길 또 올 수 있을까. 이제 선산은 더는 선산이 아니게 된다는데 과연 그전에 다시 오는 수고를 할까. 물론 마음만 먹으면 그사이 한 번이 아니라 두 번, 세 번도 더 올 수 있을 테지만, 그런 마음은 기일이 아니면 좀처럼 먹어지지 않는 법이니까.

나는 돌아가기 전 엄마가 부탁했던 나무 사진을 여러 장 찍어 보내고는 눈앞의 풍경을 찬찬히 바라봤다. 다음이 없을 수도 있다고 생각하니 왠지 최선을 다해야 할 것만 같았고, 젖은 흙 냄새와 나무껍질 틈새로 새어나온 송진 냄새, 그리고 햇볕에 말리가는 비늘잎 냄세를 폐 속끼지 한껏 들이마셨다. 수관과 수관 사이로 푸른 하늘이 보였고, 멀리서 이름 모를 새소리와 잔잔하게 흐르는 물소리가 들려왔다.

자리를 정리하고 무덤이 있는 양지쪽으로 나오자 홍주에게서 메시지가 왔다. 엄마에게 보낸 줄 알았던 나무 사진이 홍주와의 대화창에 버젓이 남아 있었다.

〔벌써 거기까지 간 거야? 아저씨한테 내 안부도 전해주도록.〕

*

홍주와는 초등학교 3학년 여름방학부터 중학교 3학년 겨울방학까지 육 년 반을 한집에서 살았다. 아빠의 퇴직으로 생활비가 끊긴 엄마는 돈이 나올 구멍을 궁리하던 끝에 광채에 달린 문간방을 세놓았는데, 거기에 살게 된 사람이 홍주와 홍주네 할머니였다. 홍주네 할머니와 우리 할머니는 오래전 미제 보따리 장사를 함께한 인연이 있었다.

홍주네 방은 애초에 방이 아니라 창고였기에 수리를 해도 사람이 살기에는 부적절했다. 취사용 싱크대가 있기는 하나 방바닥이 허리 높이까지 올라와 흡사 다락 같았고, 창문이 길가로 나 있는데다 불이 잘 들지 않아 추위에 취약했다. 이따금 낯선 어른들이 홍주네 아빠 이름을 들먹이며 찾아왔는데, 그 방을 들여다본 이들 중 다시 찾아온 사람은 한 명도 없었다고 언젠가 홍주는 말했다.

홍주와 나는 집안에서는 하루도 빠짐없이 어울렸으나 집 밖에서는 아니었다. 우리가 살던 그 골목을 벗어나면 거의 알은체를 안 했고, 특히나 학교에서는 더더욱 서로를 의식하며 거리를 유지했다. 아마도 그렇게 하면 우리가 한집에 산다는 걸 누구도 짐작할 수 없으리라고 생각했던 것 같다. 그렇게 해야만 본의 아니게 알게 된 서로의 비밀을 지킬 수 있을 거라는 생각도.

잘 봐, 나는 너를 모르는 척할 수 있는 것처럼 너의 비밀도 모르는 척할 수 있어. 그러니까 너의 비밀은 안전해. 눈이 마주치거나 마주치지 않은 채로 교실에서, 복도에서, 운동장에서 스쳐지나갈 때마다 우리는 서로에게 이렇게 말하는 듯했다.

그 시절 홍주의 비밀이 남의 집 창고에 더불어 살아야 하는

지독한 형편이었다면 내 비밀은 아빠의 장애였다. 아니, 알코올중독이었던가. 둘 중 무엇이 더 창피했는지 모르겠지만 둘은 톱니바퀴처럼 맞물려 돌아갔다. 아빠는 술을 마셔야만 말을 할 수 있었고, 말을 하기 위해서 자꾸 술을 마셨으니까. 그건 선천적 청각장애가 있으면서도 철저히 청인의 사회에서만 생활해온 아빠가 구어와 필담을 거쳐 선택한 소통 방식이었고, 유년의 나는 가장으로서의 지위와 성인 남성으로서의 힘을 앞세워 나를 자기 방식에 복속시키고자 했던 아빠에게 제대로 저항할 수 없었다.

아빠는 아주 많이 취했을 때도 엄마나 내게 손찌검을 하지는 않았다. 하지만 예측할 수 없는 순간에 손에 닿는 집기를 부수거나 거의 포효에 가까운 괴성을 내질렀고, 그간 세상이 아빠에게 음성언어를 강요해왔던 것에 보복하듯 우리에게 뭉개진 발성과 부정확한 발음으로 이루어진 자신의 데프 보이스를 경청하도록 강제했다. 그리고 그 대화 아닌 대화는 대체로 밤새 이어졌다. 제발 좀 자고 싶은데도 끝나지를 않아서, 잠들면 깨우고 다시 잠들면 깨우는 방식으로 집요하게 이어져서 차라리 맞아도 좋으니 그냥 빨리 끝나는 편이 낫겠다는 생각을 하기도 했다.

아빠에게 그렇게 붙들리는 사람은 언제나 엄마였으나 가끔은 내가 되기도 했다. 내가 아빠를 양말에 난 구멍처럼 부끄러

위한다는 걸 미처 숨기지 못했던 날. 아빠를 잘못 말린 빨래에서 나는 냄새처럼 힘들어한다는 걸 감추지 않았던 날. 아빠를 외부인, 침입자, 그림자, 없는 사람 취급했던 날. 그런 날이면 엄마는 나를 광채로 피신시켰고, 홍주와 홍주네 할머니는 내게 기꺼이 누울 자리를 만들어주었다. 안채에서 큰소리가 나는 날에는 광채에서도 쉬이 잠들 수가 없었는데, 그때 홍주는 보물처럼 애지중지하는 워크맨과 이어폰을 내 앞으로 밀어놓고는 먼저 벽 쪽으로 돌아누웠고, 그래도 내가 울음을 그치지 못하면 자기 이불을 통째로 넘겨주기도 했다.

그리고 다음날 아침이 되면 언제 어떻게 잠들었는지 모르는 나를 흔들어 깨웠다. 어느덧 학교에 갈 시간이었고, 우리는 안마당에 있는 수돗가에서 차례로 씻고는 어제 부려놓았던 가방을 그대로 챙겨들고 대문 밖으로 나섰다. 물론 서로 다른 집에 사는 것처럼 약간의 시차를 두면서.

2

서울로 돌아와서는 K를 만났다. 버스와 지하철을 연이어 코앞에서 놓치는 바람에 조금 늦었더니, 먼저 도착한 K가 막걸리와 도토리묵 무침을 앞에 두고 테이블 아래 숨기듯 내려놓은 휴대폰을 들여다보고 있었다. 뭐가 그렇게 재밌는지 화면에 정신이 팔려 내가 자리에 앉은 다음에야 눈을 들었다.

어, 빨리 왔네? 더 걸릴 줄 알았는데.

……

배고프지? 감자전이랑 두부김치 어때? 괜찮다면 끄덕여주시고.

나는 고개를 끄덕이고는 대나무 발로 가려놓은 천장과 황토 벽을 한번 둘러봤다. K와 헤어지고 나서 처음 와보는 것이었는데, 메뉴판에 덧붙여놓은 가격 말고는 달라진 게 없었다. 손님은 우리뿐이었고, 주문과 요리, 서빙, 계산까지 모두 한 분이 도맡고 있어 K가 추가 주문을 위해 주방 앞으로 갔다. 주방 안에서 얼핏 보이는 얼굴이 언젠가 우리를 부자 관계로 오해했던 그 이모님인 듯했다.

다른 날 봐도 되는데. 진작 말했으면 날짜를 바꿨지.

다시 자리로 돌아온 K가 혹시 하는 표정으로 술을 권하기에 고개를 저었다. 금언과 금주가 아빠의 기일마다 반복하는 내 나름의 의식이라는 것을 K는 알았고, 그걸 알아도 우리가 기일에 만나는 것은 처음이었기에 왠지 좀 재밌어하는 눈치였다.

K는 오늘 선산은 어땠느냐고 묻더니 어제 내린 비로 흙이 좀 미끄러웠을 것 같다는 둥, 하지만 날이 흐려서 그렇게 고생스럽진 않았을 것 같다는 둥 혼자 대답을 했다. 그러고는 잠시

간의 망설임과 함께, 그저 얘기를 들은 게 전부이기는 해도 가끔가다 너희 아버지에 대해 생각할 때가 있다고 했다. 뉴스 화면 하단에 수어 통역사가 등장할 때나 시장 초입에서 공갈빵을 팔며 수어로 대화하는 부부 앞을 지날 때 문득 내가 토막토막 꺼내놓았던 아버지 얘기가 떠오른다고.

그러니까 장애는 의지와 노력으로 극복할 수 있다고 믿어 의심치 않았던 할머니의 양육 방식과 그 방식을 내재화하여 줄곧 농학교가 아닌 일반 학교에서 자신의 쓸모를 입증하려 했던 아빠의 역사. 아빠는 구화 교육을 받느라 수어는 제대로 배워본 적이 없었고, 수어를 쓰는 사람은 짐승처럼 보인다며 애써 그들과 거리를 두려 했다. 그게 자신의 언어를 잃고 소통의 가능성을 포기하는 일이라는 걸 모르지 않았을 텐데도 청인의 삶에 동화되려고만 했다.

나는 다른 사람에게는 아니어도 K에게는 아빠 얘기를 곧잘 했다. K가 함께 사는 자기 아버지 얘기를 할 때마다 나도 그에 상응하는 뭔가를 자꾸 털어놓게 되었기 때문이다. 게다가 K의 어떤 면면에서 아빠가 겹쳐 보일 때가 있었다. 청각장애인이지만 자신을 농인으로 정체화할 수 없었던 아빠와, 남성과 섹스를 하는 남성이면서도 자신을 게이로는 인정하지 않으려 했던 K. 농인 커뮤니티에 대한 정보를 수집해왔으면서도 그 안으로 진입하는 데는 번번이 실패했던 아빠와, 휴게텔이나

DVD방처럼 게이 커뮤니티 안에서도 낙인찍힌 공간에서만 사람을 만나왔던 K.

이제 와 생각해보면 내가 했던 아빠의 얘기 대부분은 결국 농인 문화와 청인 문화 그 어디에도 속하지 못했던 아빠가 스스로를 어떻게 해쳤는지, 지속되는 자기혐오로 주변을 어떻게 망가뜨렸는지로 귀결되곤 했는데, 그럴 때마다 K는 무슨 말을 해야 할지 모르겠다는 듯 난감한 표정으로 골똘해지곤 했다.

아, 맞다. 까먹기 전에.

주문한 음식이 나오고 모든 메뉴를 한입씩 맛보았을 때 K가 옆자리에 두었던 쇼핑백을 내게 건넸다. 1리터짜리 유리병 두 개에 가득 담긴 아로니아 원액이었고, 여성 건강식품이니 어머니에게 꼭 드리라며 효능 몇 가지를 나열했다. 그러고는 드셔보고 좋다고 하시면 말만 하라고, 매달 집으로 보내주겠다고 했다.

K는 이태 전, 치매를 앓는 아버지와 함께, 고모네 일가가 터를 잡은 단양으로 내려갔다. 자꾸만 사라지는 아버지를 홀로 돌보기가 더는 불가능하다는 판단에서였고, 처음 일 년은 고모네 식구의 도움을 받다가 다음해부터는 인근의 요양병원으로 아버지를 모셨다. 병원비와 간병비, 생활비 부담에 주중에는 조경 자재를 운반하고 주말에는 고모부가 운영하는 아로니아 농장에서 일손을 돕는 게 요즘 K의 일상이라고 하는데, 그

사이 탈모도 더 심해지고 멀쩡하던 윗어금니도 빠졌지만 그래도 서울에 살 때보다는 훨씬 낫다며 K는 웃었다.

잠시 후 K가 뭐 하나만 봐줄 수 있겠느냐고 묻더니 주저하듯 휴대폰을 내밀었다. 데이팅 앱에 걸어둔 자기 사진이었고, 입었지만 다 입은 건 아니어서 괜히 주변을 한번 살피게 됐다. 사진 속 K는 턱살이 약간 접힌 채로 전신 거울 앞에 서 있었는데, 살짝 처진 가슴과 점처럼 박힌 작은 젖꼭지, 힘을 과도하게 준 듯 가운데가 움푹 들어간 배까지 모두 내가 기억하는 K의 몸 그대로였다.

내릴까? 별로지?

……

왜 말 거는 사람이 없을까?

K가 심각한 표정으로 물었고,

그래도 거울은 좀 닦고 찍지.

나는 생각하며 화면 하단의 탭을 끌어올렸다. K의 프로필에는 비교적 얼굴이 잘 드러난 사진이 한 장 더 있었는데, 자세히 보니 이십여 년 전에 찍은 단체 사진에서 자기 얼굴 부분만 확대해 캡처한 것이었다.

이윽고 내 휴대폰으로 데이팅 앱을 열어 K와의 대화창을 활성화시켰다. 거리가 '0미터'였다.

〔안녕하세요. 어떤 사람 찾으시나요? 인상이 참 좋으시네

요.〕

메시지를 확인한 K가 피식 웃더니 답장했다.

〔사진보단 실물이 더 낫다고들 하네요.〕

〔확실한가요?〕

〔그럼요. 만나서 확인해보시죠.〕

〔아, 제가 일틱하진 않은데…… 감당 가능하신지?〕

〔끼 없는 게이는 노잼 무맛입니다. 그리고 혹시나 해서 말씀드리는데 저는 비선호를 비선호한답니다.〕

〔아하, 네에. 어련하시겠어요.〕

나는 이쪽 세계의 문법을 자연스럽게 구사하는 K의 새로운 면모에 헛웃음이 났고, 이 얼마나 장족의 발전인가 싶어서 K를 넌지시 건너다보게 됐다. 이런 앱에다 얼굴 사진, 몸 사진 거는 사람들을 이해할 수가 없다고, 이렇게 사는 게 뭐 자랑이라고 이토록 당당한 건지 잘 모르겠다고 거북해하던 사람이 바로 K였는데……

나는 그런 K가 낯설게 느껴지면서 조금 서운해졌다. 내가 아니면 도저히 안 될 것 같은 K나 철저하게 혼자인 것만 같은 K는 이제 더는 없구나 싶었고, 진작 멀어졌음에도 그보다 더 멀어진 듯한 기분에 잠시 아득해졌다.

아니, 너한테만 괜찮으면 뭐하냐고.

그때 K가 휴대폰을 뒤집어놓으며 눈을 가늘게 떴다.

다 늙어서 쌤통이다 싶지? 배가 불러서 아주 천치 짓을 하더니만 당해도 싸다 싶지?

……

표정과 말투, 어조는 농담처럼 가벼웠으나 내용은 아니었고, K의 자책과 자조가 진심이 아니라는 걸 알기에 멋쩍은 웃음으로 응답할 수밖에 없었다.

너는 어때? 만나는 사람은 있고?

……

있다면 끄덕여주시고.

……

나는 천천히 고개를 젓고는 K의 반응을 주시했다. 심상한 표정이었으나 오른쪽 뺨에만 패는 보조개까지 감추진 못했고, 그게 내게는 일말의 여지처럼 다가왔다. 하지만 거기에 그런 의미만 있었던 것은 아닌지 K는 점점 닫힌 얼굴이 되었다. 허공에 시선을 걸어둔 채로 어떤 장면을 그려보는 것 같았고, 그러다 미끄러지듯 아래로 향하던 눈길을 내 머리에 두기도 했다. 나는 이전보다 훨씬 더 무성해진 새치를 의식하며 보란듯이 머리를 쓸어넘겼다. 우리가 만났던 그 시절에 내가 한 살이라도 더 많아 보이고 싶어했다는 걸 K는 알고 있을까.

이제는 말이야. 너도 또래를 좀 만나봐.

그 순간 K가 다정한 미소와 차분한 목소리로 나를 막아서며 말했다.

아빠 같은 사람들 말고. 너무 오래 외로웠던 사람들 말고.
……
더 늦기 전에. 거의 사랑하는 거 말고 진짜 사랑을 해보라고. 너는 그래도 돼.

*

퇴근 시간을 피했는데도 버스는 사람들로 북적였다. 배차 간격이 이십 분에 달하는 지선버스였고, 내가 탄 이후로도 하차객보다는 승차객이 더 많아 안쪽으로 자리를 옮기게 됐다. 가방을 앞으로 둘러메고 등받이를 손잡이 삼아 움켜쥐는데, 내 앞에 나란히 앉은 교복 차림의 아이들이 우와, 하면서 창밖을 내다봤다.

차창 너머의 하늘은 짙은 황금빛으로 뒤덮여 있었다. 저무는 태양이 서서히 흐르는 구름 뒤에서 나타났고, 낙조에 물든 빌딩과 가로수가 광택을 입은 것처럼 매끄러워 보였다. 나는 버스 안으로 흘러들어오는 빛이 아이들의 머리를 노랗게 물들이는 것을 지켜봤다. 그리고, 그러다 불현듯 떠오르는 기억에, 간혹 교복 차림으로 무리 지어 다니는 아이들을 볼 때면 비척대며 기어나오는 생각에, 감은 눈 속에서만 펼쳐지는 그 장면으로 주의를 돌렸다.

그때 나는 중학교 2학년이었고, 학원 친구들과 인근의 분식집으로 급히 발걸음을 옮기고 있었다. 우리에게 주어진 시간은 단 십 분. 그사이에 컵 떡볶이와 순대 꼬치로 허기를 달래고 다시 남은 수업을 들으러 교실로 돌아가는 것이 해 질 무렵의 내 일상이었다.

하지만 그날 나는 홀로 걸음을 멈춰 세웠다. 왜냐하면 분식집으로 가기 위해 반드시 지나야 하는 문방구 앞에 아빠가 쓰러져 있었으니까. 그즈음 아빠는 취한 몸을 가누지 못한 채 동네 여기저기에 쓰러져 있기 일쑤였는데, 집 근처 구멍가게에서 아빠에게 더는 술을 팔지 않기로 하면서 큰길까지 내려오는 일이 잦았다. 그 길은 우리집이 자리한 언덕으로 이어지는 골목 초입과 맞닿아 있었고, 마을버스 정류장과 식자재 직판장이 있는 길이기도 해 지나다니는 사람이 많았다.

나는 길바닥에 누군가가 누워 있다는 사실을 인지했을 때부터 그게 아빠임을 직감했다. 내게는 진저리가 날 만큼 익숙하고 식상한 광경이었으니까. 다만 학원 친구일 뿐만 아니라 학교 친구이기도 한 아이들이 곁에 있는 상황은 전혀 익숙하지도 식상하지도 않았다.

아이들은 뭔가 재미난 일이 일어났기를 기대하는 듯 아빠 쪽으로 몰려갔다. 이윽고 그 아이들의 말소리가 들렸다.

뭐야, 죽었어?

아니야, 안 죽었어. 움직이잖아.

아, 미친. 무슨 냄새야.

그리고 홍주. 거기엔 홍주도 있었다. 아빠로부터 서너 걸음쯤 떨어진 자리에서, 구경꾼들과 자신을 분리해놓은 듯한 그 자리에서 사람들을 짜증스레 쏘아보고 있었다.

홍주의 시선이 내게 닿은 건 잠시 뒤였다. 그대로 다가가지도 못하고 멀어지지도 못한 채 누군가 내 영혼을 반으로 찢는 것 같은 고통에 휩싸였을 때. 누군가 나를 세상에서 감쪽같이 지워버려주기를 간절히 바라게 됐을 때. 나를 보는 홍주의 표정에서 왠지 모를 원망과 슬픔이 느껴져 눈물이 터져나오려는데, 홍주가 고개를 저었다. 나만 알아볼 수 있을 정도로 조심스럽게, 하지만 나는 꼭 알아봐야 한다는 듯이 분명하게. 나는 그 고갯짓의 의미를 알았고 그 눈빛의 의미 또한 알았다. 오지 마. 그냥 가. 빨리 가라고.

나는 나를 단숨에 밀어내는 듯한 진동에 뒷걸음질치기 시작했다. 물속을 걷는 것 같은 무게감과 저항감을 느끼면서, 동시에 아빠와 아빠를 둘러싼 모든 사람이 점점 멀어지는 것에 안도하면서. 이대로 돌아서면 오래도록 후회하리라는 걸 알면서도 돌아섰고, 여기서 달아나면 영영 죄스러우리라는 걸 알면서도 달아났다. 그렇게 나는 돌아섰고, 달아났고, 도망쳤다.

*

 몇 해 전 내 생일에, 엄마는 하필 산달이 한여름이어서 무척 고생스러웠다는 얘기를 하다 말고 뜻밖의 기억을 꺼냈다. 그 시절 아빠는 내가 들리지 않는 아이로 태어나기를 바랐다고. 그때도 역시 취중이었기에 과연 진담이었는지 알 수 없지만, 아빠는 이 집에 청인이 하나 더 늘어난다면 아마도 자신은 이 전보다 더 많이 외롭고 어려워질 것 같다는 얘기를 한 적이 있다고.

 행여나 장애가 대물림될까봐 결혼 후 십 년이 지날 때까지도 아이는 낳지 않겠다는 결심을 굽히지 않았던 아빠. 하지만 막상 어렵사리 아이가 생겼을 때는 그 아이와 멀어지지 않을 수 있는 미래를 그려보았던 아빠. 나는 아빠의 속마음에 적잖이 놀랐는데, 내가 태어난다는 게 아빠에게는 어떤 의미였고 또 변화였을지, 그때 아빠의 입장과 처지는 어땠을지 이제껏 한 번도 생각해본 적이 없기 때문이었다. 스무 해 가까이 한집에 살았으면서도 아빠의 관점으로 서술된 이야기는 생경했고, 생각하면 할수록 더욱 따갑게 느껴지는 아빠의 그 바람을, 이해해보고 소화해보려 해도 자꾸만 명치께에 걸리는 듯한 그 마음을 오래 곱씹어야 했다.

 요즘도 나는 아빠를 떠올릴 때마다 어김없이 스스로에게 묻게 된다. 아빠는 결국 당신의 예상대로 내가 청인으로 태어났기 때문에 더욱 막막해졌을까. 엄마와 내가 청인이기 때문에 가능했을 교류와 유대가 아빠를 더욱 고립시켰을까. 만약 내가 아빠의 바람대로 들리지 않는 아이로 태어났다면, 그래서 아빠처럼 감각하고 생각할 수 있었다면 나는 아빠를 미워하지 않을 수 있었고 원망하지 않을 수 있었을까. 내가 미워하고 원망하는 사람이 너무 약하고 초라해서 화가 나는 일 같은 건 경험하지 않을 수 있었을까.

*

　아빠가 듣지 못할 거라는 생각에 했던 말들이 있다. 큰 소리로 말하면 어렴풋이 들린다는 걸 알기에 일부러 작게 중얼거렸던 말들. 입 모양을 보면 감지할 수 있다는 걸 알기에 애써 다른 곳을 보거나 웃는 얼굴로 기만하며 했던 말들.
　그 말들을, 나는 들었다. 아빠는 듣지 못했지만 나는 모두 들었고, 그렇게 내게만 들린 말들은 여전히 내 마음 깊숙한 곳에 봉분처럼 쌓여 있다. 밑바닥에서 썩어가는 시체처럼 남아 있다. 그리고 어쩌다 그 말들이 악취를 풍기며 혈관을 타고 돌아다닐 때면 나는 내가 했던 말들을 하나도 빠짐없이 주워 담고 싶다고 생각한다. 왜 들을 수 있는 사람이 아빠가 아니라

나인지 생각하고, 이러한 조건이 내게 말해주는 것은 무엇인지, 그렇다면 나는 무엇을 듣고 또 무엇을 말해야 하는지 생각한다.

3

현관을 열자 원기가 거의 뛰어나오다시피 하며 나를 반겼다. 이런 적극적인 환영은 내가 아는 원기의 스타일은 아니어서 순간 멈칫했는데, 역시나 원기에게는 용건이 있었다.

이거랑 이거 바꾸면 안 돼요?

원기가 내밀어 보인 건 사진 한 장과 그림 한 장. 사진은 홍주와 내가 열한 살 때 마루에서 함께 수박 먹는 모습을 엄마가 찍어준 것이었고, 그림은 원기가 사진 속 우리를 스케치북에 크레파스로 따라 그린 것이었다. 엄마가 원기에게 내 초등학교 시절 앨범을 보여준 모양이었다.

원기가 홍주 어렸을 때 사진을 처음 본다고 달라는 거야.

엄마가 상을 차리다 말고 설명했다.

얼마 전에 유치원에서 가족 신문을 만들 때 부모님 어린 시절 사진을 가져온 애가 있었는데 그게 많이 부러웠다나. 근데 이건 우리도 하나뿐이니까.

엄마가 순순히 사진을 내어주지 않자, 원기는 누구한테서 무슨 얘기를 들었는지 앞으로 몇 년만 지나면 자기 그림이 이 사진보다 훨씬 더 비싸질 거라며 곧장 그림을 그려 물물교환을 시도하기에 이르렀다고 하는데…… 필름이 없어도 스캔과 출력이 가능하다는 것을 두 사람은 아직 모르는 것 같았고, 나는 메모장 앱을 열어 내일 사진관에 가서 한 장 더 뽑아오겠다고, 사진값은 이 그림으로 받겠다고 썼다.

근데요, 뭐가 미안한 거예요?

잠시 후 손을 씻고 나왔더니 원기가 물었고, 나는 무슨 소리냐고 되묻듯이 원기를 똑바로 바라보며 다음 말을 기다렸다.

삼촌이 오늘 말을 안 하는 게 할아버지한테 미안해서라고, 할머니가 그랬거든요. 근데 뭐가 미안한지는 모르겠대요. 그래서 오면 물어보라고……

애한테 별소리를 다 한다 싶어 엄마를 쳐다봤으나, 엄마는 듣고 있는 게 빤히 보이는데도 가스불과 냉장고를 바삐 오가며 딴청이었다.

글쎄, 뭐가 미안할까.

무엇이, 왜, 미안한 걸까, 나는.

가장 먼저 떠오른 대답은 살 만해서, 였다. 아빠가 세상을 떠나고 나서야 비로소 나는 뛰어내리고 싶다거나 뛰어들고 싶다는 생각 같은 건 하지 않게 되었으니까. 112에 전화를 걸어

만나고 나서 하는 생각 65

우리 엄마 좀 도와달라고 사정하거나 잇새에 적의와 체념을 문 채로 잠드는 건 모두 옛이야기가 되었고, 요즘도 나는 이따금 아빠의 부재로 인한 평온을 행복처럼 여기기도 하니까. 하지만 그런 말을 원기에게 할 수는 없었고, 다행히 그런 말 말고 다른 말 또한 할 수가 없어서 나는 그저 어깨를 으쓱해 보일 뿐이었다.

*

저녁을 먹고 나서는 거실에 모여 앉아 연도를 바쳤다. 엄마가 아빠의 영정을 티브이 옆에 세워두었고, 원기가 가톨릭 기도서에서 위령기도를 찾아주었다. 아빠가 입퇴원을 반복하던 그 시기에, 엄마는 무슨 수완을 어떻게 발휘한 건지 일평생 성당이라고는 한 번도 가본 적 없는 아빠가 세례를 받게 했는데, 덕분에 아빠의 장례식장에는 연령회 소속 교인들의 기도 소리가 끊이질 않았다.

오늘 연도는 유난히 궁금한 게 많은 원기 때문에 다소 산만했다. 나 대신 소리 내 기도문을 읽기로 한 원기는 파수꾼, 허물, 구렁, 입시울처럼 모르는 단어가 나올 때마다 뜻을 알고 싶어했고, 이해하지 못할 게 분명해 보이는데도 일단 엄마의 대답을 들어야만 다음으로 넘어가주었다. 연도를 바치는 동안에는 그래도 아빠 생각을 했어야 했는데 어째 원기 생각을 더 많이 하게 됐고, 나 혼자만 그런 게 아니었는지 엄마가 슬쩍 몸을 기울이더니 이따 자기 전에 연도를 다시 바치자고 했다.

자리를 정리하기 위해 영정 앞에 켜둔 촛불 두 개를 후후 불어 껐을 때, 짙고 하얀 연기가 탄내와 함께 흩날리듯 피어올랐을 때, 원기가 누구의 말인지 알 수 없는 말을 내게 속삭이듯 전했다.

삼촌, 이제 말해도 된대요.

*

아빠를 향한 내 마음이 복잡해지는 게 싫어서 애써 외면했던 장면들이 있다. 미움의 순도를 높이고 피해자의 자리를 사수하기 위해서 불순물을 걸러내듯이 한쪽에 따로 덮어두었던 기억들이 있다.

내 말을 파악하기 위해 눈이 아닌 입으로 모이던 눈길과 조금 천천히 말해달라며 내 어깨를 지그시 누르던 손길.

비디오 가게에서 대여해온 디즈니 애니메이션을 나보다 더 즐겁게 감상하던 옆모습과 한 주간 쌓아둔 스포츠 신문을 주말 내내 꼼꼼히 정독하던 뒷모습.

마루에 앉아서 우두커니 하늘을 올려다보던 표정과 저기 저

새들은 어떻게 대화하는지 아느냐고 묻던 눈빛.

갱생원에서 집으로 돌아올 때마다 말갛고 환해지던 안색과 이번에는 진짜라며 손가락을 걸고 금주를 다짐하던 미소.

애원하듯 꾹꾹 눌러썼던 내 모든 편지를 하나도 빠짐없이 모아두었던 상자와 필담 노트에 아주 가끔씩 등장했던 글씨체. '못 들어서 미안해.'

*

홍주는 자정이 다 되어서야 원기를 데리러 왔다. 팀원 중 하나가 퇴사 상담을 요청해와 자리가 길어졌다며 엄마에게 사과했고, 서둘러 왔는지 얼굴에 빨갛게 열이 올라 있었다. 어린 시절 어쩌다 광채에서 안채로 넘어가면 엄마가 다짜고짜 양말 검사를 하고 발을 씻겨주었다고, 그게 너무 모욕적이어서 엄마를 오랫동안 미워했다는 홍주였는데, 이제는 그런 기억 때문에 도리어 원기를 믿고 맡길 수 있다고 한다.

시간이 너무 늦기도 하고 우리집에서 홍주네 집으로 가는 길이 밤에는 좀 음침하기도 해서 함께 따라나서려는데, 원기가 그럼 할머니만 혼자 남는 거 아니냐며 엄마를 잡아끌었다. 그렇게 급조된 한밤의 산책단. 엄마와 원기가 꼭 잡은 손을 흔들며 앞서 걸었고, 홍주와 내가 앞선 두 사람을 풍경처럼 감상하며 뒤따라 걸었다.

　먼 훗날 원기에게는 오늘밤이 어떻게 기억될까. 엄마와 나는 원기에게 어떤 사람으로 남을까. 어째서인지 그런 걸 궁금해하며 노면의 분홍색 유도선을 따라 걷는 원기의 경쾌한 발을 눈으로 좇는데, 홍주가 내 손에 들린 쇼핑백을 가볍게 건드렸다.

　이건 뭐야? 설마 나 주는 거야?

　어, 설마 너 주는 거야.

　진짜?

　나는 쇼핑백을 홍주에게 건넸다. K에게서 받은 아로니아 원액 중 한 병이었고, 농장에서 소량만 제작해 직판하는 100퍼센트 착즙액임을 강조했다. 홍주는 묵직한 유리병을 꺼내어 이리저리 살펴보더니 이거 완전 찐인 것 같다고, 어디서 이렇게 귀한 걸 구했느냐며 좋아했다.

　야, 우리 밤마다 이런 공병 주우러 다녔던 거 기억나?

　잠시 후 홍주가 쇼핑백을 다른 손으로 고쳐 쥐며 물었다.

　4학년 땐가, 5학년 땐가.

　5학년이었을걸.

　그래, 훼미리주스 병. 그게 제일 무겁고 돈도 많이 쳐줬잖아. 너네 집에서 물병으로 쓰던 것까지 내다 팔았다가 아줌마한테 혼나고.

홍주가 두 눈에 웃음기를 담은 채 나를 쳐다봤고, 나도 그때가 생각나 입꼬리를 끌어올렸다. 어른들이 잠들기를 기다렸다 몰래 대문 밖으로 빠져나갔던 날들의 열기와 생기가 밤공기에 뒤섞여 있는 것 같았다.

하지만 홍주는 우리가 공병을 팔아 한푼 두푼 모았던 건 기억해도 그 돈으로 일기장을 샀던 건 기억하지 못하는 듯했다. 어떠한 연유에서인지 홍주는 이제껏 그 돈을 자기 할머니에게 줬다고 믿고 있었으나, 내게는 같이 모은 돈은 같이 써야 한다며 홍주가 나를 교보문고 핫트랙스로 데려갔던 날이 생생했다. 그 당시 아이들 사이에서는 자물쇠가 달린 비밀 일기장이 유행이었는데, 홍주와 나 둘 중 누가 먼저 시작하자고 했는지는 모르겠지만 우리는 거기에 교환 일기를 썼다.

자물쇠도 불안했는지 노란색 사쿠라 볼펜으로 거의 안 보이는 글자를 연출했던 홍주와 그에 질세라 어떤 단어는 거꾸로 뒤집어쓰거나 자음만 쓰며 내용을 암호화했던 나. 그때 홍주는 주로 돈과 꿈, 나중에 살고 싶은 집 얘기를 했던 것 같은데, 그중에서도 장래희망을 '광화문'이라고 썼던 건 아직도 잊히지 않는다. 무슨 일을 하든 상관없고 광화문에 있는 높고 커다란 빌딩 안에 자기 자리 하나가 있었으면 좋겠다고 했지.

하나둘 기억을 꺼내자, 홍주는 내가 그랬다고? 되물으며 황당해했다. 그러고는 네 꿈은 뭐였느냐고, 그런 얘기를 자기 혼자만 했을 것 같지는 않다고 했다. 내가 뭘 생각하면서도 아닌 척하는 게 보였는지 홍주가 이내 먼저 맞혀보겠다며 끼어들었다.

맞다, 선생님. 너 선생님 되고 싶어했잖아. 그치?

……

아닌가. 설마 그때부터 소설을 쓰고 싶었나?

아니, 그때 나는……

응.

아빠가 죽었으면 좋겠다고 썼어. 그게 내 꿈이라고.

……

……

와, 우리 둘 다 꿈을 이뤘네.

홍주가 짐짓 쾌활한 말투로 말했고,

그렇네, 이뤘다.

내가 전혀 쾌활하지 못한 말투로 대답했다.

뭐라 설명할 수 없는 착잡한 기분 속에서 역시 안 해도 될 말이었다 싶어 후회하는데, 홍주가 있잖아, 하고 운을 떼고는 이제껏 한 번도 하지 않았던 이야기를, 하지만 나는 다 알고 있었던 이야기를 했다.

나는 말이야. 아저씨가 취하는 게 싫지 않았어.

……응?

가끔 아저씨가 아줌마랑 너 모르게 나한테 술심부름을 시켰거든. 다들 아저씨한테는 안 팔려고 했으니까. 그때 소주 한 병이 오백원인가 육백원인가 그랬는데, 아저씨는 항상 나한테 삼천원을 주면서 두 병을 사오게 하고는 남은 돈은 심부름값이라며 받지 않았어. 그러고 나서 꼭 하는 말이 너랑 친하게 지내라고.

……

아저씨가 취하는 날을 내심 기다렸어. 언제쯤 나를 부르려나 기대하면서. 그런 날은 아줌마가 밤새 시달리고 니가 많이 울 거라는 걸 알면서. 왜냐하면 그게 내 유일한 용돈이었거든. 화났어?

아니……

홍주가 내 표정을 유심히 살피는가 싶더니 돌연 어떤 깨달음이 스친 것처럼 맥없는 한숨을 내쉬었다.

알고 있었구나. 그치?

한집에서 어떻게 몰라.

……

……

다시금 무거운 정적이 흐르고 우리가 옛 생각에 빠져 힌참이나 뒤처진 것을 깨달았을 때, 한동안 고개를 숙이고 있던 홍주가 대뜸 나를 올려다보며 물었다. 혹시 내가 너한테 고생 많았다는 말을 한 적이 있느냐고. 그간 생각만 했는지 아니면 실제로 말을 했는지 잘 모르겠다고.

나는 갑자기 코끝이 시큰해져서는 홍주에게서 눈을 돌렸다. 지나가는 구름 사이로 두툼한 엄지손톱처럼 생긴 달이 보였고, 가로등 불빛이 물막을 형성하듯 번졌다. 그리고 몇 초 뒤에 역광 때문에 하얗게 일렁이는 골목의 저편에서 원기의 목소리가 들려왔다. 엄마, 빨리 좀 와! 오늘 많이 보고 싶었단 말이야!

나는 어서 가보라며 홍주의 어깨를 살짝 떠밀었다. 걷는 것도 아니고 뛰는 것도 아닌 애매한 걸음걸이로 조금씩 멀어지는 홍주의 뒷모습을 지켜보고 있자니 어쩐지 홍주에게도 오늘이 쉽지만은 않았을 거라는 생각이 들었다.

홍주야.

그때 나는 분명히 생각만 한 것 같은데 홍주가 돌아섰고, 왠지 지금이 아니면 안 된다는 생각에, 지금 이 순간을 놓치면 다시는 오늘 같은 마음으로는 말할 수 없으리라는 예감에 입을 뗐다. 그리고 내 말소리가 내 안에 나이테처럼 동그란 물결을 일으키며 고요하게 울려퍼졌을 때, 내가 이렇게 들을 수 있고 말할 수 있다는 선명한 감각이 신경줄을 타고 가지처럼 뻗어나갔을 때, 훗날 내가 이 순간을 자주 돌아보리라 확신하게 되었다. 그 밤에 홍주에게 그 말 하기를 참 잘했다고 생각하리라는 걸, 미리 알 수 있었다.

잘 지나와줘서 고마워.

뭐라고? 안 들려.

나는 니가 자랑스럽고 장하다고!

내 말을 곰곰이 생각해보는 것처럼 잠시 고개를 옆으로 기울이던 홍주가 이내 겸연쩍은지 푸하하 웃음을 터뜨렸다. 그러고는 내게 소리치듯 말했다.

야, 니가 더 장해.

크리스마스에 진심

여자. 내 기억이 맞다면, 그사이 뭘 까먹거나 빠뜨리거나 착각한 게 아니라면, 내가 또래 집단에서 처음으로 얻은 별명은 '여자'였어. 여자처럼 걷고 뛰고 넘어진다고 해서 여자. 여자같이 말하고 듣고 웃고 울고 놀라고 부끄러워한다고 해서 여자. 이름 마지막 음절을 '순' 자나 '미' 자로 바꿔 부르는 식의 최소한의 성의도 없이 나는 곧바로 '여자'였어.

그때 나는 여섯 살이었고 나를 자꾸 별명으로 부르는 친구 때문에 하루에도 몇 번씩 스스로를 점검하기 시작했어. 그전까지는 누구도 내게 그런 말을 들리게 한 적이 없었을뿐더러 만약 그랬더라도 어떤 의미인지 잘 몰랐기에 무심할 수 있었는데, 불행히도 그즈음부터는 그게 불가능해졌지. 점점 자의

식이 발달하고 다른 사람의 시선과 반응을 통해 내가 뭔가 다르다는 걸 자각하게 됐으니까.

아니, 그건 '다르다'보다는 '잘못됐다'에 가까웠어. 왜냐하면 여자라고 불릴 때마다 나는 잘못한 사람처럼 얼굴을 똑바로 들 수가 없었거든. 뭘 훔치다 들킨 것처럼 움찔해서는 잠시간 그 자리에서 꼼짝도 할 수가 없었지. 사전에 적힌 뜻은 '여성으로 태어난 사람'이었지만 확실히 그 말속에는 내가 파악하기 어려운 어떤 경멸이 있었어. 듣는 사람을 단숨에 부끄럽고 창피하게 만드는 위력도 있었고.

아마 그 친구도 모르지 않았을 거야. 그러니까 우리가 잘 놀다가도 의견이 맞지 않을 때나 우리 관계에서 자신이 우위에 있다는 걸 확실히 하고 싶을 때마다 나를 갑자기 별명으로 불렀을 거고.

그애의 이름은 정한이었고, 초등학교에 입학하기 전까지 내 유일한 친구였어. 우리는 같은 유치원에 다녔고 집도 가까워 거의 날마다 어울렸지. 짓궂긴 했어도 그렇게 나쁜 애는 아니었어. 악의 같은 건 전혀 없었고 오히려 내가 자기 동생이라도 된다는 듯이 먼저 다정하게 챙겨주기도 했으니까. 내가 별명 때문에 속상해하면 그후로 한동안은 그렇게 부르지 않으려고 티나는 노력을 했던 것도 같은데, 하지만 말만 안 했을 뿐 나를 바라보는 그애의 눈빛과 표정이 분명히 일러주었지. 그러면 나는 그 즉시 나를 멈춰 세우고는 살펴보는 거야. 내게서 쓱 유령처럼 빠져나와서는 내 행동거지 하나하나를 교정하는 거야.

지금 생각해보면 그애는 겁에 질려 있었어. 부모님이 정육점을 했고 서너 살 터울의 형이 둘 있었는데 다들 각자의 이유로 그애를 함부로 대했거든. 뭘 그렇게 잘못했는지 모르겠지만 그애는 온갖 이유로 많이 맞았고 너무 맞아서 별것도 아닌 소리에 깜짝 놀라거나 경계하듯 주변을 살폈지. 그애는 내가 자기보다 약해서 어울렸을 거야. 나라면 자기를 해할 일은 없다고, 그래서 안전하다고 느꼈겠지. 그리고 우리가 가까워진 다음부터는 내가 자기처럼 맞거나 무시당할까봐 걱정했던 것 같아. 유치원과 놀이터에서 아이들이 나를 따돌릴 기미를 보이면 바로 내게 다가와서는 속삭였으니까. 여자처럼 말고, 알겠지?

그때 내가 막 재미 붙이기 시작한 피아노를 그만둔 것 역시 그애의 한마디 때문이었어. 여자냐, 남자가 무슨 피아노야. 요즘은 그렇지 않지만 우리 때는 천편일률적으로 남자아이는 태권도, 여자아이는 피아노였거든. 남자아이는 하늘색, 여자아이는 분홍색인 것처럼. 간혹 그 반대도 있었지만 얼마 못 가서 마치 잠깐의 일탈이었다는 듯이 다시 제자리를 찾아갔지.

아무튼 내가 자기 때문에 학원을 그만둔 게 신경이 쓰였는지, 그애는 얼마쯤 뒤에 직접 연필로 그린 피아노를 선물이라며 내밀었어. 하얀 건반이 여덟 개, 검은 건반이 다섯 개. 딱 한 손으로만 연주할 수 있는 종이 피아노. 자를 대고 그렸는지 건반 간 간격과 크기가 제법 일정했고, 그리는 동안 뭘 집어먹었는지 군데군데 누런 손자국도 번져 있었지.

내가 건반을 누르면 그애가 얼토당토않은 소리를 내곤 했어. 도를 누르면 파, 레를 누르면 솔, 미를 누르면 라, 시를 누르면 도. 아주 가끔 그애가 내킬 때만 제대로 된 소리가 나서 우리는 그걸 바보 피아노라고 불렀는데……

요즘 자려고 누우면 그때 그 바보 피아노 생각이 나. 나를 잘도 놀려댔는데도 도저히 미워할 수가 없었던 그애 생각도 나고, 그토록 고치려 애썼는데도 끝내 그대로였던 어린 시절의 내 모습도 생각나고. 돌아가고 싶은 것도 아니면서, 오히려 돌아갈 수 없어 다행이라고 생각하면서 꼭 미련이 남은 것처럼 자꾸 떠올리고 또 떠올리고.

그래서 말인데…… 나 피아노를 다시 배워볼까봐. 손도 머리도 많이 굳었지만 그래도 그때보다는 훨씬 더 즐겁게 배울 수 있을 것 같아. 쫓기는 마음이나 혼날까봐 염려하는 마음 없이. 글쎄, 어떻게 생각해? 어떨 것 같아, 내가 피아노 치는 모습이.

*

　찬오는 좀처럼 마음을 정하지 못했다. 작고 뭉툭한 손으로 건반을 눌러보고 또 눌러보면서 결정의 순간을 유예할 뿐이었다. 상단의 조작부 버튼으로 모드를 변경한 뒤 도레미파솔라 시도를 쳐보고, 이내 다른 모드에서 도시라솔파미레도를 쳐보는 식이었다. 내장된 이펙트 기능 전부를 확인해보는 것 같기도 했고 건반 하나하나의 무게감을 느껴보는 것 같기도 했다. 다행히 작동하지 않는 버튼이나 연결이 끊긴 건반은 없었다.

　미적거리는 찬오가 답답했는지 보다못한 용이가 그러지 말고 제대로 앉아서 연주해보는 게 어떻겠느냐고, 요즘 네가 배우는 곡을 한번 쳐보면 바로 감이 오지 않겠느냐고 했는데, 찬오는 그건 또 부끄러운지 고개를 저었다. 그러고는 한참을 더 망설이다가 괜찮은 것 같다고 말했다. 정말 괜찮아서라기보다는 눈치껏 마지못해서 하는 말 같았다.

　찬오가 탐탁지 않은 듯한 반응을 보여서일까. 나는 그간 이 작은 방 한구석을 당당하게 점령해왔던 디지털 피아노를 조금은 부끄러운 눈으로 바라보게 됐다. 덮개도 없이 오래 방치해둔 탓에 건반은 전반적으로 노란기가 돌았고, 조작부 오른쪽 끝에 새겨진 모델명은 칠이 절반쯤 벗어져 있었다. 하필 해가 잘 드는 시간인데다 블라인드까지 걷어두어서 악보대 위에 내려앉은 먼지가 적나라했는데, 다른 건 못해도 보이는 먼지는 대충이라도 닦아뒀어야 했다는 생각이 뒤늦게 들었다.

싫으면 그냥 싫다고 해도 돼.

이윽고 용이가 찬오에게 말했다.

진짜야. 삼촌이 새걸로 사줄 수 있어. 크리스마스잖아.

크리스마스라는 말에 기분이 좋아졌는지 찬오가 뒤를 돌아보며 피식 웃었다. 한창 유치가 빠지는 시기라서 오른쪽 송곳니 자리가 검게 비어 있었다.

새거는 싫어. 너무 비싸.

얼만데?

많이 비싸. 그리고 만약에 새거 샀는데 내가 피아노 배우는 거 싫증나면 어쩌려고.

싫증날 것 같아?

모르겠어.

찬오는 그렇게 말하고는 똑바로 고쳐 앉았다. 옅은 한숨을 내쉬면서도 다시 건반 위로 손을 올리는 게 어떻게든 마음을 붙여보려는 듯했다. 그렇게 애쓰는 찬오를 보고 있자니 괜히 내가 원인을 제공한 것만 같아서 머쓱해지려는데, 용이가 찬오에게 맞추는 게 쉽지 않다는 듯이 눈을 치켜뜨면서 우스꽝스러운 표정을 지어 보였다. 그러고는 턱짓으로 슬쩍 찬오를 가리키며 입모양으로 말했다.

어때?

뭐가?

나는 용이가 무슨 말을 하려는지 단번에 알아차렸으면서도 모르는 척했고, 용이가 바로 휴대폰을 꺼내 내게 메시지를 보내는 모습을 지켜봤다.

〔어떠냐고, 우리 찬오.〕

〔어른스럽네. 생각이 깊고.〕

〔아니, 그거 말고.〕

〔말고 뭐?〕

〔이쪽 같지 않아? 느낌 오지 않아?〕

〔……〕

〔왜?〕

〔돌았냐고. 작작해, 진짜.〕

나는 찬오를 힐끗 확인하고는 대화창을 닫았다. 아무리 농이라도, 할 소리가 아니다 싶었을 뿐만 아니라 앞날이 창창한 애를 두고 이쪽이니 저쪽이니 하는 건 왠지 몹쓸 짓 같았으니까. 내가 몹쓸 짓이라고까지 생각한다는 걸 알면 용이는 분명히 내 안의 수치심과 죄의식, 자기혐오를 들먹이며 한소리를 할 테지만 나는 그렇더라도 이런 얘기는 조심하지 않을 수가 없었고 당연히 조심하는 게 맞다고 생각했다. 백번 천번을 생각해도 그랬다.

그때 더할 말이 있는지 메시지를 썼다 지웠다 하던 용이가 갑자기 휴대폰을 귓가로 가져갔다. 목소리를 낮게 깔면서 예, 예, 하는 걸 보니 차를 빼달라는 연락이 온 듯했다. 집 주변을 계속 돌았는데도 마땅한 자리가 없어 결국 어느 가게 앞에 되는대로 세워놨다며, 용이는 처음 도착했을 때부터 좌불안석이었다.

잠시 후 통화를 마친 용이가 찬오의 작고 동그란 뒤통수를 가볍게 헝클어뜨리며 말했다.

잠깐만 이 아저씨랑 있어. 삼촌 다시 주차하고 올 테니까. 알겠지?

순간 찬오의 시선이 내게로 왔고 나는 얼결에 입꼬리를 끌어올렸다. 긴장이 감도는 눈빛과 경직된 표정이 내 미소는 찬오에게 전혀 유효하지 않음을 일러주었지만 그래도 몇 초간은 그 얼굴 그대로 찬오의 환심을 사려고 노력할 수밖에 없었다. 이대로 삼촌을 따라나서려나 했는데 다행히 그러진 않았고, 자기 걱정은 말고 얼른 다녀오라며 용이의 허리께를 떠밀기까지 했다.

✢

사흘 전 용이는 대뜸 전화를 걸어와 이번 주말에 피아노를 보러 가도 되겠느냐고 물었다. 찬오가 요즘 피아노를 배우고 있어서 마침 연습용 피아노가 필요한데 혹시 지난번에 말한 그 디지털 피아노가 아직 쓸 만한지 궁금하다는 것이었다. 기능에 하자가 없고 찬오가 마음에 들어한다면 크리스마스 선물로 주고 싶다고 했다. 지난여름, 함께 P에게 다녀오는 길에 남은 집 계약 기간과 이사 계획, 짐 정리 문제 등을 늘어놓다가 잠깐 언급했던 저치 곤란한 피아노 얘기를 기억하는 듯했다. 그래도 선물인데 쓰던 건 좀 그렇지 않느냐고 물었더니 중고를 원하는 건 자기가 아니라 찬오라는 대답이 돌아와서 일단 실물을 직접 보고 결정하자는 쪽으로 얘기가 정리됐다. 크리스마스를 생일보다 더 좋아한다는 찬오는 용이의 형 아들로 해가 바뀌면 초등학교 4학년이 된다.

나는 이달 말 예정인 이사를 위해 가구와 집기를 하나둘 처분하는 중이었다. 다시 본가로 들어가야 하는데다 어쩐지 이렇게 해야만 새로운 시작이 가능할 듯해 많은 것을 가차없이 버리고자 했다. 처음에는 이런 나를 보면 P가 서운해하지는 않을까 싶어 주저하기도 했는데, P는 그렇게 속 좁은 사람이 아니며 누구보다도 나의 안녕을 바랄 거라는 용이의 말에 힘입어 다시 차근차근 P의 흔적을 정리할 수 있었다. 생각해보니 내가 P였더라도 여전히 과거에 매여 있기보다는 어떻게든 다음 챕터로 넘어가보려는 내 모습을 더욱 보고 싶어할 것 같았다.

나는 수년 전 중고 거래 앱으로 구입했던 세탁기와 건조기를 되팔았고, 집들이 선물로 받았던 전자레인지와 에스프레소 머신, 토스트기를 필요한 친구들에게 나누어주었으며, 각자 살던 집에서 가져왔던 저가용 매트리스와 일인용 소파를 폐기했다. 모두 P와 나의 손때가 여실했기에 집밖으로 내갈 때마다 내 안에서 크고 작은 동요가 일었다.

하지만 나름의 노력에도 끝내 정리하지 못한 것들이 있었으니, 그중 하나가 바로 디지털 피아노였다. 피아노 자체의 무게도 무게지만—일반 업라이트피아노에 비할 건 아니었으나 페달부에 가림판까지 갖추고 있어 부피가 컸다—그 안에 담긴 추억 때문에 자꾸만 결심이 흐려졌던 것이다. 한번은 중고 거래 사이트에 피아노 사진까지 첨부해 판매글을 올렸는데 막상 사고 싶다는 사람이 나타나자 팔고 싶지 않아졌고, 몇 차례 흥정을 하다 나중에는 게시글을 지웠다. 아무리 가격을 잘 쳐준다고 해도 누군지 잘 모르는 사람에게는 맡길 수 없겠다는 생각이 들었다.

그러므로 조카와 함께 피아노를 보러 오겠다는 용이의 제안은 부적 반가운 일이었다. 차라리 누가 대신 좀 지워줘야 끝이 날 것 같았을 뿐만 아니라 피아노의 새 주인이 다른 누구도 아닌 찬오라면 괜찮겠다 싶었으니까. 만나본 적은 없어도 P 역시 찬오를 좋아하리라는 확신이 내게 있었다.

*

　찬오는 나에 대해 잘 모를 테지만 나는 찬오에 대해 제법 많은 걸 알고 있었다. 요즘 들어 용이가 만날 때마다 찬오 얘기를 빼놓지 않았기 때문이다. 찬오는 두 해 전 부모님의 이혼으로 아빠를 따라서 용이네 동네로 이사를 왔는데, 용이네 어머니가 찬오를 돌봐주시기도 하거니와 찬오가 용이네 집에서 거의 살다시피 하면서 찬오에 대한 용이의 관심과 애정이 부쩍 커진 듯했다. 용이는 하루가 다르게 자라나는 찬오에게서 약간의 경외심과 책임감을 느꼈고, 찬오의 어떤 면면에서 어린 시절의 자신이 겹쳐 보여 깜짝 놀랄 때도 있다고 했다.

　용이는 작년 말부터 찬오가 이쪽일지도 모르겠다는 말을 농반진반으로 했다. 아이의 말투와 몸짓이 왠지 좀 여성스럽고 자꾸 여자아이들이랑만 어울리는 게 또래의 남자아이들과는 확실히 다르다는 것이었다. 어렸을 때부터 로봇보다는 인형을 좋아하고, 밖에서 공을 차고 놀기보다는 혼자서 그림을 그리거나 책 읽기를 고집하며, 아빠보다는 엄마의 물건에 관심을 갖는 식의 전형을 일정 시기마다 모두 보여왔기에 더욱 신경이 쓰인다고 했다.

지난번에 만났을 때도 용이는 그런 얘기를 했는데, 그날은 농반진반이 아니라 농은 반의반이고 진은 7할에서 8할쯤 되는 분위기여서 나도 그냥 흘려듣지만은 못했다. 들으면 들을수록 용이가 다른 많은 지표를 일부러 뭉개는 것 같았고, 그러한 부주의에는 내심 찬오가 이쪽이기를 바라는 은밀한 희망이 깔려 있는 것 같았다.

아니, 여성스럽다고 다 이쪽이냐고.

나는 용이를 일단 멈춰 세웠다.

이쪽이라고 다 여성스럽고?

찬오가 보여왔다는 일련의 행동을 여성스럽다고 규정짓는 것도 문제적이었지만, '여성스럽다'와 '이쪽'을 등가로 놓는 것 역시 문제적이었으므로 나는 이건 너무 성급한 일반화라고, 적어도 21세기 사회 구성원이라면 젠더 표현과 성적 지향 정도는 구분해 생각하자고 덧붙였다.

일반화보다는 이반화 아닌가?

……응?

너무 성급한 이반화.

……

순간의 무안을 멋쩍은 웃음으로 무마해보려는 건지, 아니면 너무 진지해진 내가 못마땅해 퉁을 주려는 건지, 용이는 맥없는 말장난이나 하며 한참을 키득거렸고, 이내 콧등을 긁적이며 내 말을 곱씹는 중인 양 서서히 웃음기를 지웠다. 그러고는 잠시간의 정적 끝에 근데 말이야, 하면서 다시 고개를 들었다.

이건 딴소리일 수도 있는데, 그래, 뭐, 내가 꼬인 걸 수도 있는데, 나는 그런 말을 들을 때마다 그 말을 하는 사람의 인식에 대해 생각해보게 된단 말이야.

나는 되묻듯이 용이를 똑바로 쳐다봤다. 그러고는 떠오르는 생각을 말이 되게끔 천천히 가다듬는 용이를 기다렸다.

우리가 다 그런 건 아니라는 말. 이쪽이라고 다 여성스러운 건 아니라는 말. 그건 틀린 말은 아니지만 나한테는 뭐랄까…… 꼭 잘 보이고 싶어서 하는 말 같거든. 우리를 못마땅해하는 사람들을 의식하면서.

용이는 때로는 그런 말이 받아들여지기 위한 변명이자 해명처럼 들린다고 했다. 얼핏 듣기엔 우리에게 고착화된 이미지나 편견을 바로잡으려는 말 같지만, 그렇게 해서 증명하고자 하는 남성성이라는 게 결국 우리를 다시 어떻게 옥죄어올지를 생각하면 이 모든 게 헛되고 부질없는 일틱처럼 느껴진다고.

생각해봐, 그런 말속에 여성스러운 우리를 감추고 싶은 마음이 없는지. 여기에 그런 사람만 있는 건 아니니 우리를 도매금으로 싸잡지 말아달라고 해명하고 싶은 마음은 없는지. 아닌가? 지금 내가 너무 나갔나?

……

나는 그러한 저의로부터 과연 내가 얼마나 자유로울 수 있을까 싶어 멈칫했지만, 용이가 말꼬리를 물고 늘어지며 괜한 트집을 잡는 것 같다는 생각에 말을 아꼈다. 그러고는 다시 찬오 얘기로 돌아갔다. 아무리 그래도 아직 정체성이 확립되지도 않았을 아이를 멋대로 퀴어로 단정하는 건 잘못이 아니냐고도 했고, 어쩌면 일시적일지도 모를 기질이나 취향만으로 아이를 퀴어로 어림짐작하는 것 또한 실례가 아니냐고도 했다.

그리고 그 말 역시도 용이는 내켜하지 않았다. 제 판단이 성 고정관념에 기인하고 있음을 순순히 인정하면서도, 어째서 찬오를 미래의 시스젠더 이성애자로 규정하는 건 당연하고 자연스러운 것이면서 미래의 퀴어로 상상하는 건 그릇되고 불온하고 죄스러운 것인지 모르겠다고 했다. 그러니까 용이가 처음부터 불만인 건 바로 이거였다.

나는 퀴어가 아닐 수도 있다는 가정이 왜 이렇게 좆같을까. 그런 가정이 나는 왜 퀴어가 아니기를 바라는 마음처럼 느껴질까. 이것도 내가 너무 나간 건가?

그럼 아니기를 바라지. 너는 맞기를 바래?

그때 나는 속내를 숨기지 못하고 되물었다. 용이가 억지를 부리고 있고 허황되고 터무니없는 소리를 한다고 생각했다. 하지만 잠시 후 나는 자신에게 중요한 것을 지키려는 용이의 결기를 마주하고는 더는 가타부타 말을 얹을 수가 없었다.

응, 나는 맞기를 바래. 왜냐하면 나는 찬오가 세상이 얼마나 엉망진창인지 알았으면 좋겠거든. 세상이 우리한테 얼마나 잘못하고 있는지, 우리를 얼마나 화나게 하고 슬프게 하는지 정확히 이해했으면 좋겠거든. 그리고 그 속에서 우리가 얼마나 씩씩하게 맞서고 있는지, 얼마나 아름답고 경이롭게 살아남았는지 하나도 빠짐없이 지켜봤으면 좋겠고. 그게 뭐 잘못된 건가?

생각해보면 용이도 처음에는 걱정하는 기색이 아예 없지는 않았다. 찬오가 전학을 온 지 두 해가 다 되어가는데도 여전히 남자아이들 사이에서 겉도는데다 학교생활의 여파인지 집에서도 점점 말수가 줄고 소극적으로 변하는 것 같다고 했으니까. 한번은 일기장에 이번주 잘한 일로 '여자애들이랑 안 놀았음'이라고 적어서 담임이 찬오 아빠에게 상담차 전화를 한 적도 있다는데, 용이는 찬오가 벌써부터 스스로 잘못됐다고 생각하는 게 보이니까, 그게 어떤 건지 아니까 가슴이 무너진다고 했다.

하지만 언젠가부터 용이는 이제 걱정은 그만할 거라며 태도를 바꿨다. 걱정은 이미 주변에서 차고 넘치도록 하고 있으니 자기는 아이에게 실질적으로 도움이 되는 일을 하고 싶다는 것이었다. 용이는 맨박스야말로 허상이라는 걸 몸소 보여줄 수 있는 삼촌이 되고 싶다고 했고, 아이가 있는 그대로의 모습으로 다가올 수 있는 가족이 되고 싶다고도 했다. 불굴의 프라이드로 무장한 어른. 한 세기쯤 미래에서 살다가 온 것 같은 어른. 용이는 그런 어른인 척할 거라고 했고 그런 어른이 될 거라고도 했다. 용이는 서른 가까이 끙끙 앓다가 벽장 밖으로 간신히 나온 케이스였는데, 역시나 늦게 배운 프라이드가 더 무섭다고, 날이 갈수록 성소수자로서의 삶에 대한 의지와 애착이 커지는 듯했다.

어렸을 때 제일 싫었던 게 뭔지 알아?

그날 용이는 이런 말도 했다.

진심으로 나를 걱정하는 엄마의 눈빛. 남들과 다르면 인생이 가시밭일 텐데 이걸 어쩌면 좋나 근심하는 눈빛. 나는 다른 애들이 수군거리고 놀리는 것보다 그게 더 싫었어.

*

자리를 비운 용이가 뭘 먹지 않겠느냐며 원하는 메뉴를 물어온 건 이십여 분 뒤였다. 금방 주차만 다시 하고 온다더니 어째서 한세월인가 싶어 시간을 확인하는데, 마침 용이에게서 전화가 왔다. 자리를 찾아다니다가 결국 지하철역 사거리에 있는 공영주차장까지 간 모양이었다. 주차장에서 집까지는 못해도 십오 분은 걸어야 했다. 용이는 이왕 이렇게 된 거 밥이

나 먹자며 가는 길에 바로 픽업해갈 수 있는 메뉴 몇 가지를 얘기했다. 맥도날드, 던킨도너츠, 써브웨이, 도미노피자, 교촌 치킨. 열거하는 상호만으로도 지금 용이가 어디에 서 있는지 짐작이 갔다.

나는 뭐든 상관없었기에 식탁에 앉아 있는 찬오에게 눈을 돌렸다. 찬오는 아까부터 아이패드로 〈센과 치히로의 행방불명〉을 보고 있었는데 통화 소리가 컸는지 이미 상황을 파악하고선 내가 묻기도 전에 맥도날드요, 하면서 손을 번쩍 들었다. 그러고는 휴대폰 너머에서 리치 포테이토? 하고 되묻는 용이 목소리에 오케이 사인도 보냈다. 리치 포테이토 버거라는 걸 되게 좋아하나보다 했는데 그건 아니었고 이번달 안에 스탬프 네 개를 모아야 크리스마스 스노볼을 받을 수 있어서 먹는 거라고 했다. 그러고 보니 찬오가 입고 있는 초록색 스웨터에도 루돌프 와펜이 달려 있었다.

찬오에게 주스를 한 컵 가득 따라주고는 거실과 부엌을 맴돌고 있는데 찬오가 저기요, 아저씨, 하면서 나를 불렀다. 온천에 잠입한 치히로가 오래 참고 있던 숨을 터뜨리며 요괴들에게 발각되는 순간에 화면이 멈춰 있었다. 찬오가 먼저 말을 건 건 그때가 처음이었다.

찬오는 내게 이제 피아노는 안 치느냐고 물었다. 왜 피아노를 버리려고 하는지, 자기가 정말로 가져가도 되는지 확인하고 싶은 듯했다. 그사이 어쨌든 피아노를 가져가는 쪽으로 마음을 정한 것 같았다.

나는 피아노를 칠 줄 모른다고 대답했다. 피아노는 내 것이 아니었고 나는 장난으로 몇 번 건반을 눌러본 게 전부일 뿐 악보를 읽을 줄도 음계를 외울 줄도 몰랐다. 내가 할 수 있는 건 같은 구간을 십수 번씩 반복해 연주하는 P의 모습을 지켜보거나 어느새 익숙해진 멜로디를 흥얼거리는 정도였다.

찬오는 내 말이 이해가 안 된다는 듯이 눈썹을 치켜올리더니 피아노의 주인을 궁금해했다.

친구 꺼야.

친구요?

응.

친구 껀데 왜 여기에 있어요?

여기에 살았으니까.

아저씨 혼자 사는 게 아녜요?

지금은 혼잔데 예전엔 같이 살았지.

아……

찬오는 주변을 한번 쓱 둘러봤다. 그렇게 하면 무슨 흔적이라도 새로이 발견할 수 있다고 생각하는 것처럼 수납장과 냉장고, 식탁 구석을 일별했다. 그러고는 다시 나를 올려다보며 그럼 그 친구한테도 허락을 받아야 하느냐고, 나중에 피아노를 돌려줘야 하느냐고 물었다.

나는 어떻게 말하는 게 좋을지 망설이다가 천천히 고개를 저었다. 이제 더는 연락할 수가 없다는 말은 차마 입 밖으로 꺼낼 수가 없었고, 피아노 같은 건 영영 필요하지 않게 되었다는 말은 내키지가 않았다.

그 대신 나는 다른 얘기를 했다. 다행히 하고 싶은 얘기가 떠올랐고 그제야 찬오의 맞은편 자리에 앉을 수 있었다.

그 친구는…… 피아노를 늦게 시작했어. 밤낮없이 일을 하다가 몸도 마음도 많이 안 좋아져서 오래 쉬게 됐는데 어느 날 동네 피아노학원에 등록하더라고. 어렸을 때 잠깐 배우다 말았는데 그게 늘 아쉬웠다나. 재능이 있는지 실력이 빨리 늘었어. 두세 달 만에 책 몇 권을 막 떼더라고. 그러다 점점 연습할 곡이 어려워지니까 저 피아노를 큰맘 먹고 샀지.

우리 학원에도 성인반 있어요. 아홉 명인가 그래요.

찬오가 반색하며 끼어들었고,

오, 그렇구나.

내가 웃으며 말을 이었다.

아무튼 나는 그 친구가 집에서 피아노 치는 시간들이 좋았어. 언젠가부터 그 친구가 말을 잘 안 했거든. 이렇게 마주앉아 있는데도 어떻게 지내고 있는지 도저히 모르겠다는 생각이 들기도 했으니까. 그런데 신기하게도 피아노를 칠 때만큼은 알 것 같았어. 그날의 기분이나 감정 같은 게 전해졌거든. 같은 곡을 연습해도 날마다 느낌이 다르니까 듣고 있으면 아, 오늘은 괜찮구나, 아, 오늘은 아니구나, 알 수 있었지.

거기까지 말했을 때 관자놀이 근처에서 조용하고 부드러운 피아노 소리가 울렸다. 나만 들을 수 있는 소리였고, P를 향한 그리움이 발끝에서부터 솟구치듯이 차오르더니 이내 목을 꽉 움켜쥐는 것 같았다. 이대로 이름을 크게 부르면, 손님이 왔는데 빨리 안 나와보고 뭐하느냐고 소리치면, P가 연주를 멈추고 저기 저 방에서 걸어나올 것만 같았다.

저희 학원 선생님도 비슷한 얘기를 한 적이 있어요.

그때 찬오가 잠시 침묵으로 물러서 있던 나를 건너다보며 말했다.

피아노 치는 걸 보면 진짜 그 사람을 알 수 있다고요.

그런 얘기를 하셨어?

네.

그럼 그 선생님은 찬오 너에 대해서도 잘 아시겠네?

그런 것 같아요. 얼마 전에는 제가 어떤 사람인지 얘기해주셨거든요.

그래? 뭐라고 하셨는데?

나는 허공으로 시선을 옮기며 골똘해지는 찬오를 지켜봤다. 찬오는 기억을 더듬듯이 눈을 깜박였고, 내게 전할 말을 선별

하려는 것처럼 뜸을 들였다. 찬오의 다음 말이 궁금한 게 나 혼자만은 아닌지 어느덧 P의 연주도 멈췄다.

저는요, 총명해서 뭐든 빨리 배우고요. 외유내강이래요. 그리고 할머니 말씀을 잘 듣는 착한 아이래요.

그런 것도 알 수 있다고? 피아노로?

네, 알 수 있대요.

찬오는 어깨를 으쓱해 보였다. 진싸로 들은 말인지 아니면 지금 지어낸 말인지 알 수가 없었다. 아랫입술을 깨물며 시치미를 떼는 듯한 모습이 귀여워서 나도 모르게 웃음이 새어나오려는데 찬오가 다시 한번 근데요, 아저씨, 하고 나를 불렀다.

저 뭐 하나만 물어봐도 돼요?

그럼 되지. 너는 백 개도 돼.

나는 내게 똑바로 향하는 찬오의 두 눈을 바라봤다. 어서 얘기해보라는 듯이 고개를 끄덕이는 내 모습이 찬오의 작은 눈동자에 비쳤다.

아저씨는 우리 삼촌이랑 친한 거죠?

친하지.

그럼 삼촌에 대해서 잘 아는 거죠?

그런 편이지.

그럼 이것도 알아요?

뭐?

삼촌이 게이예요?

……

나는 순간 귀를 의심했다. 무심코 종이에 손끝이 베인 것처럼 흠칫했고, 찬오의 그 한마디가 쿵쿵 몸속에서 맥동하는 느낌에 잠깐 숨을 멈추기도 했다.

게이가 뭔지는 알고 묻는 걸까. 그게 어떤 사람들을 뜻하는 건지 알고 있는 걸까. 나는 찬오가 그 말을 정확히 어떤 의미로 파악하고 있는지 궁금했다. 검색만 하면 바로 다 나오는데 모를 수가 있나 싶으면서도, 뭐든 빠르다는 요즘 애들이라면 이해를 못할 것도 없지 않나 생각하면서도, 찬오가 실제로 알고 있는 걸 확인하고 싶었다. 그리고 생각이 거기까지 닿았을 때 불현듯 겁이 났다. 찬오가 찾아본 것들이 인터넷 기사나 영상마다 기생하는 혐오 댓글일까봐. 그런 말들이 모두 사실이라고 믿고 있을까봐.

나는 찬오에게 어떻게 대답해야 하는지 알았다. 아우팅을 할 수는 없으니까. 하지만 그걸 아는데도 입이 떨어지지 않았다. 무슨 알량한 자존심인지는 모르겠지만 그 상황에서도 거짓말은 또 하고 싶지가 않았다. 생각의 회로가 망가진 것처럼 어찌할 바를 모르는 채 점점 시선이 낮아지는데 찬오가 말했다.

맞나보네요. 아니면 아니라고 했을 텐데.

그런 게 아니고. 나는 잘 몰라서……

베프인데도요? 아까 오는 길에 삼촌이 그랬거든요, 아저씨가 베프라고.

친한 사이여도 잘 모르는 게 있는 법이라고 말끝을 흐리는 사이 찬오가 물었다. 대답하기 곤란한 것들만 묻기로 작정을 한 것 같았다.

아저씨가 보기엔 어때요? 제가 삼촌이랑 비슷해요?

······응?

우리가 닮았어요?

나는 찬오가 무슨 고민을 하는지 알 것 같았고, 그래서 가슴이, 아니 영혼이 조여오는 듯한 기분을 느꼈다. 찬오는 이미 세상의 눈으로 자기 자신을 바라보기 시작한 것 같았고, 나는 그런 아이들이 자신을 어떤 식으로 통제하고 또 미워하게 될지 알았다.

글쎄, 별로 안 닮은 것 같은데. 왜 삼촌을 닮아. 너는 엄마랑 아빠를 닮았겠지. 안 그래?

······

혹시 삼촌을 닮은 게 싫으냐고 물었을 때 찬오는 그건 아니라고 잘라 말했다. 그러고는 자기 삼촌이 얼마나 좋은 사람인지 내게 자랑스레 늘어놓았다. 나는 찬오 덕분에 용이가 주말마다 찬오를 데리고 레고방과 고양이 카페에 간다는 것을 알게 되었고, 이따금 산책삼아 함께 공원을 돌며 길고양이들한테 밥을 준다는 것도 알게 되었으며, 집으로 돌아가는 길에는 흙이 묻거나 땀이 차도 찬오의 손을 절대로 먼저 놓지 않는다는 것 또한 알게 되었다. 하지만 그럼에도 찬오는 끝내 이런 얘기를 꺼냈다.

제가 싫은 건요, 할머니가 걱정하는 거예요. 할머니가 그러는데요, 제가 삼촌 어렸을 때랑 비슷하대요.

그래?

네, 너무 비슷해서 깜짝깜짝 놀란대요.

할머니는 그게 싫으시대?

아니요, 그런 말은 안 했는데. 그냥 제가 알아요, 속상해한다는 걸. 그래서 말인데, 아저씨가 저 대신 우리 삼촌이랑 많이 놀아줄 수 있을까요? 저도 안 놀 건 아닌데, 앞으로도 계속 놀 거긴 한데, 그래도 지금보다는 덜 놀아야 할 것 같아서요.

……

나는 찬오의 시선이 내 얼굴에서 식탁 위로, 식탁 위에서 바닥으로 미끄러지는 것을 바라보다가, 한순간 찬오의 얼굴 가득 번졌다 사라진 쓸쓸함과 막막함을 환영처럼 좇다가, 그러겠노라고 약속했다. 지금보다 더 자주 연락하겠다고도 했고 더 많이 만나겠다고도 했다.

그럼 부탁할게요.

찬오가 기도를 하듯 두 손을 모으며 말했고,

나도 잘 부탁할게, 피아노.

내가 찬오의 동작을 그대로 따라 하며 말했다.

찬오가 조금 느슨해진 표정으로 남은 주스를 나누어 마시는 동안, 나는 사각의 부조 문양이 새겨진 천장과 누수로 인한 얼룩이 남아 있는 벽지, 기름때가 낀 타일을 차례로 눈에 담았다. 내게는 너무 생활적이어서 그 어떠한 감정도 불러일으키지 못하는 것들이었다. 이대로 계속 찬오를 바라보고 있으면 눈물이 날 것 같았고, 총명하고 외유내강이며 할머니 말씀을 잘 듣는 찬오에게 괜한 걱정을 안겨주고 싶지는 않았다.

나는 자리를 박차고 일어선 다음 냉장고 문을 열었다. 쏟아져나오는 냉기가 그사이 뜨겁게 달아오른 얼굴을 삽시간에 식혀주었다.

주스 더 마실래?

잠시 후 등뒤에서 찬오가 대답했다.

좋아요, 더 주세요.

*

피아노는 이삿날 아침에 1톤짜리 용달에 실려 용이네 집으로 갔다. 원래는 찬오의 방에 두려고 했는데 실측해보니 책상이나 책장을 빼지 않고서는 공간이 나오질 않아서 일단은 자기 집에다 두기로 했다고, 내년 봄에 찬오네 집이 이사를 하면 그때 다시 옮길 예정이라고, 용이는 보고를 하듯 자세히 말했다. 내게 피아노의 행방을 정확히 알려야 하는 의무가 있다고 생각하는 것 같았다. 용이는 혹시라도 피아노가 보고 싶어지면 언제든 놀러오라고도 했는데, 나는 어쩌면 용이가 처음부터 피아노를 처분해버리겠다는 내 결정을 만류하고 싶었던 게 아니었을지, 그러니까 내가 언젠가 반드시 후회하고 자책하리라는 걸 예감하고는 대신 맡아주려 했던 게 아니었을지 나 좋을대로 생각하기도 했다.

그날 저녁 용이가 카톡으로 삼 분짜리 영상을 하나 보내왔다. 큰 짐 정리를 대충 마치고 엄마와 함께 밥을 먹는 중이었는데 크리스마스 선물이라는 메시지와 함께 찬오의 연주 영상이 이어졌다. 피아노는 용이네 거실 한쪽에 원래 그 자리에 있었던 것처럼 이질감 없이 놓여 있었고, 구석의 큼지막한 장스탠드가 발광하며 찬오의 주변으로 환한 빛을 흩뿌렸다.

영상 속에서 찬오는 꼿꼿이 앉은 자세로 연주했다. 악보에서 시선을 떼지 않는 게 살짝 경직되어 보였지만 손놀림은 경쾌하고 거침이 없었다. 듣다보니 익숙한 멜로디여서 서너 마디가 지난 다음부터는 나도 모르게 흥얼거리게 됐는데 무슨 노래더라 가만히 생각해보니 Wham의 〈Last Christmas〉였다. 정말이지 찬오는 크리스마스에 진심이구나 싶었다.

뭔데, 조성진이야?

그때 옆에서 듣는 줄도 모르게 듣고 있던 엄마가 물었고,

무슨 조성진이야. 얘는…… 김찬오야.

내가 화면을 엄마 쪽으로 돌리며 대답했다. 돋보기 없이는 뭘 읽거나 보는 게 어려워진 지 오래였기에 과연 제대로 보일까 싶었는데 엄마는 눈을 가느다랗게 뜨면서도 찬오의 연주를 끝까지 지켜봐주었다.

누군데? 아는 애야?

응, 친구 조카.

야무지네.

그렇지?

기특하고.

맞아, 기특해.

갑자기 식탁 위로 내려앉은 노래가 캐럴이었기 때문일까. 아니면 같이 들은 사람이 하필 엄마였기 때문일까. 문득 떠오르는 기억이 하나 있었다. 내가 찬오만했을 때의 일이었다.

그해 겨울 나는 크리스마스트리를 갖고 싶어서 거의 앓다시피 했다. 내게는 여름휴가 때 바닷가에서 주워온 조개껍데기와 조약돌, 문방구에서 뽑은 유리구슬과 플라스틱 반지, 색종이를 접어서 만든 꽃잎과 잘 씻어서 말려둔 복숭아씨 같은 것들을 모아둔 상자가 있었는데, 아마도 크리스마스트리야말로

내 보물들을 전시하기에 제격이라고 생각했던 것 같다. 나는 온갖 작고 반짝이는 것으로 트리를 한껏 꾸미고 싶어 안달이 났고, 얼마 뒤 마트에서 판매중인 조립식 트리를 발견하고는 엄마를 졸랐다. 자라오면서 그렇게까지 막무가내로 떼를 쓴 적은 별로 없었기에 아직도 그날의 격앙된 감정이 생생했다.

엄마에게 혹시 그때 일을 기억하느냐고 물었더니 엄마는 미간을 좁히며 갸웃했다. 차라리 레고나 미니카를 사주겠다며 주저앉은 나를 완구 코너로 끌고 가려 했던 것도, 내가 바닥에 드러눕자 뒤도 안 돌아보고 그냥 가버린 것도 모두 금시초문이라는 반응이었다.

많이 비쌌겠지, 트리가.

아니야, 그거 진짜 나무도 아니었어. 줄기도 가지도 잎사귀도 다 플라스틱이었다고.

그래? 안 비쌌다고?

삼만원도 안 했을걸.

그럼 내가 왜 그랬을까? 미안하네.

사과받고 싶어서 꺼낸 얘기는 아니었는데 갑자기 미안하단 말이 돌아와 주춤하는 사이, 엄마가 말을 이었다.

그래도 다행이야.

뭐가?

너도 그렇게 대책 없이 울고불고 생떼 부린 적이 있었다는 거잖아. 나는 니가 어렸을 때부터 참기만 했다고 생각했거든. 그게 내 탓인 것 같아서 늘 안쓰러웠고.

내가 안쓰러웠어?

안쓰러웠지.

그럼 좀 사주지 그랬어.

미안하다고……

이윽고 나는 엄마에게 그보다 더 어렸을 때의 나는 어떤 아이였느냐고 물었다. 세상의 시선을 의식하기 전의 내 모습이, 좋으면 웃고 싫으면 우는 있는 그대로의 내 모습이 궁금해졌다. 엄마는 최선을 다해 기억해내려는 듯 한참을 생각했다. 그러고는 그 시절의 내가 눈앞에 앉아 있기라도 한 것처럼, 내가 이 대답을 무척 마음에 들어하리라는 걸 확신하는 것처럼 환한 웃음을 지으며 말했다.

너는 말이야. 동네 아줌마들, 할머니들 얘기 듣는 걸 좋아했어. 어른들 옆에 얌전히 앉아서, 어른들이 무슨 얘기를 하면 전부 다 알아듣는 것처럼 방긋방긋 웃으면서, 아직 말도 제대로 못하는 게 몇 시간이고 울지도 않고 나를 찾지도 않고 그렇게 오래오래 어른들 사는 얘기를 들었어. 너는 그런 아이였어.

세월은 우리에게 어울려

1

 장희가 부산행을 제안한 건 지난달 말이었다. 그날은 P의 이주기이자 본격적으로 여름 기운이 나기 시작한다는 소만小滿이었고, 진짜 P는 아니지만 P라고 믿기로 한 산사나무에 물을 충분히 준 뒤에 같이 그 옆 벤치에 앉아 숨을 돌리던 참이었다. 물을 주고 나면 덩달아 목이 마를 것 같아서 챙겨온 작은 생수병을 꺼내는데, 장희가 다다음 주말에 시간이 되느냐고 물었다. 그 주 금요일이 건강검진일이어서 휴무이므로 금요일 늦은 오후에 출발하여 일요일 이른 오후에 돌아오는 짧은 일정으로 부산에 다녀오자는 것이었다. 차비와 숙박비, 식비까지 모두 자기가 부담할 테니 같이 가주기만 하면 된다는 게 장희의 제안이었다.

꿀이네.

꿀이지.

그런데 얘기를 들어보니 장희는 마냥 놀자는 게 아니었다. 장희가 계획한 일정 중에는 병문안이 있어 더더욱 혼자이고 싶지 않았던 것이다. 병문안은 잠깐이고 나머지는 식도락일 거라고 했지만 병문안이 아니라면 굳이 건강검진일까지 붙여가며 부산에 내려가지는 않을 터였다.

근데 웬 병문안? 누가 아파?

장희는 그때부터 죽은 삼촌 얘기를 했다. 꼭 얼굴을 보고 해야 하는 얘기여서 요 며칠 오늘만 기다렸다며 뜸을 들이는데 어쩐지 장희와 나눠 마시고 있는 공기의 밀도가 빽빽해지는 것 같았다.

혹시 그 삼촌 기억하려나?

삼촌?

응, 미국에서 돌아가셨다는 삼촌. 예전에 말했던 것 같은데.

아, 이쪽이었다는?

기억하는구나.

나는 몇 해 전 장희로부터 전해들은 사연을 떠올려보며 천천히 고개를 끄덕였다. 집안에 어렸을 때부터 여성스러운 행동거지로 천덕꾸러기 취급을 받던 삼촌이 하나 있었는데, 80년대 말에 미국으로 이민을 가서 잘 사는가 싶었던 그 삼촌이 어느 날 갑자기 세상을 떠났다는 것. 직계가족이 쉬쉬해 몰랐으나 나중에 알려지기를 사인은 에이즈로 인한 합병증이었다는 것. 이런 것들이 내게 남아 있는 그분에 대한 몇 가지 정보였다.

내 기억이 맞다면 장희가 처음 삼촌 얘기를 꺼낸 긴 아마도 앨리슨 벡델의 『펀 홈』 때문이었을 것이다. 장희에게서 그 책을 빌려 읽고는 돌려주던 날이었는데, 나는 마지막 장을 덮은 지 수일이 지났음에도 딸은 레즈비언이고 아빠는 클로짓 게이라는 설정에 다소 경도되어서는 장희에게 연신 이게 말이 되느냐고 물었다. 이 별난 사연이 작가의 실제 가족사라는 것도 놀라웠지만, 무엇보다도 부녀가 모두 퀴어라는 희박한 확률이 퀴어 인권 최빈국에서 나고 자란 나로서는 좀처럼 믿기지가 않았던 것이다.

그때 장희는 퀴어가 한 가족에 둘이나 셋이면 안 된다는 법이라도 있느냐며 내게 퉁을 줬는데, 다들 말을 안 해서 그렇지 증조에 고조까지 거슬러올라가든 사돈에 팔촌까지 옆으로 뻗어가든 가계도를 샅샅이 뒤져보면 퀴어가 여럿인 집은 생각보다 많을 거라고 자신했다. 그러고는 또하나의 사례처럼 자기 아버지의 외종사촌 얘기를 했다. 그러니까 할머니의 큰오빠의 막내아들. 촌수를 엄밀히 따지자면 오촌 당숙이지만 엄마가 삼촌이라 부르기에 자기도 덩달아 그냥 삼촌이라 부르게 됐다는 친척 어른.

장희는 자신이 태어나 처음으로 만난 퀴어가 바로 그 삼촌이라고 했고, 그래서인지 그분의 죽음은 지금까지도 인생을 통틀어 가장 충격적인 사건으로 남아 있다고 했다. 자신과 무관할 수 없으리라 예감했던 그 질병이 바로 그때를 기점으로 아주 구체적인 얼굴을 하고서 일상 속으로 들어왔으니까. 죽어서까지도 그분에게 가해지던 비난과 멸시를 곱씹다보면 그것이 예비 감염인인 자신의 미래일지 모른다고 생각하지 않을 수가 없었으니까.

나한테 삼촌이 죽었다는 소식을 전해준 사람이 엄마였거든.

장희가 맞은편 산책로를 건너다보며 말했다.

입대하기 전이었으니까 아마도 대학교 1학년 때였던 것 같은데, 엄마가 안방 문을 닫은 채로 누구랑 길게 통화하는가 싶더니 갑자기 내 방으로 와서는 그러더라고. 진무 삼촌, 그이가 죽었다고. 그렇게 하지 말라는 짓만 골라서 하더니 결국 더러운 병에 걸렸다고. 통화를 하다 울었는지 눈은 퉁퉁 부어 있고 목은 잠겨 있는데도 입에서는 그런 말이 나오더라.

나는 장희가 지어 보이는 쓸쓸한 미소를 그대로 돌려주었고 옆에 있는 산사나무를 한번 올려다보았다. 하얗고 촘촘한 꽃

잎들 사이로 초여름의 청명한 하늘이 깔려 있었다. 물을 한 모금 마신 뒤에 그래서 누구 병문안을 가는 거냐고 되물으려는 찰나, 장희가 말을 이었다.

근데 말이야. 얼마 전에 누가 집으로 찾아온 거야.

응? 누가?

진무 삼촌에 대해 잘 아는 사람. 삼촌을 오랫동안 돌봐왔고 지금도 삼촌의 곁을 지키고 있는 사람.

나는 무슨 소린가 하고 장희를 똑바로 바라봤다. 오랫동안 돌봐왔다는 말도 곁을 지키고 있다는 말도 모두 현실에서는 불가능한 일이므로 어떤 비유나 상징 같은 건가 싶었다. 그때 장희가 전혀 감을 잡지 못하는 나를 보며 피식 웃었고, 어떻게 말하면 좋을지 다시금 생각을 가다듬는 듯 조용히 눈을 감았다 떴다. 그러고는 이렇게 이야기를 시작했다.

삼촌이 살아 있다고. 그러니까 삼촌은 죽은 게 아니었고 그동안 나는 완전히 속았던 거라고.

2

지난주 일요일이었으니까 열흘쯤 됐나. 그날 내가 토요일 야근 여파에 감기몸살까지 겹쳐서 내리 열두 시간을 잤거든.

일어나보니 점심이 훌쩍 지나 있었고 약기운인지 잠기운인지 눈을 뜨고도 몸이 무거워 이불 밖으로 나오질 못하고 있는데, 누가 현관을 똑똑 두드리더라고. 처음에는 잘못 들은 줄 알았어. 소리가 작기도 했거니와 누구냐고 물어도 답이 없었거든. 내가 잠이 덜 깼나 싶기도 하고 택배가 왔나 싶기도 해서 일단은 문을 조금 열어본 거지.

그랬더니 그분이 있는 거야. 문틈으로 눈이 마주치자마자 꾸벅 인사를 하시는데, 작고 마른 체구에 동그란 이마, 어디서 빌려 입은 것 같은 낡은 정장 차림까지…… 그래, 하필 일요일이기도 했으니까, 이건 전도구나, 요즘도 이런 걸 하는구나 싶더라고. 그래서 그냥 죄송합니다, 제가 지금 바빠요, 하고 다시 문을 닫으려 하는데, 그때 생전 처음 보는 그 아저씨 입에서 엄마 이름이 나오는 거야. 여기가 이금이씨 댁이 맞느냐고.

저희 어머니신데 어떻게 오셨느냐고 되물었더니 그제야 그분이 안도하면서 그럼 그쪽이 장희군? 하고 알은척을 하더라. 그러고는 원진무씨를 기억하느냐고 물었지. 자기는 원진무씨 대신 온 사람이고, 원진무씨가 이금이씨의 부음을 얼마 전에 접했다고. 그래서 장희군한테 어떻게든 연락하고 싶어했는데 알고 있는 게 옛날 집주소 하나뿐이어서 일단 무작정 찾아와 본 거라고.

나는 삼가 고인의 명복을 빈다는 그 깍듯한 인사에 덩달아 허리를 굽혔고 얼결에 그분이 가져온 꽃다발까지 받아들었어. 겹겹의 신문지에 싸인 새하얀 국화에서 향기가 진동하는데 어쩐지 그마저도 난데없는 게 내가 웬 꿈이라도 꾸고 있나 싶었다니까. 그분을 안으로 모시고 나서도 한동안 믿을 수가 없었어. 삼촌의 최근 모습이 담긴 사진을 여러 장 본 뒤에도, HIV 감염인으로 스무 해 가까이 살아냈고 또 살아가고 있다는 걸 알게 된 뒤에도 무슨 유령이라도 본 것처럼 아연했지.

그때부터 내 안에서 질문이 솟구쳤어. 어째서 엄마는 죽지도 않은 사람을 죽었다고 했는지. 그 시절 엄마에게 삼촌의 소식을 전한 사람은 누구였고 도대체 무슨 말이 오갔기에 죽었다고 생각하게 되었는지. 아니, 나는 엄마가 과연 내게 사실을 전했는지도 의심스러웠어. 어쩌면 엄마는 듣고 싶은 대로 듣거나 믿고 싶은 대로 믿은 건 아닌지. 이런 삶의 말로는 비참한 죽음뿐이라고 내게 일러주고 싶었던 건 아닌지⋯⋯

삼촌은 한일 월드컵 이듬해에 미국 생활을 완전히 접고 한국으로 돌아온 모양이더라고. 처음 몇 년간은 부천과 인천에 살았는데 결국 자리를 잡은 건 부산이었대. 작은 무역 회사 일을 오래했고 지금까지 쭉 부산에 살았다고 하더라고. 작년부터는 영도에 있는 한 요양병원에서 생활하시는데, 최근 몇 년 사이에 이런저런 수치도 안 좋아지고 경도 인지 장애 진단까지 받아서 상황이 그렇게 좋지만은 않은가봐. 치매 판정이 예견되어 있어서인지 기운이 날 때마다 마지막이라는 생각으로 소중했던 사람들에게 연락하신다고 하네. 의절했던 큰형네 식구들에게 다시 전화를 하게 된 것도, 그러다 우리집 소식을 전해들은 것도 모두 그래서였다고 하고.

그분이 말씀하시기를 삼촌이 예전부터 내 얘기를 자주 하셨대. 금호동 고모네 집에 정말 힘들게 태어난 애가 하나 있는데 어찌나 순한지 계속 안고 있어도 힘들지가 않았다고. 한번은 그 아이가 자기를 힘껏 안아주었던 순간에 뭔가 간신히 참고 있던 게 무너져 눈물을 쏟은 적이 있는데, 그후로 사는 게 너무 무섭거나 참담한 날에는 그 순간을 한 번씩 떠올리게 됐다고. 삼촌은 며칠 전에도 그런 얘기를 하면서 그애가 어떻게 자랐는지, 건강히 잘 지내고 있는지, 그리고 혹시 자기를 기억하고 있는지 궁금해하셨다고 하네.

3

부산에 내려온 첫날부터 이영서씨를 만나러 했던 건 아니있다. 저녁 무렵 도착하는 만큼 첫날은 호텔에서 조금 쉬다가 느지막이 저녁을 먹는 게 우리의 계획이라면 계획이었다. 부산에서 나고 자란 직장 동료로부터 추천받은 곱창집이 부평동에 있었고, 거기서 밥을 먹고 야시장을 구경하면 그럭저럭 괜찮을 것 같다는 얘기를 장희와 나누었다. 출발 전날에 이영서씨가 우리를 자신이 일하는 조개구이집으로 초대하기 전까지는 그랬다.

장희에 따르면 이영서씨는 삼촌의 병문안을 위해 장희가 다시 연락한 그날부터 가게에 한번 꼭 들러달라고 거듭 당부했는데, 밥 한끼를 같이했으면 하는 바람이 느껴지기도 하거니와 어르신의 호의를 거절할 이유는 없었기에 우리는 짐을 풀자마자 태종산 인근의 자갈 해변으로 갔다. 200, 300미터쯤 되어 보이는 자그마한 해변을 따라 가게들이 빽빽하게 늘어서 있었고, 테이크아웃 전문 카페 하나를 제외한 다른 가게들은 모두 조개구이집이었다.

이영서씨는 그중 가장 안쪽에 있는 가게 앞에서 호객을 하다 말고 우리를 맞았다. 금요일이라 그런지 이른 저녁임에도 우리를 위해 일부러 맡아두었다는 창가석을 빼고는 여석이 없었다. 그런데 예상과 달리 이영서씨는 우리와 함께 식사를 하지는 않았다. 알고 보니 가게에 한번 꼭 들러달라는 말은 우리에게 밥을 사겠다는 뜻이지 같이 먹겠다는 뜻은 아니었던 것이다.

이영서씨는 근무시간에 뭘 먹는 건 불가능할뿐더러 사실 자기는 물에서 나는 건 이골이 났다며 손사래를 쳤고, 결국 우리에게 조개구이 대짜를 주문해주고는 다시 하던 일로 돌아갔다. 도중에 불판 앞에서 유난스레 땀을 흘리는 내가 안쓰러웠는지 아이고, 친구분, 하면서 본인의 목에 걸고 있던 휴대용 선풍기를 쥐여주기도 했는데, 몇 번을 사양해도 이런 건 가게에 막 굴러다닌다며 돌려받지 않았다.

같이 밥을 먹을 것도 아니면서 우리를 굳이 왜 여기로 불렀을까 하는 의문은 식사를 마치고 나서야 조금 해소되었다. 이영서씨가 이 해변에 얽힌 소중한 기억을, 정확히는 이 해변에서 많은 시간을 보냈다는 원진무씨에 대한 이야기를 들려주었기 때문이다. 장희가 근처 카페에서 아이스 아메리카노 세 잔을 사온 다음이었고, 우리는 가게 앞 공터에 나란히 서서 한동안 해변을 눈에 담았다. 하늘을 주홍빛으로 물들이던 노을은 어느새 저녁 공기에 자리를 내어준 듯했고, 어둠이 흐릿하게 내려앉은 하늘 위로 사람들이 쏘아올린 불꽃이 시시하게 흩어졌다.

여기는 밥을 먹으러 온 사람들이 덤으로 노는 곳이지 일부러 찾아올 만한 곳은 아닌 것 같다는 생각을 하는데, 이영서씨가 해변으로 이어지는 돌계단을 보며 말했다. 시선을 따라가보니 검은색 야구 모자를 푹 눌러쓴 폭죽 장수가 작은 캐리어와 함께 서 있었다.

형님이 저 자리에서 장사를 오래했어요. 몸이 안 좋아지기 전까지 했으니 꼬박 십 년은 했죠.

장사요? 무슨 장사요?

장희가 되물었고,

저이처럼 폭죽을 팔았지요.

이영서씨가 대답했다.

저이는 궂은 날씨에는 안 나오는데 형님은 추우나 더우나 한결같이 나왔어요. 어느 해 여름인가 아는 분 소개로 한 철만 해볼 생각이었는데 하다보니 계속하게 됐지요.

장희는 조금 놀란 눈치였고 뭐라 설명할 수 없는 기분에 사로잡힌 사람들만이 지을 법한 당혹스러운 표정으로 한동안 폭죽 장수에게서 눈을 떼지 못했다. 아마도 폭죽을 팔던 삼촌의 모습을, 비가 오나 눈이 오나 그 자리에 있었다는 삼촌을 상상해보는 게 아닐까 싶었다.

일이 분쯤 뒤에 이영서씨는 우리를 해변 쪽으로 이끌었다. 폭죽이라도 사주려는 건가 했는데 그건 아니었고, 몇 걸음 더 걷다가 충분하다고 생각한 듯한 지점에서 해변을 등지고 섰다. 그러고는 조개구이집 너머의 완만한 언덕을 가리켰다. 중턱에 조립식 슬레이트 지붕을 얹은 집이 예닐곱 채 보였고, 언덕배기에 오래 방치된 폐건물이 자리하고 있었다.

이영서씨는 콘크리트 외벽에 붉은색 철골이 드러나 있는 바로 저 건물이 원래는 요양병원이었다고 설명했다. 죽을 날을 받아놓은 노인들이나 다른 의료기관에서 입원도 치료도 거부당한 사람들이 오는 시설. 이영서씨와 원진무씨가 환자와 간병인으로 처음 만나게 되었다는 곳.

그때만 해도 지금보다 인식이 많이 안 좋아서 우리 같은 사람은 간병인들도 꺼렸거든요. 그래서 형님처럼 몸 관리를 잘하고 일상생활이 가능한 다른 감염인들이 협회에서 교육을 받고 간병 일을 하기도 했지요. 그런데 그것만으로는 먹고살 수 없으니까 형님은 퇴근하고 이 해변으로 오는 거예요. 저 언덕길을 따라 캐리어를 끌고서.

거기까지 들었을 때 다시금 바다 앞에서 불꽃놀이가 시작되었다. 값이 꽤 나가는 폭죽인지 앞선 것들보다 소리도 훨씬 더 크고 퍼져나가는 반경도 넓었다. 매캐한 화약 냄새가 끈적한 바닷바람을 타고 우리가 서 있는 자리까지 넘실댔다.

다들 아주 성가셔했어요.

이영서씨가 코끝을 찡그리며 말을 이었다.

밤에 소등하고 누워 있으면 저 소리가 끊이질 않는 거예요. 창문을 닫으면 덜하긴 한데 그래도 신경이 예민한 사람들은 아주 미치는 거죠. 하지만 나는 안 그랬어요. 소리가 날 때미다 형님이 돈을 버는 거니까, 하나를 팔면 얼마가 남는지 내가 아니까 오늘은 몇 개나 팔리나 귀기울이고 있는 거죠. 그러다 자정이 가까워 적막해지면 생각하는 거예요. 이제 형님도 집으로 가겠구나. 고된 하루가 드디어 끝났으니 이제 나도 눈을 붙여도 되겠구나.

이영서씨는 그 시절이 눈앞에 재생되는 양 잠시 허공에 시선을 걸어두었다. 주름으로 깊게 팬 눈가와 희끗희끗한 머리가 어스름한 저녁 빛으로 물들었고, 두껍고 커다란 안경 너머에 가려져 있던 눈동자가 물막에 싸인 듯이 반들거렸다.

나는 그 순간 장희의 어깨를 툭 하고 건드려보았다. 이영서씨에게서 어떤 소중한 것을 건네받은 느낌이 들었는데, 장희 역시 그것을 놓치지 않기를 바라서였다.

그때 이영서씨가 더 할말이 있는지 목을 가다듬었다. 그리고 그다음 이어진 한마디 한마디는 그로부터 이십여 분 뒤 우리가 호텔로 돌아가는 택시 안에서 내내 무거운 침묵과 함께 창밖만 내다봤던 이유이기도 했다.

나는요, 형님을 만나고 나서 알게 됐어요.

이영서씨는 말했다.

나를 죽게 한 건 병이 아니고 사람이었다는 걸. 그러니 나를 살게 할 수 있는 것도 약이 아니고 사람이라는 걸. 오늘 장희 군한테 이 말을 꼭 해주고 싶었어요. 삼촌은 절대로 부끄러운 삶을 살지 않았다고. 곁에 있는 사람을 하루라도 더 살고 싶게 만드는 사람이었고, 그래서 내가 이렇게 지금도 잘 지내고 있다고.

4

 부산까지 내려가도 원진무씨를 만날 수 없다는 건 이미 알고 있었다. 사회적 거리두기가 해제되고 생활 전반에서 방역 수칙이 완화되었음에도 요양병원은 예외였고, 면회는 비대면 방식으로만 허용될 뿐이었다.
 처음 장희가 부산에 가서 할 수 있는 건 영상통화뿐이라고 했을 때, 어쩌면 삼촌의 컨디션에 따라서 그마저도 할 수 없을지 모른다고 했을 때, 나는 그렇다면 조금 더 기다려보는 게 어떻겠느냐고 물었다. 지난봄에는 접촉 면회가 한시적으로 허용되기도 했거니와 일부 시설에서는 명절마다 유리 칸막이나 비닐을 사이에 두고 만나는 비접촉 면회를 진행하기도 하므로 추석쯤에는 방법이 생기지 않을까 싶었던 것이다. 하지만 장희는 이후에 다시 찾아뵙더라도 일단은 가봐야겠다고 했다. 계신 곳을 알게 된 이상 가보고 싶고, 그게 맞는 것 같다고도 했다.
 장희가 병원에서 겨우 200미터쯤 떨어져 있는 호텔을 예약한 것도 그러한 이유에서였다. 장희의 요청으로 우리는 창문을 열면 왼편으로 병원 건물의 일부가 보이는 객실에 묵었는데, 장희는 자정이 넘어서까지도 창밖을 살피는가 싶더니 결국 이대로는 성에 차지 않는지 동네를 좀 걸어보자고 했다. 어떻게든 삼촌에게 더 가까이 가보고 싶은 듯했다.

우리는 산책삼아 동네를 크게 한 바퀴 돌았다. 그리고 병원 앞을 오래 서성였다. 어둑한 초록빛이 새어나오는 창도 몇 있었으나 인이 보이진 않았고, '면회 전민 금시 유지'라는 제복의 안내문이 출입문뿐만 아니라 사람 키만한 입간판에도 부착되어 있었다. 장희는 한동안 끊었던 연초를 피우며 헛숨을 내쉬었는데, 원진무씨가 있다는 708호의 위치를 가늠해보는 게 그 순간 우리가 할 수 있는 전부라는 사실이 생각할수록 기막힌 듯했다.

그런 장희의 곁에 우두커니 서 있는데, 문득 P와 함께 살았던 집 주변을 하염없이 배회하던 밤들이 떠올랐다. 도저히 안으로 들어갈 수도 없고 이대로 떠날 수도 없어서 누군가 내 목에 줄이라도 채워놓은 것처럼 숨막혔던 밤들. 눈물이 나는데도 어떻게든 몸을 움직여보겠다며 걷는 사람들이 그러하듯이, 한 걸음 한 걸음 내디딜 때마다 물에 젖었다 그대로 얼어버린 신발이라도 신은 것처럼 비참했던 밤들.

그 밤들을 내가 오롯이 혼자서 감당했던 건 아니었다. 이따금 장희가 앱에서 만난 남자들 얘기나 기한 만료가 임박한 스타벅스 BOGO 쿠폰을 구실로 나를 보러 와주기도 했으니까. 그때 장희는 우리 동네의 명소라는데도 나는 존재조차 몰랐던 백반집과 선술집으로 나를 데려가주었고, 귀가 얼다못해 떨어져나갈 것 같은데도 종종거리며 남산 둘레길을 같이 걸어주었다.

내가 자꾸 죽고 싶다고 말하는 게 사실은 살고 싶어서라는 걸 알았던 장희. 내가 무슨 말을 할 때보다 하지 않을 때 오히려 더 유심히 귀기울여주었던 장희.

무슨 생각을 그렇게 해?

장희가 두번째 담배를 비벼 끄며 물었고, 나는 장희가 이 와중에도 나를 보고 있었구나, 내가 보이는구나 생각하며 느릿하게 고개를 저었다. 그러고는 이제 슬슬 들어가자는 장희의 팔꿈치를 잡으며 말했다.

한 바퀴만 더 돕시다.

5

장희가 오래전 삼촌에게 빌렸다는 자동카메라를 보여준 건 다음날 점심 무렵이었다. 원진무씨와 영상통화를 하기로 한 시각은 오후 두시였고, 늦은 아침을 먹고 커피까지 마셨는데도 아직 세 시간이나 남아서 우리는 다시 영도 초입의 골목을 소요했다. 그리고 한낮의 햇살이 목덜미를 뭉근히 덥힐 때쯤 근처의 편의점 야외 테이블에 앉았다. 날은 흐렸으나 바다 마을의 습기가 만만치 않아서 어제 이영서씨로부터 받은 휴대용 선풍기가 내내 요긴했다.

  카메라는 원진무씨가 장희를 기억하지 못할 가능성에 대비해 준비한 것이었다. 이영서씨가 말하길 원진무씨는 코로나19 감염 이후로 인지력과 기억력이 급격히 저하됐다고 하는데, 삼촌의 상태를 종잡을 수 없는 장희로서는 뭐라도 챙겨오지 않을 수가 없던 모양이었다. 어두운 녹갈색의 본체 전체가 장희의 손에 딱 맞는 크기였고, 렌즈 커버에 브랜드명인 'RICOH'라는 글자가 속이 빈 테두리 선으로 새겨져 있었다. 농활 때 수로에 빠뜨려 망가진 다음부터는 쭉 서랍 속에 두었는데, 몇 년 전 충무로에 있는 수리점에 가져가봤더니 이건 틀렸다며 결국 사망선고를 받았다고 했다.

  미국 삼촌이 준 건데 어째서 미제가 아니라 일제인 거냐며 내가 실없이 웃자, 장희가 그건 말이지 하면서 카메라에 얽힌 사연을 들려주었다. 삼촌이 준 것이긴 하지만 원래 주인은 따로 있었다는 것이었다. 초등학교 3학년 여름방학의 일이었다.

  하루는 삼촌이 친구랑 월미도로 드라이브를 가는데 나를 데려갔거든.

장희가 머뭇머뭇 웃음을 섞어 말했다.

근데 가는 길에 내가 뒷좌석 시트에다 대박 토를 한 거야. 원체 차멀미가 심했던데다 하필 출발 전에 코코스인가 하는 패밀리 레스토랑에서 뭘 많이 먹었던 거지. 차주였던 친구분은 뚜껑이 열려 노발대발이고, 삼촌은 애가 그럴 수도 있지 왜 화를 내느냐며 황당해하고, 나는 창피하기도 하고 무섭기도 하니까 계속 울고…… 결국 월미도는 가보지도 못하고 중간에 쫓나버렸지. 근데 집에 돌아와보니까 가방에 이게 들어 있더라고.

나는 장희의 카메라를 자세히 살펴보았다. 안에 필름이 들어 있는지 카운터 바늘이 21에 걸려 있었고, 뷰파인더는 깨끗했으나 후면의 액정은 깨져 있었다.

그날 내가 찍사였거든. 밥을 괜히 사준 게 아닌지 그 친구분이 나한테 조작법을 알려주더니 월미도에 도착하면 삼촌이랑 자기 사진을 많이 찍어달라고 하더라. 삼촌이 미국으로 돌아가면 한동안 못 볼 테니 사진이 중요하다면서.

근데 그 사달이 났고?

응, 카메라 같은 건 안중에도 없게 됐고. 아, 처음에는 돌려주려고 헸이. 근데 며칠 뒤에 삼촌이 떠나면서 그냥 너 가지라고, 그 사람은 이런 건 몇 개나 더 있다고 하더라고.

나는 두 사람이 혹시 연인이었는지 물었다. 그리고 추억 속의 두 사람을 재구성해보는지 눈을 가느다랗게 뜨는 장희의 다음 말을 기다리면서, 그때는 잘 몰랐지만 생각하면 할수록 그랬을 거라는 확신이 든다는 장희의 대답에 흡족해하면서 손에 쥐고 있던 카메라의 무게를 다시 실감해보았다.

하지만 잠깐의 망설임 뒤에 장희는 이미 그때도 알고 있었던 것 같다며 말을 고쳤다. 그날 밤 엄마에게 굳이 공범처럼 거짓말을 했던 걸 보면 아마도 많은 것을 감지하고 있었던 게 아닐까 싶다고 했다.

거짓말? 무슨 거짓말?

장희는 엄마에게 친구분의 성별을 여성으로 바꿔 말했다고 했다. 삼촌이 무슨 부탁을 하지도, 엄마가 먼저 캐묻지도 않았는데 자기도 모르게 그런 말이 술술 나왔다고. 삼촌을 도와주고 싶었던 거냐고 묻자, 장희는 그보다는 조금 더 복잡한 마음이었다며 말을 골랐다. 그러고는 엄밀히 따지면 삼촌을 위한 것이라기보다는 엄마를 위한 것이었다고 회상했다. 그 당시에 할머니가 장희를 볼 때마다 너는 계집애같이 매가리가 없는 게 꼭 진무 어렸을 때랑 똑같다며 한두 마디씩을 했는데, 그래서인지 엄마는 삼촌이 집에 오는 걸 별로 좋아하지 않았다는 그런 이야기였다.

그때 나는 엄마를 안심시키고 싶었던 것 같아.

장희가 한 박자 쉬었다 말했다.

삼촌과 함께 있었지만 나는 아무 영향도 받지 않았다고. 내가 삼촌과 비슷한 사람이 될 수도 있다는 예감은 틀린 거라고. 웃기지? 엄마가 모를 리가 없는데. 어쩌면 내가 그런 말을 해서 더 심란했을 텐데……

나는 장희가 그러하듯이 입은 웃고 있지만 눈은 그렇지 않은 얼굴이 되었고, 테이블 위로 일렁이는 난해한 모양의 햇빛 조각을 눈에 담았다. 그리고 그 대목에서 장희의 어머니가 했다는 거짓말을 떠올렸다.

진무 삼촌, 그이가 더러운 병에 걸렸다는 말. 하지 말라는 짓만 골라서 하더니 결국 죽었다는 말. 잘못 알고 말한 것인지, 아니면 어떤 의도를 갖고 말한 것인지 영영 알 수 없게 되었지만 어쨌든 사실이 아니었던 말.

나는 그 말을 내뱉던 순간에 그녀가 마주했을 불안의 크기를 생각했다. 감염과 죽음이 동의어인 줄 알았던 그 무지한 시절에, 장희의 미래를 오염과 타락, 징벌로밖에 상상할 수 없었던 그 막막한 날들에 그녀가 감당했을 공포의 무게를 생각했다. 어쩌면 그건 장희의 성장과 함께 증식한 불안이 아니었을까. 장희가 누군가를 원하고 만지고 사랑하는 게 이상하지 않은 나이가 됨으로써 완성된 공포가 아니었을까.

그렇다면 그건 왜 응당 불안이고 공포였을까.

내가 이런 생각을 공글리다 입 밖으로 꺼냈을 때 장희는 그럴지도 모르겠다며 고개를 주억거렸다. 너희 어머니는 너를 보호해야 한다는 절박한 심정이었을 거라고, 너를 지키려면 이 방법뿐이리라 생각했을 거라고 말했을 때도 그 말을 곱씹는 것처럼 생각에 잠겼다.

하지만 어느 순간부터 나는 장희가 내 말에 동의하지 않는다는 것을 알았다. 턱이 비스듬하게 당겨지고 입매가 굳었다 풀어지기를 반복하는 게 애써 힐말을 삼키는 것 같았다.

뭔데, 말해.

아니야, 그냥.

그냥 뭐.

사람 참 안 변한다 싶어서.

……응?

너 말이야. 그렇게 당했으면서……

……

나는 그게 무슨 소리냐고 되묻듯이 미간을 좁혔다. 단박에 알아차렸으면서도, 장희가 P에 대해 말하고 있음을 모르지 않았으면서도 설명이 더 필요한 것처럼 장희를 건너다봤다.

장희는 시선을 떨어뜨린 채로 시간을 끌었다. 정적이 길어질수록 주제넘은 소리였다 후회하는 게 보였고, 여기서 P 얘기를 꺼내는 건 적절치 않다고 판단하는 것 또한 보였다. 내가 그 시절의 얘기는 나 자신에게도 하고 싶어하지 않는다는 것을 장희는 아니까. 어떤 날들은 말해지지 않아야만 간신히 멀어질 수 있으니까.

너는 정말⋯⋯ 어떻게든 이해해보려고 하잖아.

장희가 한참 만에 입을 뗐다.

그럴 수밖에 없는 이유가 있을 거라고, 그럴 만한 사정이 있을 거라고. 설령 그게 우리가 죽는 건 자업자득이고 인과응보라고 생각하는 사람들일지라도.

내가? 그런가?

지금도 입장 바꿔 생각해보려고 했잖아. 아니야?

⋯⋯

나는 그제야 장희가 왜 P를 떠올렸는지 알 것 같았다. 왜냐하면 나는 우리가 잘못됐다고 생각하는 사람들을 어떻게든 이해해보려다 P를 잃었으니까. 중죄를 지은 듯이 자책하고 선처를 바라듯이 관용을 구걸하다 P를 빼앗겼으니까. 그럴 수밖에 없는 이유가 있을 거라고 생각하다 나는 어떻게 되었나? 배제되었다. 그럴 만한 사정이 있을 거라고 생각하다 나는 어떻게 되었나? 박탈당했다.

그 시절 장희는 도대체 왜 이런 취급을 받으면서도 가만히 있느냐며 나를 한심해했지만, 사실 나는 가만히 있었던 게 아니다. 나는 최선을 다해 나를 증명해 보였던 것이다. 내가 기다리라면 기다리고 믿으라면 믿는 충직한 사람이라는 걸 보여주기 위해서, 나는 당신들 못지않게, 아니 당신들보다 훨씬 더 도덕적이고 모범적이며 무해하므로 내게도 자격이 있음을 입증하기 위해서 기꺼이 참고 견뎠던 것이다. 오직 내가 원했던 단 한 자리, P의 곁에 있기 위해서. P의 마지막을 지키기 위해서.

하지만 그렇게 해서 나는 어떻게 되었나. 내가 틀린 게 아니었다면, 그 방법이 유효했다면 어째서 나는 지금 아무것도 아닌 나무 쪼가리에다 P의 안위를 빌고 용서를 구하며 살고 있나. 어째서 그토록 끊어내고자 했던 원가족의 품으로 P를 돌려보내야 했으며, 어째서 죽어도 거기는 싫다고 사정했던 그 선산에 P를 가두어야 했나.

그때 장희가 말했다.

나는 아니야. 나는 안 할래.

뭐를……

이해할 생각이 없다고. 이해를 거부할 거라고.

나는 장희를 똑바로 바라봤다. 계속 바라보고 있었지만 더욱 바라봤고, 장희의 눈에 비치는 것은 나인데 어째서 분노가 느껴지는지 확인하려고, 이게 분노라면 어째서 이토록 단숨에 서글퍼지는지를 납득해보려고 조용히 시선을 맞받았다.

안전을 바라는 마음? 보호해야 한다는 믿음? 그거 혐오였어. 헷갈릴 것도 없고 선해할 것도 없어.

장희가 눈빛만큼이나 선연한 목소리로 덧붙였다.

그래서 동성애하라는 거야? 아니잖아. 남자랑 섹스하라는 거야? 아니잖아. 거기에 무슨 자유가 있고 해방이 있는데? 그런데도 나는 그 마음을 사랑이랍시고 놓지를 못했던 거야. 그게 나를 어떻게 좀먹는지도 모르고, 나를 반쯤 죽여서 딱 반만 살게 하는 줄도 모르고…… 어떻게든 이해해보려고 했던 거야.

6

하루 만에 다시 만난 이영서씨는 화면이 못해도 15인치는 되어 보이는 커다란 노트북과 함께였다. 한 손에 노란색 이마트 가방이 들려 있기에 뭔가 했더니 노인 복지 회관에서 대여해왔다는 노트북이었고, 카페 테이블 위로 어댑터와 마우스까지 차례로 꺼내며 능숙하게 영상통화를 준비했다. 얘기를 들어보니 병원에서 눈이 어두운 분들 가운데 신청자에 한해 노트북 영상통화 서비스를 제공하는 모양이었다.

이영서씨는 약속한 시간이 다가올수록 너무 큰 기대는 하지 말라는 말을 거듭했다. 오는 길에 간병인으로부터 오늘 원진무씨의 컨디션이 아주 좋다는 얘기를 전해들었다며 안도하면서도 통화가 불발되거나 갑자기 종료될 가능성을 언급했다. 이영서씨에 따르면 원진무씨는 약기운 때문에 통화 전 깜빡 잠이 든 적도 있었고, 정신이 산란한 날에는 통화중에도 화면을 보지 않거나 입을 열지 않기도 했다.

하지만 약속 시간이 되어 화면에 나타난 원진무씨는 모든 우려가 무색할 만큼 좋아 보였다. 두 눈 밑에는 푸른빛이 감도는 음영이 곡선을 그리고, 납작한 이마와 움푹 꺼진 뺨은 주름과 검버섯으로 뒤덮여 있었지만 어쩐지 화면 너머로 생기가 느껴졌다.

나만의 인상은 아니었는지 이영서씨는 좋아 보인다는 말로 대화를 시작했다. 두 사람 역시 얼굴을 보는 건 근 한 달 만이어서 확인해야 할 근황이 적지 않았다. 사회복지사라는 중년 여성이 원진무씨의 휠체어 위치를 조정해주는 동안에도 문답은 끊기지 않았다.

그래서 장희는? 장희는 어디 있는데?

다정한 타박과 성마른 염려가 이어지려는 찰나, 원진무씨가 손을 내저으며 물었다.

거기 있는 거 맞아?

이영서씨는 그제야 아이고 내 정신, 하면서 장희에게 자리를 내어주었다. 장희는 심장이 너무 뛰어 갈비뼈가 아플 지경이라며 내 쪽으로 몸을 반쯤 숙이고 있었는데, 삼촌의 목소리가 들려오는데도 화면을 쳐다보지 못하더니 결국 카메라 앞으로 자리를 옮긴 뒤에야 겨우 눈을 들었다.

너가 장희야? 장희가 이렇게 큰 거야?

예, 삼촌. 장희예요.

원진무씨가 순간 휠체어에서 몸을 반쯤 일으켜세우며 화면으로 얼굴을 들이밀었다. 그러고는 장희에게도 조금 더 가까이 와보라며 손짓했다.

그래, 맞네. 장희다, 장희야. 애기 때 얼굴이 다 있어.

삼촌도요. 그대로예요.

장희는 그렇게 말하고는 고개를 떨구었다. 복받치는 감정을 어떻게든 제압해보려고 애쓰는 것 같았는데, 곧바로 부질없다는 걸 깨닫고는 그냥 모든 걸 놓아버린 듯이 울었다.

장희야, 잘 컸다. 고맙다.

원진무씨가 소매로 눈가를 훔치며 말했다.

죄송해요. 정말 죄송해요.

뭐가 죄송해. 너가 왜 죄송해.

모르겠어요. 그냥 다 죄송해요.

장희가 들썩이는 어깨를 간신히 가라앉히며 말을 이었다.

돌아가신 줄 알았어요. 그 말을 나 믿었어요.

괜찮아, 잘했어.

정말 몰랐어요.

아니야, 나부터 내가 죽었다고 생각하면서 살았어. 그러지 말자 수백수천 번 맘을 다잡았는데도 그게 잘 안됐어. 이렇게 반가울 줄 알았으면 더 일찍 만나는 건데, 그렇지?

장희는 한참을 더 울고 나서야 원진무씨의 안부를 챙겼다. 몸은 좀 어떠신지, 병원 생활은 하실 만한지 물었는데, 그 짧은 몇 마디를 잇는데도 목젖이 뜨거운지 자꾸 침을 삼켰다.

원진무씨는 병세가 이토록 서서히 나빠진 것에 감사하는 마음으로 지낸다고 했다. 언제나 소원은 노환이었는데 끝내 이루어졌다며 멋쩍게 웃었고, 사람 일은 한 치 앞도 알 수 없다지만 그래도 한 가지 확실한 건 지금 지내는 6인실에서만큼은 자신이 제일 오래 살 거라는 말로 장희를 웃게 했다.

그리고 그 실낱같은 웃음이 잦아들었을 때, 이내 어떤 생각이 스친 것처럼 표정이 어두워졌을 때 원진무씨는 장희 어머니의 마지막에 대해 물었다. 어떻게 된 일이냐며 사정을 궁금해했고 너무 일찍 갔다며 속상해했다.

아팠어요.

어디가.

머리 수술을 여러 번 했어요.

잠시간의 침묵이 흘렀고, 원진무씨가 세월 속에 잠겨 있던 생각들로 어떻게든 스스로를 이해시켜보려는 것처럼 인상을 썼다.

그래, 두통이 심했지. 항상 게보린을 달고 살았고.

맞아요, 그놈의 게보린.

말도 안 되는 집에 시집와서 기가 막혔을 거야. 너 태어나기 전에는 훨씬 더 심했어. 장희 너가 엄마를 살렸지.

장희가 그 말을 되새기는 듯 작은 미소를 지어 보이는 사이, 원진무씨가 장희를 나지막이 불렀다.

장희야.

예.

장희야.

예, 삼촌. 말씀하세요.

너 엄마한테 잘했지? 잘했을 거야, 그렇지?

……

장희는 한동안 입을 떼지 못했다. 한꺼번에 너무 많은 감정이 치밀어오른 것 같았고, 호흡이 뜻대로 안 되는지 들숨도 날숨도 모두 거칠었다.

내가 터코마에 있을 때 말이야.

얼마쯤 뒤에 원진무씨가 말했다.

형수가 꼬박꼬박 연하장을 보내줬어. 거기서 십오 년을 살았는데 한 해도 거른 적이 없었지. 그렇게 해주는 사람은 형수뿐이었어.

엄마가요?

응, 그리고 어느 해부터인가 장희 니가 한글을 배우기 시작했는지 카드 안에 추신처럼 한두 문장을 더 적었지. 그때 너는 또 오라고 썼어. 처음에는 삐뚤빼뚤한 글씨로, 나중에는 단정해진 글씨로 기다리고 있을 테니 언제든 우리집에 또 오라는 말을 잊지 않았어. 그 말이 나는 참 좋았고.

장희가 기억의 미로를 헤매는 듯한 고통스러운 표정으로 되물었다.

제가요? 생각이 안 나요.

괜찮아, 그 카드들 다 있어. 이사를 하도 많이 다녀서 다른 건 다 버렸는데 그래도 그건 지켰어. 나중에 보여줄게.

꼭이요.

그래.

진짜로요.

그래.

거기까지 말했을 때 화면 밖에 있던 사회복지사가 다시 모습을 드러내며 통화 종료 시간을 알렸다. 원래 통화는 십오 분으로 제한되어 있는데 벌써 이십 분이 됐다고, 다음 분이 밖에서 대기중이니 이쪽에서 그만 마무리해달라고 했다.

두 사람은 다음 만남을 기약하며 마지막 인사를 나눴다. 돌아오는 추석 연휴에 또 내려오겠다는 장희에게 원진무씨는 그때까지 건강하게 지내자며 고개를 끄덕였고, 하고 싶은 말이 너무나도 많다는 원진무씨에게 장희는 앞으로는 오늘처럼 울다가 시간을 허비하는 일은 없을 거라며 입꼬리를 끌어올렸다.

삼촌, 저 잊으면 안 돼요.

장희가 마지막으로 말했고,

그래, 곧 보자고.

원진무씨가 손을 흔들며 대답했다.

그리고 몇 초 뒤에, 서로를 향하는 눈짓과 손짓, 표정에서 스며나오던 아쉬움이 두 사람을 어떠한 양감으로 살짝 움켜쥐었다 편 것처럼 주춤하게 했을 때 통화는 예기되었음에도 예기치 않은 것처럼 갑자기 종료되었다.

7

돌아가는 날에는 장희의 카메라를 고쳤다. 고쳐야겠다 마음먹었던 것은 아니고 얼결에 고친 것이었는데, 과연 이걸 고쳤다고 말해도 될까 싶을 정도의 간단한 조작으로 작동이 됐으므로 사실 카메라는 망가지지도 않았다고 보는 게 맞을 것 같다.

그때 우리는 부산역 대합실에서 서울행 열차를 기다리고 있었다. 딱히 서두른 건 아니었음에도 예상보다 일찍 도착해 시간이 삼십 분 정도 남았고, 출발·도착 현황 전광판이 보이는 벤치에 나란히 앉아 시간을 흘려보내고 있었다.

얼마쯤 지났을까. 아무래도 호텔에 휴대폰 충전기를 두고 온 것 같다며 백팩을 뒤적이던 장희가 앉아 있던 자리에 자기 물건을 하나둘 꺼내놓았다. 안경 케이스와 접이식 우산, 화장품 파우치 같은 생활 도구에 이어 아이패드와 에어팟, 전기면도기 같은 전자기기가 나왔는데, 그중에는 자동카메라도 있었다.

나는 카메라를 이리저리 살피다 하단 오른쪽에 달린 작은 뚜껑을 열어보았다. 배터리 삽입구 전체가 황갈색이 도는 녹으로 뒤덮여 있었고, 작은 걸쇠를 밀어올리자 지난 세기에 제조되었을 것만 같은 AA형 건전지 한 쌍이 하얀색 전해액 가루와 함께 별다른 저항 없이 밀려나왔다. 거의 썩은 듯한 상태여서 손바닥에 올려둔 것만으로도 꺼림칙했다.

이영서씨에게 받은 휴대용 선풍기가 머릿속을 스친 건 그때였다. 장희가 여기 있다, 하면서 백팩 밑바닥에서 충전기를 꺼내든 그때. 전광판에 두시에 출발하는 서울행 KTX 36 열차의 승강장 안내가 업데이트된 그때. 나는 혹시나 하는 마음으로 선풍기 손잡이에 달린 뚜껑을 열었고, 그 안에 들어 있는 AA형 건전지 한 쌍을 확인하자마자 카메라에 바꿔 끼웠다. 그러고는 셔터 버튼을 천천히 눌러보았다.

뭐야? 어?

찰칵 소리와 함께 팡 터지는 플래시에 장희의 눈이 내 것만큼이나 휘둥그레졌고, 나는 그런 장희를 뷰파인더에 담으며 다시 한번 버튼을 눌렀다. 그사이 카운터의 바늘이 21에서 23으로 바뀐 걸 보니 뭐가 찍히긴 찍힌 것 같았다.

어떻게 한 거야? 천잰데?

장희가 내 손에 들린 카메라를 거의 낚아채다시피 가져가며 물었고,

내가 좀.

나는 어깨를 으쓱해 보였다.

분명히 고장났다 그랬는데?

속았지 뭐.

또 속은 건가.

막 믿고 그러지 말라니까.

장희는 조금 상기된 얼굴로 카메라를 만지작거렸다. 렌즈 커버를 여닫으며 뷰파인더를 확인했고, 렌즈를 내 쪽으로 향하더니 셔터 버튼을 꾹 눌렀다. 그리고 한번 더 눌렀을 때 카메라에서 우웅 하는 작은 진동음이 들리기 시작했다. 이대로 정말 고장인가 싶어서 멈칫했는데 다행히 안에 들어 있던 필름이 자동으로 감기는 소리였다. 스물네 장짜리 필름이었는지 카운터가 24부터 거꾸로 돌았다. 24, 23, 22, 21······

우리는 하나씩 줄어드는 숫자를 숨죽이며 지켜봤다. 그리고 카운터가 0을 가리키는 바로 그 순간에, 한 시절의 끝이

자 시작을 알리는 듯한 바로 그 순간에 눈을 들어 서로를 바라봤다.

교분

도무지 가시질 않는 감기 증상에 삼 주 만에 다시 병원을 찾았다. 한번 크게 앓았으므로 이번 겨울용 면역은 생겼겠거니 하면서 돌아다녔더니 또 탈이 났고, 주말 내내 콧물과 기침이 멈추질 않았다. 혹시 요즘 유행한다는 A형 독감이나 미코플라스마폐렴 뭐 그런 게 아닐지 걱정이 되기도 했는데, 다행히 의사의 소견으로는 그냥 감기였다. 지금 독감 환자 수가 유행기 기준의 여섯 배나 되므로 위생 관리에 더욱 힘쓰라는 얘기를 들었다.

진료를 마치고 대기실로 나왔더니 그사이 사람이 더 늘었는지 아예 앉을 자리가 없었다. 밤새 12센티미터가 넘는 폭설이 내린 터라 대기실 바닥 곳곳이 구정물로 지저분했다. 잠시 후

간호사가 내 이름을 부르기에 접수대 쪽으로 다가서는데, 누군가 등뒤에서 내 이름을 한번 더 불렀다. 목소리의 주인은 마스크를 쓴 중년남성이었고, 나와 눈이 마주치자 소변이 담긴 플라스틱 컵을 등뒤로 감췄다. 숱이 적은 곱슬머리에 살짝 치올라간 눈꼬리, 큼지막한 모직 코트로도 가려지지 않는 왜소한 어깨의 조합이 낯설지 않았다.

어? 선생님?

맞구나. 드디어 만나네.

그러니까요!

앞에서 이윤범, 부르는데 내가 아는 그 이윤범이 맞나 했지. 감기?

네, 선생님은요?

그때 선생님이 무슨 말을 하려다 말고 내 어깨 너머를 힐끗 확인했고, 어서 가보라며 턱짓으로 접수대를 가리켰다. 돌아보니 간호사가 진료비 계산을 위해 여전히 나를 기다리고 있었다.

영수증과 처방전을 챙겨 자리로 돌아오자 선생님이 마스크를 벗은 얼굴을 보여주었다. 깊게 팬 인중과 얇은 윗입술, 입가에 감도는 의뭉스러운 미소만큼은 예전 그대로였다.

근데 눈은 왜 그래?

선생님이 속삭이듯 물었고,

눈이요?

나도 덩달아 목소리를 낮추며 되물었다.

왜 멍이 들었어? 누구랑 싸웠어?

멍이요? 제가요?

눈두덩을 만져보던 나는 이내 선생님의 실없는 장난에 걸려들었다는 걸 알아차렸다. 아주 오래전 선생님은 내 다크서클을 멍으로 착각하고는 누구랑 또 싸웠느냐며 놀란 적이 있었는데, 그건 그 무렵 내가 한 학기 내내 나를 '미스 리'라고 불렀던 어떤 녀석에게 맞섰다가 뼈도 못 추린 사건에서 비롯된 일화였다.

별걸 다 기억하시네요. 그런 건 좀 잊어주셔도 되는데.

선생님이 나를 보자마자 떠올린 게 그런 일이라는 게 어이가 없기도 하고 어째 이건 좀 실패한 아이스 브레이킹이 아닌가 싶기도 해서 헛웃음이 나오려는데, 선생님이 물었다.

어떻게 지내니? 글은 잘 쓰고 있고?

잘은 아니고요. 근데 어디가 안 좋으세요?

나는 아까 본 소변 컵을 의식하지 않으려 했으나 선생님이 계속 한쪽 팔을 등뒤로 감추고 있어 모르는 척할 수가 없었다. 선생님은 검진 때 단백이 소량 나왔다기에 다시 온 것이며 예전에도 이런 적이 있어 걱정할 건 아니라고 했다. 그러고는 여기서 이러지 말고 나가서 차 한잔을 하는 게 어떻겠느냐며 웃었다.

지금요?

많이 바빠? 안 그래도 한번 봤으면 해서 저번에 문자 남겼는데……

아…… 그러셨죠.

……

나는 대기실 벽에 걸린 시계를 일별하고는 아무래도 오늘은 어렵겠다고, 뒤에 일정이 있어 다음을 기약해야 할 것 같다고 말끝을 흐렸다. 어쩐지 선생님에게는 평일 오전에 병원 진료도 받고 차도 마실 수 있을 정도로 한가해 보이고 싶지 않았다.

하지만 그로부터 삼십여 분쯤 뒤에 나는 결국 선생님과 차 한잔을 마시게 되었다. 인근의 약국에서 우리가 다시 마주쳤기 때문이었다. 내가 자주 가는 약국은 길 건너에 있었는데 선생님 역시 병원 바로 아래층에 있는 약국보다 이 약국을 선호하는 듯했다. 먼저 도착해 약이 나오길 기다리고 있던 나는 약국 안으로 들어오는 선생님을 발견하고는 웃음을 터뜨렸고, 처음 만난 것처럼 악수를 청하는 선생님의 손을 맞잡았다. 그리고 선생님이 내 팔꿈치를 툭 치며 묻는 말에 고개를 끄덕이시 않을 수가 없었다.

어때? 그냥 갈 수는 없겠지?

*

　선생님과 내가 마주앉은 곳은 뜻밖에도 교무실이었다. 약국 근처에 얘기를 나누기에 적당한 카페가 하나 떠올라 혹시 가 보셨느냐고 물었더니, 잠시 뜸을 들이던 선생님이 거기 말고 학교는 어떻겠느냐고 했다. 방학중이어서 사람이 없기도 하고, 실은 당직중에 잠시 자리를 비운 것이기도 해서 학교가 더 편할 것 같다고 했다. 학교는 병원과 약국이 모여 있는 사거리에서 도보로 십 분 거리였으므로 무리는 아니었다.
　학교로 이어지는 언덕을 오르는 동안, 선생님이 이번 겨울을 끝으로 교직생활을 마무리하게 되었다는 것을 알게 됐다. 지난가을 선생님에게서 글쓰기 특강을 제안받았을 때만 해도 학령인구 감소로 인해 학교가 남녀공학이 되었다는 소식은 들었어도 이번 학기가 마지막이라는 얘기는 못 들었는데, 어째서 이제야 말씀하시느냐고 묻자 선생님은 완주도 아니고 중도 포기인데 그게 뭐 자랑이라고 떠벌리겠느냐며 쑥스러운 미소를 보였다.
　2001년 9월부터 교직생활을 시작했다는 선생님의 최종 재직 기간은 22년 6개월. 정년은 육칠 년 더 남았으나 교감이나 교장을 목표로 하지 않는 한 요즘에는 55세 전후로 많이들 그만두는 추세라고 선생님은 말했다. 내가 이왕 하시는 거 교장 선생님까지 하시지, 왜 벌써 그만두시는데요, 하며 아쉬워하자 슬쩍 쓴웃음을 내비치기도 했는데, 좀더 얘기를 들어보니 이 학교는 여성이나 미혼 남성 교원에게는 관리직을 허락한 전례가 없었다.

선생님은 아무도 없는 교무실을 지나 그 옆에 딸린 자그마한 응접실로 나를 안내했다. 유리판 아래 초록색 부직포를 깔아둔 티 테이블이나 빛바랜 인조가죽 소파처럼 기나긴 역사를 자랑하는 듯한 집기가 비좁은 공간을 메우고 있었다. 다행히 운동장으로 나 있는 크고 널찍한 창문 덕에 채광은 좋았는데, 밤새 쌓인 눈에 난반사된 빛이 시야를 넓힌 건지 운동장 한쪽에서 함께 눈사람을 만드는 아이들까지 잘 보였다. 화단의 관목 수풀 너머로 희고 둥근 몸통이 놓여 있었고, 지천인 눈을 만끽하는 아이들 주위로 하얀 눈가루가 날렸다.

방학중에 웬 아이들인가 싶어 내가 눈을 떼지 못하자, 선생님에게서 저애들은 교지 편집부이며 개교 육십 주년 특대호를 준비하느라 방학에도 열심이라는 설명이 돌아왔다. 그 시절 선생님은 젊은 국어 교사라는 이유로 교지 편집을 홀로 도맡다시피 했는데, 설마 아직도 그러시느냐고 물었더니 이번은 십 년 만의 특대호이기도 하고 자신이 참여하는 마지막 교지이기도 해서 다른 해보다는 신경을 쓰고 있다고 했다. 내가 재학중일 때와는 달리, 이제는 교지에 '교분'이라는 이름도 생기고 학생

참여 또한 동아리 활동을 겸하여 활발해진 모양이었다.

자, 한번 마셔봐. 아주 좋을 거야.

잠시 후 선생님이 직접 타준 생강차가 앞에 놓였고, 나는 짙은 갈색이 도는 머그잔 속을 호호 불고는 마주앉은 선생님을 천천히 눈에 담았다. 이마에 줄 하나를 그어놓은 것처럼 주름이 선명했고, 얼굴 한쪽에 자리잡은 기미와 옅게 팬 볼우물이 수척한 느낌을 더해주고 있었다.

선생님이 스무 해 가까이 함께한 파트너를 먼저 떠나보냈다는 건 작년 이맘때쯤 알게 됐다. 내게 그 소식을 전해준 건 나보다 먼저 우리가 나고 자란 동네로 돌아온 재효였는데, 어느 날 재효가 장례식장에 다녀오는 길이라며 전화를 걸어왔고, 빈소에 머무는 동안 선생님으로부터 직접 들었다며 어린 시절 대부분을 소아병동에서 보냈다는 그분의 사정을, 최근 몇 년간 재발과 전이 때문에 오래 고생했다는 그분의 마지막을 이야기해주었다.

재효와 선생님의 파트너는 십여 년 전 청소년 성소수자 지원 단체에서 함께 자원 활동을 해 인연이 있었다. 두 사람은 배치된 팀도 다르고 나이 차도 많이 나는 편이어서 따로 어울리거나 친해지지는 않았는데, 어느 날 선생님의 파트너가 뒤풀이 자리에 연인을 초대하면서 재효는 선생님과 뜻밖의 재회를 하게 됐다. 졸업한 지 십 년도 더 지난 뒤의 일이라 서로 웃을 수 있었지만 어쨌든 선생님 입장에서는 간담이 서늘해졌을 거라고, 결국 마주칠 사람들이 한 번쯤 마주치고야 마는 곳이 종로이기는 하나 그래도 거기서 제자를 마주치는 것만큼이나 당혹스러운 일은 없을 거라고, 재효는 말했다.

하지만 비밀로 해달라는 선생님의 부탁에도 재효는 그날 밤 바로 내게 야, 대박, 미친, 하며 예상치 못했던 그 만남에 대해 늘어놓았는데, 사실 재효도 나도 학창시절 선생님을 의심해본 적이 있었기에 우리가 진짜로 놀란 건 아니었다. 재효와 나는 서로를 의심한 만큼 선생님도 의심했고 서로를 의지한 만큼 선생님 또한 의지했다는 것을, 우리는 그 시절로부터 멀찌감치 떠나오고 나서야 조금씩 터놓고 이야기할 수 있었다.

나는 머그잔을 만지작거리기만 할 뿐 입으로는 가져가지 않는 선생님을 살피다 먼저 얘기를 꺼냈다. 지난번에 통화하며 뒤늦은 조의를 표하긴 했으나 대면을 했으니 다시 한번 무슨 말이든 해야 할 것 같았다. 나는 자세를 바로 고쳐 앉으며 고인의 명복을 빌었고, 멈칫하던 선생님 역시 정중히 인사를 했다. 요즘은 좀 어떠시느냐는 선생님은 어떤 말은 불러들이고 어떤 말은 골라내는 듯이 주저했다.

많이 보고 싶지. 많이 미안하고, 부끄럽고, 내 자신이 한심하기도 하고……

선생님 잘못이 아니잖아요.

그런가. 근데 왜 자꾸 잘못한 것만 생각이 날까.

……

나는 마땅한 다음 말을 찾기 위해 머리를 굴리다 이내 침묵으로 물러섰다. 그렇게 생각하지 마시라거나 괜찮아지실 거라는 말은 순간의 내 불편을 모면하려는 말이지 선생님에게 필요한 말은 아닌 것 같았다.

그래, 윤범아. 너는 어떠니? 이제 네 얘기를 좀 듣고 싶구나.

선생님은 더는 우울한 얘기는 말자며 눈썹을 한껏 치켜올렸고, 내 대답을 기다리다 말고 먼저 입을 뗐다.

근처 도서관에서 수업을 했다지?

나는 놀라서 동그래진 눈으로 그걸 어떻게 아셨는지 물었다. 지난해 봄부터 가을까지 반년간 나는 예술인 지원 사업의 일환으로 인근 구립도서관에 상주하며 문학 프로그램을 기획했는데, 도서관 이용자나 프로그램 참여자가 아니라면 알기 어려운 정보였다. 혹시 도서관에 오신 적이 있느냐고 묻자 선생님은 그건 아니고 재효에게 들었다고 했다.

아, 재효를 만나셨어요?

가게에 갔지. 재효네 물건이 좋아서 가끔 가거든. 너도 알잖아. 재효가 알면……

……다 아는 거죠.

그래, 비밀은 없지.

이윽고 나는 선생님에게 도서관에서 진행했던 글쓰기 워크숍과 독서 모임 얘기를 했고, 지원 사업과는 별개로 거의 두 해 가까이 해오고 있는 첨삭 아르바이트에 대해 말했다. 중고등학생이 쓴 논술과 에세이, 자소서 등을 읽고 개선점을 정리하는 일이었다.

거기까지 말했을 때 나는 문득 선생님의 비결이 궁금해졌다. 고작 글을 읽는 게 전부인데도 글에서 전해지는 아이들의 격앙된 마음이 버거웠던 터라, 오랜 시간 아이들과 함께 생활한 선생님이 대단해 보였다. 선생님은 잘 지내려는 게 아니라 그냥 지내려는 게 비결이라면 비결일 수도 있겠다며 콧등을 찡그리더니, 대단한 건 내가 아니라 윤범이 너라며 갑자기 나를 치켜세웠다.

저요? 제가 왜요?

왜긴. 그런 책을 쓰는 게 쉬운 건 아니잖아.

……

나는 선생님이 게이 당사자성에 기반한 내 소설 얘기를 한다는 걸 알면서도 못 알아들은 척 선생님을 빤히 쳐다봤다. 얘기가 그쪽으로 흘러가는 건 왠지 무안한데다 선생님과 책이나 성체성 얘기를 대놓고 한 적은 없어서 겸연쩍었다. 하지만 내 표정에서 얼핏 웃음의 기미를 포착한 선생님 덕분에 연기는 바로 종료되었고, 나는 소설 안에서나 쫑고 까부는 거지 밖으로 나오면 아무 말도 못하는 쫄보가 바로 저라고 얼버무렸다.

얼마쯤 지났을까. 내 말을 가만히 생각해보는 듯하던 선생님이 사과를 했다. 그때 그렇게 특강을 취소하게 돼 미안하다고, 이후에 바로 연락하려고 했는데 경황이 없어 늦어졌다고도 했다. 그 순간 나는 뭐 그런 일로 사과를 하시느냐며 태연한 척했으나, 거듭 미안해하는 선생님을 보고 있자니 마음이 한결 놓이는 건 또 어쩔 수가 없었다. 역시 아무렇지 않았던 건 아니었구나 싶었고, 어쩌면 내심 선생님의 사과를 바랐던 것일지도 모르겠다는 생각도 들었다. 그리고 그와 동시에 선생님을 향한 내 마음 한구석에는 여전히 물음표가 남아 있다는 것을, 선생님에게 직접 묻고 확인하고 싶은 게 있다는 것을 실감하게 됐다.

*

모교 특강은 약속된 날짜를 일주일 정도 앞두고 갑작스레 취소됐다. 선생님은 처음 섭외를 위해 연락해왔을 때처럼 통화가 가능할 때를 알려달라는 문자를 남겨놓고는 오 분도 지나지 않아 전화를 걸어왔고, 다소 무겁고 정중한 어조로 사정을 얘기했다. 후배 교사와의 커뮤니케이션 문제로 섭외가 중복되었다는 걸 오늘에서야 알게 되었다고. 먼저 섭외된 쪽이 교장의 인맥이기도 해 아무래도 이쪽에서 양보해야 할 것 같다고.

솔직히 나는 행사가 취소돼 좋았다. 왜냐하면 그때까지도 나는 아이들 앞에 서는 게 적잖이 부담스러웠으니까. 주제가 정해져 있고 이전에도 비슷한 내용의 강연을 해본 적이 있음에도 마음이 편치 않았고, 그건 역시나 강연 장소와 대상 때문이었다. 나는 글쓰기에 대한 얘기를 하면서도 내 소설이나 책 얘기는 모두 삼가는 쪽으로 강연 내용을 수정했는데, 그러는 게 당연하고 상식적이라고 판단하는 내가 석연치 않아서, 학교에서는 가급적 퀴어나 성소수자 얘기는 하지 말자고 알아서 몸을 사리는 내가 마음에 들지 않아서 괜히 생각을 더 복잡하게 꼬아놓던 차에 선생님으로부터 취소 통보를 받은 것이었다.

하지만 처음 며칠만 후련했을 뿐, 그 일은 내 마음속에 흠집을 냈다. 그냥 쓱 긁힌 것 같아서 내버려두었더니 기어이 곪아버린 상처처럼, 시간이 지나자 벌어진 줄도 몰랐던 그 틈새에서 자꾸 별의별 생각이 다 새어나왔으니까. 나는 선생님이 일러주었던 그 취소 사유라는 게 과연 사실인지 의심스러웠고, 분명히 다른 이유가 있을 거라는 직감 속에서, 내 안에 침잠해 있다가 하나둘 떠오르는 취소와 배제의 기억 속에서 굳이 하지 않아도 될 상상을 하며 스스로를 괴롭혔다.

내가 이런 의심에 대해 말했을 때 재효는 나가도 너무 나갔다며 내 생각을 일축했다. 실재하지도 않는 차별을 당하느라 너도 참 피곤하게 산다며 혀를 찼고, 누군가 너를 반대하고 취소할 거라는 생각이야말로 피해의식에 자의식과잉이라며 질색했다. 하지만 나중에는 내가 왜 그렇게까지 생각하는지 이해가 가지 않는 건 아니라며 내 편을 들어주기도 했는데, 그즈음 내가 도서관에서 경험했던 일을 재효 역시 상세히 알고 있었기 때문이었다.

도서관에서 상주한 지 석 달여가 지났을 무렵, 내가 진행하는 글쓰기 워크숍 홍보 포스터가 훼손되는 일이 있었다. 워크숍은 노인과 어린이, 장애인, 성소수자와 같은 사회적 소수자를 주인공으로 매주 짧은 소설을 써보는 것이었는데, 누군가 커리큘럼의 4주 차에 적힌 '성소수자의 눈으로 쓰기'란 소제목에만 검은색 볼펜으로 취소선을 그어놓았던 것이다. 4층과 5층 열람실 옆 게시판에 붙어 있던 포스터 두 장이 모두 같은 방법으로 훼손됐으므로 다른 의도가 있으리라고 생각하기는 어려웠다.

하지만 그때 내가 못마땅했던 건 호모포비아의 조악한 혐오 따위가 아니었다. 그보다는 내 대응, 누가 봤을까봐, 정확히는 도서관측에서 이 상황을 알게 될까봐 그 즉시 포스터를 떼어내고 숨기는 내 태도였다. 이런 일은 재발 방지를 위해서라도 그냥 넘어가서는 안 되지 않나 하는 생각도 잠시뿐 나는 아무 일도 없었던 것처럼 흔적을 지우는 쪽을 택했다. 이런 상황이 모두 평가의 근거로 작용해 내게 어떤 불이익이 생기는 건 아닌지 신경이 쓰였기 때문이었다. 나는 홍보 문구 일부를 교체하고 싶다는 핑계로 도서관측에 포스터 재인쇄를 부탁했고, 이후로도 게시판 앞을 지나다닐 때마다 틈틈이 포스터의 상태를 확인했다.

생각해보면 이러한 검열은 이미 지원서를 쓸 때부터 내 안에서 작동된 것이기도 했다. 지원서에는 프로그램 기획안뿐만 아니라 지금까지 내가 해온 작업을 토대로 한 문학관이 담겨야 했는데, 나는 그 내용을 자꾸 모호하고 다중적인 수사로 뭉뚱그렸고, 나중에는 지원서에 적었던 모든 '성소수자'를 '소수자'로 교체했다. 공공기관에서 주관하는 사업, 특히나 지역사회의 다양한 구성원들을 대상으로 하는 공모형 사업에서는 '성' 자를 떼어내야 평가절하되지 않으리라는 판단에서였다. 내 정체성이 창작의 영역을 벗어났을 때 어떤 식으로 취급되는지 나는 모르지 않았고, 내가 누리는 자유와 평등이라는 게 오직 예술과 허구의 세계에서만 온전하다는 것을, 단지 그 안에서만 허락되는 조건부의 인정이고 환영이라는 것을 해를 거듭할수록 절감하는 중이었으니까.

*

　대화와 정적이 번갈아가며 제자리를 맴도는 사이, 선생님과 나는 다시금 창밖으로 눈을 돌렸다. 이제 몸통 위에 머리가 올라간 눈사람은 제법 그럴듯했고, 아이들은 장식에 돌입한 듯 손이 분주했다. 한 아이가 피셔맨 비니를 눈사람 머리에 얹었고, 다른 아이가 자신이 입고 있던 패딩 점퍼를 벗어 눈사람 몸통에 입혔다.
　아이고, 쟤들이.
　이윽고 선생님이 새시 창문을 힘주어 열더니 인경아, 김인경, 하고 무리 중 한 아이의 이름을 불렀다. 그러고는 어서 옷을 입으라고, 그러다 감기에 걸리겠다고 소리쳤다. 아이들은 일제히 동작을 멈추고 이쪽을 쳐다보면서도 눈사람에서 점퍼를 벗기지는 않았는데, 곧이어 인경이라는 아이가 머리 높이 카메라를 흔들어 보이며 무어라 말했다.
　선생님에 따르면 왼쪽의 아이는 인경이었고, 오른쪽의 두 아이는 석준이와 민주였다. 아마도 교지에 들어갈 사진을 찍느라 저렇게 야단법석인 것 같은데, 특히나 이번 기수의 기장이자 편집장인 인경이가 사진에 일가견이 있어 더 욕심을 내는 거라고 했다.
　여전하시네요.

내가 금세 방안으로 밀려들어온 찬 공기를 느끼며 말했고,
뭐가?
선생님이 창문을 닫으며 물었다.
이름이요. 예전에도 애들 이름은 전부 다 외우셨죠. 담임이 아닌데도요.
이제는 안 그래. 아는 애들만 알지.
잠시간 그 자리에서 창밖을 지켜보는 선생님의 모습에 왠지 나까지 덩달아 물색없는 그리움에 사로잡히려는데, 선생님이 아차차 내 정신, 하더니 교무실 쪽으로 걸음을 옮겼다.
주고 싶은 게 있거든.
저한테요?
응, 만나면 주려고 챙겨뒀는데. 잠깐만 기다려봐.
잠시 후 선생님이 들고 온 건 미색의 대봉투였다. 학교 이름과 로고, 주소, 전화번호가 인쇄된 서류봉투. 봉투 안에는 여러 장의 서류가 들어 있었고, 나는 그중 선생님이 내 쪽으로 꺼내어주는 서류를 받아들었다. 스테이플러 대신 클립으로 철한 석 장의 종이였다.
14 혹은 15포인트의 볼드체로 적힌 제목은 '곁에 있는 사람들', 그보다 작은 글씨로 적힌 부제는 '영화 〈관위〉를 보고'. 1학년 1반 17번 이윤범. 고등학교 1학년 겨울방학에 내가 쓴 영화 감상문이었다.

와, 미치겠다! 이걸 보관하셨어요?

그럼, 아주 모셨지.

어째서요.

선생님은 어깨를 으쓱하더니 진담인지 농담인지 알 수 없는 말을 했다.

이런 날을 준비하는 게 내 보람이니까?

나는 가슴께가 일렁이는 기분이 되어서는 내가 오래전 타이핑했던 글자들을 내려다봤다. 방금 프린트한 것처럼 종이 색과 인쇄 상태 모두 양호했으나 오이체인지 가지체인지 알 수 없는 동글동글한 폰트 덕분에 시간의 흐름이 느껴지긴 했다.

이 글을 쓰게 된 건 그 시절 내가 성적 끌림을 느끼는 상대가 남성이라는 것을 선생님에게 들켰기 때문이었다. 그해 나는 CA 시간에 선생님이 이끄는 영화 감상부 활동을 했고, 선생님이 가장 좋아하는 영화로 언제나 〈내 어머니의 모든 것〉을 꼽기에 이따금 그 영화를 만든 페드로 알모도바르를 각종 P2P 사이트에 검색해보곤 했다. 그리고 겨울방학을 앞둔 어느 날, 선생님 역시 소문으로만 들었지 그간 어디에서도 볼 수가 없어 무척 궁금했다는 알모도바르의 데뷔작 〈산 정상의 페피, 루시, 봄, 그리고 다른 사람들〉 파일을 발견하고는 몇 날 며칠 다운로드받아 CD로 구웠다. 그로부터 한 달여 전 영화감독을 꿈꾸는 내게 선생님이 창간호부터 틈틈이 사 모았다는

『씨네21』과 『KINO』를 물려주었기에, 내 딴에는 보답을 하려던 것이기도 했다.

하지만 그날 밤 나는 선생님에게 선물할 두 장의 CD 중 한 장을 다른 CD와 혼동한 채로 포장하고 말았으니—영화가 700MB짜리 파일 두 개로 나뉘어 있던 터라 내가 구운 CD는 모두 두 장이었다—그 안에는 누구도 보아서는 안 되는 것, 좀더 정확히 말하자면 내가 보았다는 것을 누구도 알아서는 안 되는 것이 포함돼 있었다. 나는 P2P 사이트에 페드로 알모도바르만 검색했던 것은 아니었고, 내 생각만큼 주도면밀한 편 또한 아니었다.

그날 이후로 나는 깨어 있는 거의 모든 순간에 내가 저지른 멍청한 실수를 떠올리며 끙끙 앓았다. 아직 못 본 건지 아니면 못 본 척하기로 한 건지 선생님은 별다른 말을 하지 않았는데, 나는 그런 선생님의 반응에 안도했다 불안했다 절망했다 하면서 계속 처분을 기다리는 마음이 되었고, 선생님이 내게는 함구하기로 했어도 다른 사람들에게는 아닐까봐 두려웠다.

그리고 무서웠다. 겉으로는 아무렇지 않은 척해도 속으로는 나를 더럽다고 생각할까봐. 이대로 나에 대한 관심과 애정을 철회하고 곁을 내어주지 않을까봐.

그때 내가 선택한 건 글쓰기였다. 열일곱의 나는 내 이야기를 있는 그대로 꺼내놓는 방법은 알지 못했어도 내 이야기처럼 느껴지는 다른 이야기를 지지함으로써 내 마음을 전하는 방법은 알 것 같았으니까. 그런 방식의 글쓰기가 있다는 걸 내게 수십 권의 영화 잡지를 안겨주며 가르쳐준 사람이 바로 선생님이었으니까. 어쩌면 선생님도 나 같은 사람일지 모른다고, 선생님이 동성애와 다양한 성적 정체성을 반복적으로 표현해온 감독을 좋아하는 데는 이유가 있을 거라고, 그러니 나는 선생님에게만큼은 털어놓아도 괜찮을 거라고 믿고 싶었으니까. 마침 교지에 실을 글을 모집중이었던데다 선생님이 편집 담당자였으므로 나는 내가 어떻게 해야 선생님과 다시 대화를 시작할 수 있을지 직감했다.

아직도 생생하구나. 네 글을 처음 열어봤을 때가.

이어지는 목소리에 나는 선생님을 건너다봤다. 고집스러운 입매에 드리운 특유의 미소를 눈에 담으며 다음 말을 기다리다보니, 별안간 선생님의 반응이 궁금해 잠 못 이루던 그 밤으로 돌아간 것 같았다. 그동안 선생님이 추천해준 영화를 통해 내가 선생님을 좋아하게 됐듯이 선생님 역시 내가 추천하는 영화를 통해 나를 미워하지 않게 되기를 바라던 그 밤으로.

선생님은 내 글을 보고 단번에 이해가 되는 느낌이었다고 했다. 내가 왜 종종 겁에 질려 있었는지, 왜 골이 나 있거나 슬퍼 보였는지 알 것 같았다고 했다.

제가요? 슬퍼 보였어요?

너는 항상 땅만 보고 걸었어. 복도에서도 운동장에서도. 그러면 누구의 눈에도 띄지 않을 수 있다고 믿는 것처럼. 그 시절의 너는 너무 빛나서 어디서든 잘 보였는데.
……
나는 나를 이렇게 기특하다는 듯이, 하지만 안쓰럽다는 듯이 봐준 사람이 또 있었나 싶었고, 그런 생각을 공글리다 코끝이 시큰해졌다.
그때는 말 못했지만 너한테 많이 고마웠어.
뭐가요?
나를 믿고 말해준 거 말이야. 그리고 미안했어.
……뭐가요?
결국 교지에는 싣지 않았잖아.
……

그 당시에 선생님은 방학인데도 나를 학교로 호출하더니 내 글에 대한 감상을 상세히 들려주었다. 그리고 조심스럽고도 지난한 망설임 끝에 이 글은 교지에 넣지 않는 게 좋을 것 같다고 했다.
내 기억이 맞다면 선생님은 공식적인 이유와 비공식적인 이유 두 가지를 들었는데, 공식적인 이유는 내가 다룬 영화가 정식 개봉작이 아니며 연소자 관람 불가이기에 교지에 소개하기는 적합하지 않다는 것이었고, 비공식적인 이유는 내가 이 글을 다른 친구나 선생님, 학부모 들에게도 보여주고 싶은 게 맞는지, 그것에 대한 충분한 고민이 이뤄졌는지 잘 모르겠다는 것이었다. 선생님은 글을 읽는 내내 내가 다른 사람이 아닌 오직 선생님 당신에게만 말하고 있다고 느꼈는데 그게 맞느냐고 물었고, 만약 그렇다면 다른 사람들은 굳이 알 필요가 없지 않느냐고 했다.

기억이 거기까지 닿았을 때, 선생님이 나를 보호했던 그 방법이 제외였고 누락이었으며 취소였다는 생각에 마음이 무거워졌을 때 내 안에서 다시금 의구심이 고개를 들었다.

선생님, 저 뭐 하나만 여쭤봐도 돼요?

나는 내게 돌아온 선생님의 시선을 되받으며 말을 이었다.

저번에 특강 취소됐을 때요.

응.

혹시 다른 이유가 있었을까요?

다른 이유?

비공식적인 이유요. 제가 게이라는 게 문제가 됐거나 아님 그런 책을 쓴 게 영향이 있었거나⋯⋯

⋯⋯

⋯⋯

나는 입은 웃고 있으나 눈은 그렇지 않은 선생님의 얼굴을 거의 매달리듯 살폈다. 선생님이라면 내게 상처가 될 말은 어떻게든 하지 않으리라는 생각이 스쳤으나, 떠오른 말을 자꾸 삼키는 듯한 선생님의 모습이 내게 서글픈 확신을 안겨주었다.

많이 어설펐지?

많이는 아니고 조금요.

……

잠시 후 선생님은 네 말대로 거기엔 다른 이유가 있었다며 천천히 고개를 끄덕여 보였다. 그러고는 잠시 안경을 벗고 이마를 긁적이더니, 하지만 절대로 너 때문은 아니라고, 그렇게 생각하지는 말았으면 좋겠다고 덧붙였다. 내 안의 누군가를 향하는 집요한 눈빛과 단호한 목소리가 어떻게든 내게 믿음을 주고 싶어하는 것 같았다.

*

선생님의 이야기는 지난 학기가 시작될 무렵으로 거슬러올라갔다. 파트너가 떠난 뒤 홀로 맞은 봄과 파트너의 어머니를 돕기 위해 귀농을 준비하게 된 여름을 지나 당도한 가을. 이제와 생각해보면 선생님은 그때 화가 많이 나 있었다고 했다. 처음에는 선생님에 대해 늘 궁금해하는 척히지만 실은 알고 싶어하지 않는 동료 교사들에게 화가 났고, 그다음에는 떠도는 소문을 근거로 선생님에게 함부로 하는 학생들에게 화가 났는데, 사실 진짜로 밉고 싫었던 건 그들이 아니라 선생님 자신이 었다고, 그 와중에도 책잡히지 않으려고 애쓰고, 우스워 보이지 않으려고 긴장하는 자기 자신이었다고 했다.

학교 안과 밖의 자신을 철저하게 분리해왔다는 선생님. 매일 아침 교문을 통과할 때마다, 나는 돌이다, 흙이다, 먼지다, 바람이다, 공기다, 주문을 외웠다는 선생님. 선생님은 사소한 거짓말이 자신을 좀먹고 있다는 걸 알면서도 모르는 척해왔다고 했고, 항상 잔존해 있는 긴장감이 자신의 목을 꽉 움켜쥐고 있다는 걸 느끼면서도 무시해왔다고 했다. 파트너의 장례를 친척 동생의 장례로 속여 말하는 자신을 경멸하기 전까지는, 학교 안에서는 슬픔을 나눌 수도 없고 틀에 박힌 위로도 받을 수 없다는 사실에 돌연 가슴이 쪼개지는 듯한 통증을 느끼기 전까지는 용케도 그래왔다고 했다.

선생님이 교지 편집부 친구들을 대상으로 특강을 기획하고 내 책을 읽힌 건 그래서였다. 뭐라도 하지 않으면 안 될 것 같았으니까. 직접 말할 수는 없어도, 선생님을 닮은 이야기, 선생님과 가까운 이야기를 경유해서라도 떠나기 전에 꼭 한 번쯤은 진실해지고 싶었으니까.

그런데 말이야. 어느 날 편집부 카톡방에서 한 친구가 묻는 거야.

선생님이 조금은 차분해진 어조로 말했다.

선생님, 혹시 게이세요? 그래서 이런 책 좋아하시는 거예요? 그애는 그렇게 묻는 게 실례라는 걸 안다는 듯이 몇 마디를 덧붙였지만 조심스럽지는 않았고, 나를 곤경에 빠뜨렸다고 생각하는지 기세가 등등했어. 그 순간 몇몇 아이가 실은 자기도 궁금했다는 둥, 아직도 미혼인 이유가 그래서인 거냐는 둥 하면서 거들었는데 이미 자기들끼리 많은 말이 오갔다는 걸 알 수 있었지. 요즘은 어떤 글에 좋아요를 누른 것 가지고도 죄인 취급을 하고 싶어하니까. 대놓고 묻는 아이는 처음이었기에 솔직히 당황했지만 한편으로는 잘됐다 싶었어. 그래서 대답했지. 맞아, 게이야. 무슨 문제 있나?
　하지만 몇 초 뒤 선생님의 고백은 한낱 장난으로 치부되었다. 아이들은 진지하게 받아들일 생각이 없었고 막상 원하는 대답을 얻자 그것을 구겨 버리듯 물리쳤다. 아이들에 따르면 선생님은 젊지 않아서, 여성스럽지 않아서, 잘생기지 않아서, 잘 꾸미지 않아서, 너무 평범해서, 너무 선생님 같아서 게이일 수 없었다.
　그리고 며칠 뒤 선생님은 학부모 민원으로 교장의 호출을 받았다. 부원 중 한 아이가 원치 않는 사상을 주입하는 폭력적인 교육 방식에 불편을 호소했다는 이유였다. 모범이 되어야 하는 교육자의 생각이 한쪽으로 기울어져 있는 것 같다고, 아직 가치관이 확립되지 않은 아이들에게 부디 건강하고 올바른 것을 가르쳐달라고. 학부모의 말인지 교장의 말인지 정확히 구분되지 않는 말들이 선생님에게 정치적 금치산자이기를 강제했다.

그날 교장이 그러더라.

선생님이 말을 이었다.

여태껏 잘해왔으면서 갑자기 왜 이러냐고. 원하는 교육은 밖에서 마음껏 하라고. 그때 나는 한마디도 반박을 못했어. 왜냐하면 내가 수십 년간 싸워온 생각에 결국 졌다는 걸 깨달았거든. 나는 여기에 어울리지 않는 사람이라고. 나는 자격이 없고 여기 있어서는 안 된다고. 그렇게 결론지으니까 그냥 다 그만두고 싶더라.

……

너는 이렇게 멋지게 자랐는데 선생님은 여전히…… 한심하지?

……

나는 자꾸만 더 아래로 미끄러지고 싶어하는 내 시선의 무게를 느끼며 고개를 저었다. 선생님만 그런 게 아니라고, 저 역시 가까스로 움켜쥐고 있던 것들이 다 허상처럼 느껴져 차라리 사라지고 싶은 그 기분이 뭔지 안다고 말하고 싶었지만, 그 순간에는 그 모든 생각이 말이 되지 못했다. 한꺼번에 너무 많은 감정이 밀려들면서 머릿속이 뒤섞여버리고 말았다.

요동치는 기분이 한차례 지나가고 다시 밀도 높은 정적이 내려앉았을 때 선생님이 이제 차례가 되었다는 듯이 앞에 놓여 있던 봉투 안에서 다른 서류를 꺼내 보였다. 선생님의 이야기는 아직 끝나지 않았고, 어서 확인해보라는 눈짓에 나는 역시나 스테이플러 대신 클립으로 철한 종이를 건네받았다.

가장 상단에 적힌 제목은 '나와 같은 마음', 그보다 한 줄 아래 적힌 부제는 '소설집 『오늘 같은 마음』을 읽고'. 1학년 3반 9번 김인경. 선생님에 따르면 특강이 취소되었음에도 제출된 유일한 독서 감상문이었고, 이번 교지에 실리는 글 중에서 선생님이 가장 좋아하는 글이었다.

꼭 자기 얘기 같았대. 네 소설을 읽는 동안만큼은 혼자라는 생각이 들지 않았대. 사랑받기 위해서가 아니라 미움받지 않기 위해서 애쓰는 사람이 나 말고 또 있구나 싶어서, 다른 사람의 시선과 생각 속에 자꾸만 갇히는 사람이 나 혼자가 아니구나 싶어서 반가웠대.

아이고……

추천해줘서 고맙다고 하는데 완전히 실패한 건 아니구나 싶더라고. 너도 알잖아, 뭔가 다른 친구들은……

어디에나 있죠.

그래, 어디에나 있지.

나는 흐뭇한 얼굴로 나를 바라보는 선생님을 따라서 입꼬리를 끌어올렸다. 그러고는 다시 앞장으로 돌아와 감상문 제목과 그 아래 적힌 이름을 마음에 새기듯 작게 소리 내어 읽어보았다. 김인경. 어쩐지 익숙한 이름이라는 생각에 선생님을 건너다보자, 선생님이 바로 내 생각을 읽은 것처럼 천천히 고개를 끄덕였다. 그리고 구름이 걷히면서 아까보다 더 많은 빛을 튕겨내고 있는 운동장을, 새하얀 눈밭에 대비되어 윤곽이 더욱 선명해진 아이들을 가리켜 보였다.

맞아, 저기 저 친구야. 왼쪽 끝에 있는 친구.

*

선생님과 헤어지고 나서는 재효네 가게에 들렀다. 이대로 바로 집에 가고 싶지는 않아서 서늘한 공기에 얼굴을 좀 식히며 발길이 가는 대로 걷다보니 어느덧 재효가 하루에 열 시간씩 건어물을 파는 가게 앞이었다. 어머니와 같이 있으면 그냥 인사만 하고 가려고 했는데 재효 혼자였고, 문밖에서 손을 흔드는 내게 재효가 반색하다 말고 갑자기 두 팔로 × 자를 그렸다 밑을 가리켜 보였다 했다. 출입문 앞에 겹겹으로 깔아놓은 신문지에 신발을 닦고 들어오라는 뜻이었다.

깨끗해진 신발 밑창을 보여주며 안으로 들어서자, 재효가 옆자리를 내어주고는 선풍기 모양의 전기히터를 내 쪽으로 돌렸다. 입가엔 설탕 가루가 묻어 있었고, 식어도 맛있다며 봉지에 든 꽈배기를 권했다.

근데 눈은 왜 그래?

재효가 입가를 닦으며 물었고,

눈이 왜? 다크서클?

내가 눈가를 비비며 되물었다.

아니, 그게 아니고. 너 울었어?

……아니.

울었는데?

추워서 그래.

……

나는 눈, 코, 입 위치를 전부 바꿀 기세로 얼굴을 두어 번 문지르다가 실은 김준일 선생님을 만나고 오는 길이라고 이실직고했다. 그러고는 예상 그대로의 반응을 보이며 즐거워하는 재효를, 첫사랑과 재회한 소감이 어떠냐는 둥, 눈물이 앞을 가릴 만큼 감격적이었느냐는 둥 나를 놀리는 재효를 잠시 구경하듯 지켜봤다.

야, 첫사랑 아니거든.

짝사랑도 첫사랑이세요.

나는 유치하게 선생님이나 좋아하고 그런 애 아니었거든.

너무 그런 애였거든요. 너무 그래서 이후에 만난 남자들도 죄다 선생님 같았거든요.

......

우리는 누가 먼저랄 것도 없이 푸하하하 소리 내 웃었고 그렇게 웃다가 눈이 마주쳐 한참을 더 웃고 말았다. 그리고 웃음기가 잦아들었을 때쯤 나는 선생님을 따라서 얼결에 모교 방문을 하게 된 사정과 우리가 나누었던 대화를 늘어놓았다. 재효도 선생님이 이번 방학을 끝으로 학교를 떠나는 건 몰랐던 모양이었다.

어렸을 땐 말이야,

얘기를 듣더니 떠오르는 게 있는지 재효가 입술을 실룩이며 말했다.

나밖에 안 보였어. 나만 어디가 깊이 망가진 것 같아서, 그게 막 억울하고 무섭고 그래서 나 말고 다른 사람은 보이지도 않았어. 그렇게 어울려 다녔으면서도 너를 제대로 볼 수 있게 된 것도 한참 뒤였고.

그랬어?

어, 근데 얼마 전에 쌤이 가게에 오셨다가 예전의 우리가 얼마나 웃겼는지 아느냐며 옛날 얘기를 하시는데 문득 그런 생각이 들더라. 아, 선생님도 있었다. 그때 거기에 나만 있었던 게 아니라, 우리만 있었던 게 아니라, 선생님도 있었다. 너무도 당연한 건데 어째서인지 그제야 그 사실이 무슨 대단한 깨

덜음처럼 밀려드는 거야. 내 말이 무슨 말인지 알지?

……

아. 왜. 웃기냐, 내가 이런 말 하니까?

어, 쫌.

아닌 척했지만 재효가 그렇게 말해줘서 고마웠고, 그 말이 왠지 선물처럼 느껴져서, 나도 재효에게 뭔가를 주고만 싶어져서 내 무릎 위로 번지던 히터의 열기를 다시 재효 쪽으로 돌렸다. 그리고 아까 학교를 나오는 길에 알게 된 새로운 인연에 대해 이야기했다.

교문까지 배웅해주겠다는 선생님과 함께 운동장 쪽으로 나왔을 때 내 눈에 가장 먼저 들어온 건 축대 위에 홀로 서 있는 아이였다. 이번 교지의 편집장이라는 인경이었고, 옷차림이 가벼운 그애는 이제 바지 밑단을 무릎 높이로 접어 올린 채로 눈 속에 파묻힌 자기 맨발을 카메라에 담고 있었다. 이 날씨에 맨발이 가당키나 한가 싶어 순간 두 눈을 의심했는데, 내게 별다른 말도 없이 바로 그애를 향해 내닫는 선생님을 보니 방금 헛것을 본 건 아닌 듯했다.

하지만 잠시 뒤에 나는 이미 커진 눈을 더 크게 뜨지 않을 수가 없었다. 왜냐하면 그애와 무슨 얘기를 나누는가 싶던 선생님이 그 즉시 운동장을 가로질러 눈사람 쪽으로 달려갔기 때문에. 같이 있던 다른 친구들은 보이지 않았고, 선생님은 눈

사람 머리 위에 토끼 귀처럼 꽂혀 있던 신발 한 쌍을 조심스레 뽑아든 다음 축대로 돌아왔다. 그러고는 그애 앞에 신발을 내려놓았다.

이윽고 선생님이 윤범아, 이윤범, 하고 멀뚱히 서 있던 나를 부르더니 어서 이쪽으로 오라는 손짓을 해 보였다. 그리고 내가 두 사람 곁으로 가까이 다가갔을 때, 젖은 눈에 닿아 발등이 빨갛게 부어오른 아이가 아직 자기만의 세계에서 완전히 빠져나오지 못한 것 같은 창백한 얼굴로 내게 경계심과 호기심을 동시에 내비쳤을 때, 선생님이 그애에게 나를 소개해주었다.

오프닝 나이트

다운

　전시장 안에 포진해 있는 카메라맨을 세어본다. 화환이 길게 늘어선 로비 끝에 하나, 차단 봉으로 출입을 막아둔 계단 앞에 하나, 작품을 감상하거나 담소를 나누는 사람들 곁에 하나. 일단 파악하기로는 셋인데 다들 검은색 마스크를 쓴데다 자꾸 자리를 옮겨대는 탓에 구별이 쉽지는 않다. 특히나 사람들 사이를 흐르듯 오가는 카메라맨의 경우는 눈에 띌 때마다 이 사람이 아까 그 사람인가 싶은 흐릿한 인상이어서 어쩌면 내가 두 사람을 한 사람으로 착각한 것일지도 모르겠다.
　대오에 따르면 이들은 배우 변진서의 촬영팀이다. 변진서가 수년째 준비중이라는 커밍아웃 다큐멘터리의 제작진. 답보 상태에 접어든 변진서의 커리어를 무지갯빛으로 갱생하기 위해 고군분투중인 스태프들.

대오가 게이 아티스트 7인의 그룹전에 참여하게 됐으며 그 전시의 기획자가 다름 아닌 변진서라는 소식을 전해온 건 지난봄이다. 변진서는 몇 년 전부터 자신의 SNS에 국내외 퀴어 아티스트의 작품을 추천하며 동시대 미술에 대한 관심과 애정, 그리고 자신의 정체성을 에둘러 표현해왔는데, 작년부터 어느 유명 큐레이터와 함께 미술 팟캐스트를 진행하는가 싶더니 급기야 이렇게 크고 번듯한 전시의 기획자로도 데뷔하게 됐다.

한 달쯤 전인가. 대오는 변진서가 미팅 내내 다큐 애기만 하더니 결국 출연 동의서를 내밀더라며 황당해했는데, 그런 내막을 모두 전해들어서인지 지금 내게 이곳은 전시장이라기보다는 하나의 거대한 세트장처럼 느껴진다. 컬렉터에서 기획자로 발돋움하는 변진서의 성장 서사를 기록하기 위해 마련된 무대와 갈채하기 위해 모인 사람들.

나는 카메라가 닿을 수 없는 위치를 가늠해보다 이내 자포자기의 심정이 되어 돌아선다. 기둥 하나 없이 턱 트인 공간에서 사각을 찾는 건 거의 불가능해 보일 뿐만 아니라 생각해보니 카메라는 촬영팀만 들고 있는 게 아니다. 오늘은 이름하여

오프닝 파티이고 인증샷이든 브이로그든 라이브 방송이든 SNS를 통한 홍보가 적극 권장되는 자리이기도 하니까.

여길 왜 왔을까. 이럴 줄 몰랐던 것도 아니면서 어째서 제 발로 찾아왔을까. 나는 이런 환경 속에 나를 잘도 밀어넣은 내가 싫어지고 점점 신경이 팽팽하게 당겨지는 듯한 기분을 잊고자 손에 들린 와인을 단숨에 입속으로 털어넣는다. 그러고는 내 곁으로 돌아온 대오를, 아는 컬렉터와 인사만 하고 금방 돌아오겠다더니 금방은 아니고 한참 뒤에야 돌아온 대오를 반긴다. 한숨도 못 잤다는 말이 과장이 아닌지 눈은 떼꾼하고 안색은 어둡다.

이참에 하나 들여가시죠. 싸게 드릴게.

나는 대오를 흘깃 보다가 그림 얘기라는 것을 알아차리고는 피식 웃는다. 내 딴에는 카메라를 피한답시고 반쯤 돌아서 있었던 것인데, 대오는 줄곧 자기 작품 앞에 서 있던 내가 여전히 그림을 감상중이라고 생각한 모양이다.

대오에게 할당된 벽에는 손바닥보다 조금 더 큰 사이즈의 액자 열 개가 일정한 간격으로 걸려 있다. 〈아침〉이라는 제목의 유화 연작이고 침대 옆자리에 돌아누운 남자의 뒷모습이 담겼다. 동일한 구도와 배경 때문에 얼핏 보기엔 한 사람 같지만 자세히 보면 모두 다른 사람. 체형과 자세가 다르고 문신과 액세서리가 다르며 피부의 질감과 명암이 다르다. 대오는 몇 년 전부터 데이팅 앱으로 만난 남자들과 보낸 아침을 그림으로 옮겨왔고, 어떤 연유에서인지 등을 보인 채 누워 있는 남자들은 대오를 사무치게 한다.

 음, 그렇다면 저는 이게 좋은데요.

 나는 정면에 걸린 그림을 향해 손을 뻗는다. 그리고 대오는 내 손끝이 향한 곳을 보자마자 그건 팔렸다며 안타까워한다.

 와, 벌써? 첫날에 완판 가나요?

 아니, 딱 하나 팔렸는데 하필 그걸 고르시네?

 팔렸다고 하니 그림이 괜히 더 근사해 보인다는 생각을 하는 사이, 대오가 사실 그걸 고를 줄 알았다며 히죽댄다.

 알았다고? 어떻게?

 저 남자만 옷을 입고 있잖아.

 ……

 나는 내가 고른 그림과 양옆의 다른 그림을 비교해보며 대오의 말이 사실임을 확인한다. 정말이지 이 그림 속 남자만 셔츠리스가 아니다. 남자는 어깨까지 덮은 이불 속에 있고 목덜미와 이불 사이로 옅은 파란색 셔츠가 보인다.

 그때 대오가 몸을 살짝 기울이더니 그림에 대한 솔직한 의견을 구한다. 재작년부터 올 초까지 각종 지원 사업에서 내리 탈락한 대오는 이제 퀴어 특수도 끝물 같다며 의기소침한 나날을 보내던 중 섭외된 것이었는데, 이번 전시가 이제껏 참여한 전시 가운데 가장 메이저이기도 하거니와 게이 정체성을 근간으로 하는 작업이 한자리에 모여 있는 만큼 비교 또한 불가피하기에 긴장이 커 보인다. 대오는 사람들이 자신의 그림만 유독 대충 보고 지나치는 것 같다며 걱정하고, 나는 무슨 말을 어떻게 해야 하나 고민하다 대오가 그 즉시 기뻐할 만한 말을 한다. 대오에게 힘이 되어주기 위해 왔으므로 그것을 잘 해내고 싶다.

그림이 아주……

응, 아주?

난잡하네.

그래? 난잡해?

문란하기 짝이 없고.

야, 뭐가 문란해. 내가 제일 건전한 것 같은데.

나는 대오를 따라서 주변의 다른 작품들을 빠르게 일별한다. 대부분 과장된 남성성과 성적 실천을 소재로 한 그림인데, 사이즈와 색감, 장면 구성 등 여러 측면에서 대오의 그림보다 화려하기는 하나 흥미롭지는 않다. 거기엔 육체는 있지만 정서는 없고 섹스는 있지만 불편과 긴장, 위험은 없다. 다행히 그런 내 감상은 대오를 웃게 한다. 대오가 휴, 하고 연극적인 한숨을 내뱉게 하고 잠시나마 스스로를 믿게 한다.

얼굴도 비쳤고 그림도 봤고 파이팅까지 했으니 이 정도면

할 만큼 한 게 아닐까, 이제 나는 슬슬 가봐도 되지 않을까 생각하는데, 대오가 이따 끝나고 같이 뭘 먹지 않겠느냐고 묻는다. 시작 전부터 눈앞이 어질했는데 생각해보니 오늘 한 끼도 안 먹었단다. 색색의 핑거 푸드가 각기 다른 세 종류의 와인과 함께 무제한 제공되고 있지만, 나는 대오가 긴장하면 물도 마시지 못하는 걸 알기에 권하지 않는다.

언제 끝나는데?

아홉시. 애프터는 없고.

대략 한 시간이 남았고, 대오는 아홉시 땡 하면 요 앞 큰길에 있는 맥도날드로 가자며 내게 팔짱을 낀다. 하지만 말은 그렇게 해도 나는 대오가 쉬이 자리를 뜨지 못하리라는 것을 예감한다. 왜냐하면 변진서가 도착하지 않았으니까.

각자의 휴대폰에 알람을 설정하며 실없이 웃는 사이, 조금 전 저쪽에서 대오와 한참 얘기를 나눴던 컬렉터가 우리에게 다가온다. 본업은 치과 의사이나 웬만한 전시 오프닝에 가면 늘 만날 수 있다는 얘기를 대오로부터 몇 번 들은 적 있어 나도 얼굴은 알고 있는 남자.

남자는 갑자기 끼어들어 미안하다는 듯 내게 양해를 구하더니 대오에게 아까 말한 그 형들이 왔다며 로비를 가리켜 보인다. 그러고는 멀찍이서 봐도 행색이 세련된 장년의 남자들 쪽으로, 아마도 미술 애호가이자 잠재적 구매자들일 그 어른들

쪽으로 대오를 데려간다.

순간 대오는 나만 볼 수 있는 각도로 죽겠다는 표정을 짓는데, 나는 대오가 싫은 척 아닌 척해도 이런 관심과 교류에 늘 목말라 있다는 것을 안다. 대오는 남자를 따라가면서도 내게 기다려, 미안해, 입 모양으로 말하고, 나는 점차 멀어지는 대오에게 역시나 입 모양으로 알았어, 괜찮아, 한다.

나는 대오가 내 자식이라도 되는 양 흐뭇해하는 내 모습이 조금은 웃기다고 생각하다가 대오의 그림을 향해 돌아선다. 때로는 쨍하게 비쳐드는 햇살을, 때로는 희붐하게 스며든 여명을 이불처럼 덮은 남자들 사이에서 다시금 혼자가 된다.

그리고, 그러다, 문득 궁금해진다.

여기 이 남자들은 알고 있을까, 그날 아침의 자신이 그림이 됐다는 걸. 그때의 뒷모습이 결국 이토록 진지하고 고상한 구경거리가 됐으며 절찬리에 판매까지 되고 있다는 걸 짐작이나 할까.

업

테라스로 나 있는 창문 쪽에는 그나마 오가는 사람이 적다. 나처럼 뼛속까지 좌식 생활자이거나 이런 서양식 스탠딩 파티는 무리인 사람들 몇몇만이 이쪽으로 모이는 것 같다. 나는 허리께에 닿는 창턱 위에 슬쩍 엉덩이를 걸친다. 이렇게라도 앉으니 좀 살 것 같고 그제야 여기서 감상할 수 있는 건 그림 말고도 많다는 사실에 생각이 닿는다.

그래, 어쩌면 그림이 가장 재미없는 축에 속할지도 모르겠다. 전시장 안에 있는 사람들은 대부분 이쪽인 것 같다. 아닌 사람들도 있을 테지만 내게는 별수없이 확실해 보이는 사람들의 존재감이 크고, 개중에는 익숙한 얼굴도 있다. 언젠가 인스타그램이나 유튜브, 트위터에서 본 적 있는 남자들. 자신을 드러내는 데 거침이 없으며 오히려 넘쳐나는 카메라를 반가워할 사람들. 나는 오직 상탈한 사진으로만 피드를 꾸미는 여행 인플루언서와 BDSM 뒷계를 운영하는 패션 유튜버, 온리팬스로 한 달에 수천만원을 번다는 트레이너를 즉시 알아보고, 그들이 화면 밖에서도 실재하며 내가 그들의 벗은 모습보다 입은 모습을 생경해한다는 사실에 살짝 동요한다.

그리고 그들이 누구인지 전혀 모르는 척 딴 곳으로 눈을 돌리다 불현듯 나를 향하는 시선을 느낀다. 아주 찰나였지만 방금 전 내가 누군가와 눈길이 얽혔다는 것을 뒤늦게 깨닫는다.

열시 방향. 얼시보나는 열한시에 가까운 위치. 케이디링 테이블 너머의 구석진 자리에 서 있는 짙은 파란색 오버핏 셔츠. 거뭇거뭇한 수염으로 뒤덮인 동그란 얼굴에 투명한 뿔테안경.

남자는 어떤 이유에서인지 나를 뚫어져라 쳐다본다. 나처럼 혼자이고 와인 잔을 들고 있으며 하릴없이 사람 구경이나 하는 것 같다. 누구지? 아는 사람인가? 내가 자신의 시선을 인지했다는 걸 알아차린 남자가 눈인사를 한다. 그러고는 벽에 비스듬히 기대고 있던 한쪽 어깨를 떼고 바로 선다. 이쪽으로 다가오려는 것 같고 내게 무슨 말을 하려는 것 같다.

바로 그때 반색하는 얼굴 하나가 난데없이 끼어든다.

어, 안녕하세요. 여기서 뵙네요. 잘 지내시죠?

나는 얼결에 일어서며 어디서 튀어나왔는지 알 수 없는 남자에게 인사한다. 남자가 내미는 손을 맞잡기도 하고 남자가 보이는 반가운 미소를 그대로 돌려주기도 한다.

그사이 파란색 셔츠는 자리를 떠났다. 한눈을 판 건 고작 몇 초였을 텐데 환영처럼 연기처럼 거짓말처럼 흩어져버렸다.

혼자 오신 거예요? 작가님은요?

손이 크고 축축한 남자는 너에 대해 묻는다. 너를 작가님이라 부르고 나를 보자마자 너부터 떠올리는 사람. 하지만 너와 내가 더는 우리가 아니라는 건 모르는 사람.

나는 얼버무리듯 고개를 끄덕이고는 나보다 족히 한 뼘은 더 큰 남자를 올려다본다. 짙은 눈썹과 불거진 광대 사이에 가늘게 찢어진 눈꼬리. 이 또한 아는 얼굴인 듯한데 어디서 봤는지 곧장 떠오르지 않는다. 그런 내 상태가 빤히 보이는지 남자가 싱겁게 한번 웃는다.

형, 저 누군지 모르시죠? 모르면서 알은척하는 거죠?

나는 남자가 나를 형이라고 부르는 것에 멈칫한다.

저 강호수요. 대오 형 학교 후배. 예전에 형 작업실 이사할 때 같이 도왔잖아요.

아, 알죠! 형제분 이름은…… 강바다였고?

맞아요, 별걸 다 기억하시네요. 근데 저는 기억 못하시고……

미안해요.

나는 그제야 호수씨를 알아본다. 너무 손쉽게 알아봐서 잠시 헤맸던 게 조금은 어이없을 지경이고, 이쯤에서 술은 그만 마시는 게 좋겠다는 생각이 든다. 호수씨라면 잊을래야 잊을 수가 없는 사람인데. 그래, 호수씨만 아니었다면, 이 친구만 아니었다면 나는 아무것도 모를 수 있었고 몰라도 되었을 텐데……

하수

대오가 너 혹시 그거 아니지, 설마 아니지, 물어온 건 작년 여름이었다. 대오가 말하는 그거란 HIV 양성이었고, 대뜸 전화를 걸어와 한다는 소리가 이런 거라는 게 스스로 생각하기에도 어처구니가 없다는 듯이 웃었다. 일순간 어색한 긴장감이 감돌기도 했으나 어디까지나 농담이라는 투였다.

나는 다짜고짜 그게 무슨 소리냐고 되물었고 이어지는 대오의 설명을 차근차근 곱씹는 식으로 상황을 파악했다. 그때 대오는 호수씨와의 저녁 약속 자리를 끝내고 집으로 돌아가는 길이었는데, 이런저런 얘기를 하던 중에 호수씨에게서 내가 감염인이냐는 질문을 받았다고, 내가 여전히 같은 사람과 연애중임을 확인한 호수씨가 갑자기 그걸 궁금해하더라고 했다.

야, 근데 오해하지 마. 개도 막 진지했던 건 아니야. 지나가는 말처럼, 그 형 설마 아니지? 했던 거지.

왜?

응?

왜 그런 걸 물어보냐고.

대오에 따르면 호수씨는 한 달 전쯤 시민청에서 개최된 성소수자 인권 포럼에 참석했다가 너를 봤다. 'HIV/AIDS 감염인을 어떻게 재현할 것인가'라는 제목의 세션이었는데, 네 명의 토론자 중 한 사람이 너였다. 지난 가을과 겨울 네가 어느 웹진과 문예지에 HIV 감염인과 비감염인의 사랑을 그린 소설을 연이어 발표했고, 그 소설이 HIV/AIDS 운동 진영에서 활동하는 누군가의 눈에 띄면서 섭외로 이어졌다.

문제는 행사의 말미에 진행된 질의응답이었다. 그날 다른 토론자들에게는 질문이 이어졌으나 너에게는 아니었는데, 이를 인지한 사회자가 너를 배려한답시고 마지막으로 너에게만 한정된 질문을 받았고, 누구든 한 사람이라도 손을 들어야 끝날 것 같은 분위기 속에서 맨 앞줄에 앉아 있던 중년남성 하나가 손을 들었던 것이다.

그 사람은 자신이 PL People Living with HIV/AIDS이며 너의 소설을 일부러 찾아 읽었다는 말로 운을 뗐다. 그러고는 자신에게 이 작품은 소설이라기보다는 에세이처럼 느껴졌다고, 그래서 혹시 작가 본인의 실제 이야기는 아닌지 궁금해졌다고 했다. 아무래도 화자인 '나'가 삼십대 중반의 남성 동성애자이며 소설가인 점이 작가와 겹치기도 하고, 작가가 감염인의 상황이나 심리에 대해 잘 알고 있는 것 같기도 해서 그런 의문을 갖게 되었다고.

그때 너는 한참을 망설이다 이렇게 대답했다. 그리고 그 대답은 같은 자리에 있었던 호수씨의 얄팍한 호기심을 자극하는 바람에 결국 한 달여의 시간차를 두고 나에게까지 건너왔다.

죄송하지만 거기에 대해서는 노코멘트하겠습니다. 그게 맞는 것 같습니다.

거기까지 들었을 때 나는 미쳤다, 지겹다 하면서 헛웃음을 터뜨렸다. 그 소설에 나오는 사람이 너 아니냐는 식의 억측이

처음은 아니었기에 지겹다는 소리가 절로 나왔고, 처음은 아니나 이런 식은 또 처음이었기에 미쳤다는 말밖에는 떠오르지 않았다. 나는 그 사람이야 뭘 모른다손 쳐도 호수씨는 알 만한 사람이 대체 왜 그러는 거냐고 짜증을 내기도 했는데, 대오는 처음에는 호수 걔가 좀 피곤한 구석이 있다며 내 편을 드는가 싶더니, 나중에는 걔 입장도 아예 이해가 되지 않는 건 또 아니라며 슬그머니 딴소리를 했다.

아니, 너도 알다시피 윤범씨 소설이 좀 그렇잖아.

뭐가.

꼭 진짜 같잖아. 묘하게 자기 정보 섞어서 사람을 낚잖아. 기억 안 나? 예전에 무슨 오픈 릴레이션십 시도하는 연인 얘기 썼을 때도 내가 너한테 물어봤던 거.

아니라고 했잖아. 대체 왜 속는 건데.

속이니까 속지.

……

대오는 포럼에서 네가 한 대답도 좀 이상하다며 마뜩잖아했다. 아니면 아니라고 잘라 말하면 되지 왜 노코멘트라고 하는지, 그렇게 말하면 어떤 사람은 예스라고 생각할 수도 있지 않은지 의아해했다. 나는 노코멘트는 말 그대로 노코멘트일 뿐 예스가 아니라며 동의하지 않았고, 사적인 질문은 대답할 가치가 없다고 판단했을 거라고 맞섰다.

하지만 대오와 통화를 마친 뒤에, 갑자기 방안의 공기가 서늘하게 느껴지면서 내게 어떤 일이 벌어졌다는 감각이 뒤늦게 온몸을 훑고 지나갔을 때 나는 문득 궁금해졌다.

이게 그냥 누군가의 무지를 탓하면 그만인 일일까. 어떤 소설이 사실적인 건 그게 사실이어서가 아니라 겹겹의 허구를 정교하게 쌓아올렸기 때문이라는 걸 모르는 사람들을, 제아무리 현실을 그대로 옮겨놓은 것처럼 보여도 '나라는 사람'과 '나 같은 인물'은 결코 동일할 수 없다는 걸 간과하는 사람들을 그저 비웃으면 되는 일일까.

그렇다면 너는? 갈수록 진짜보다 더 진짜 같은 걸 쓰고 싶어하는 너는 이대로 괜찮은 걸까?

100퍼센트의 허구를 써도 실재이자 경험처럼 읽히길 원하는 건 일종의 너의 전략인데. 그건 언젠가부터, 아니, 정확히는 네가 퀴어 당사자임을 증명하는 게 중요해진 다음부터, 네가 쓰는 것이 퀴어로서의 진정성과 구체성을 확보하고 있으며 그리하여 최근의 담론 안에서 충분히 주목 가치가 있음을 입증하는 게 절실해진 다음부터 네가 선택한 자구책인데. 이런 시도들이 너의 문학을 위험으로 내몰고 있는 건 아닐까. 그 곁의 우리를 위태롭게 만드는 건 아닐까.

센터

내게 근황을 묻는 호수씨의 질문에는 아직도 우리가 함께라는 전제가 깔려 있다. 거의 한 해가 다 되어가는데도 대오로부터 별다른 얘기를 듣지 못했는지 호수씨는 나의 요즘만큼이나 너의 요즘을 궁금해한다. 이제 나는 정확히 알지 못하고 알 필요도 없는 너의 요즘.

나는 대답을 하는 것도 아니고 안 하는 것도 아닌 어중된 반응으로 일관한다. 처음에는 말할 타이밍을 놓쳤다고 생각했는데 얘기가 길어질수록 실은 호수씨에게 나에 대한 그 어떠한 것도 말하고 싶지 않다는 걸 깨닫는다.

그쯤에서 화제를 돌리기 위해 호수씨에 대해 내가 기억하는 몇 안 되는 정보를 떠올려본다. 게이, 편집 디자이너, 일러스트레이터. 평일에는 출판사에서 편집 디자인 일을 하고 주말에는 틈틈이 그래픽노블 작업을 한다고 했지. 그게 벌써 몇 년 전이더라.

그래, 그날 호수씨는 대오의 작업실에 있던 너의 첫 책을 발견하고는 혹평을 쏟아냈지. 전혀 퀴어하지 않은 퀴어 소설이라고. 이상하지도 위험하지도 않은 게이, 알아서 반성하고 자책하는 게이, 그런 온건하고 용납 가능한 게이들만 보여줌으로써 헤테로들의 승인에 호소하는 소설이라고. 내가 너의 연인이라는 것을 몰랐기에 늘어놓을 수 있었을 솔직한 감상. 몇 초 뒤에 대오가 그 한심한 소설을 쓴 작자의 동거인이 바로 나라고 일러주자 곧바로 사색이 되어서는 죄송하다, 오버했다, 너에게는 말하지 말아달라 민망해하던 호수씨.

설마 호수씨는 지금껏 그날 일을 의식하는 걸까. 그래서 마치 너에게 호의를 가진 것처럼 구는 걸까. 그런 생각을 공글리며 다음 말을 고르는데 호수씨가 아 참, 하면서 눈을 동그랗게 뜬다.

최근에 작가님이 발표하신 소설이요. 너무 좋더라고요.

내가 의심스럽게 쳐다보자 호수씨가 정말이라는 듯이 웃는다.

제가 트위터에도 올리고 단톡방에도 퍼나르고 그랬거든요. 작가님께 잘 봤다고 전해주세요.

나는 그 소설이 궁금해진다. 호수씨가 그냥 좋은 것도 아니고 너무 좋았다고 야단일 정도면 그건 얼마나 퀴어한 퀴어 소설일까. 거기에는 얼마나 비규범적이고 불완전하며 자유로운 사고방식으로 무장한 우리가 담겨 있을 것이며 그건 또 얼마나 대단한 교란이고 전복이며 발명일까.

저 한 가지 부탁드리고 싶은 게 있는데.

그때 호수씨가 이렇게 말하고는 힐끗 내 눈치를 살핀다.

혹시 작가님을 섭외할 수 있을까요? 다름아니라 제가 친구들이랑 팟캐스트를 하고 있거든요. 거기에 이쪽 창작자 인터뷰 코너가 있는데 아직 소설가분은 나온 적이 없어서……

아, 그러시군요. 멋지네요!

호수씨는 얼마 전부터는 유튜브로도 업로드중이라는 둥, 채널 구독자는 오천 명이 조금 안 된다는 둥 하면서 겸연쩍어하다 사실은, 하고 덧붙인다.

얼마 전에 작가님께 섭외 메일을 드렸는데 많이 바쁘신지 답이 없으시더라고요. 근데 제가 이대로 포기하기는 아쉬워서…… 혹시 말씀 좀 잘해주실 수 있을까요?

아……

나는 여기서 더 말을 아꼈다가는 사기꾼이 되겠다 싶어 입을 뗀다. 이거 말을 하지 않고는 빠져나갈 방법이 없을 것 같고, 어쩌면 순간의 정적이나 곤란한 표정만으로도 상황은 충분히 전달될 수 있을 것 같다.

하지만 안타깝게도 내 말은 거기서 끊기고 우리의 대화는 급작스럽게 종료된다. 바로 그 대목에서 모두가 오매불망 기다리던 변진서가 폭죽처럼 터지는 환호성과 함께 모습을 드러냈기 때문에.

변진서는 괜히 연예인은 아닌지 광이 난다. 화면에서보다 작고 말랐으나 그가 서 있는 자리만 다른 조명이 달린 것처럼 채도와 명도가 높다. 분홍빛이 도는 살결과 매끈한 콧대, 포마

드로 고정한 슬릭백 스타일 머리.

좀 평범하지 않아요? 화면이 훨씬 나아 보이는데?

나는 잠시 벌어졌던 입을 다물자마자 호수씨에게 묻는다. 호수씨라면 기꺼이 함께 비아냥거려줄 것 같아서 마음과는 다른 소리를 한다.

하지만 호수씨는 말이 없다. 말이 없을 뿐만 아니라 곁에도 없다. 그새 어디로 갔나 둘러보니 근처의 자기 일행들과 함께 변진서 쪽으로 가서 홀린 듯 카메라를 꺼내들고 있다.

이윽고 큼지막한 케이크가 변진서를 향해 다가가고 사람들의 합창이 이어진다. 전시 축하합니다, 전시 축하합니다, 사랑하는 진서의—여기서 사람들마다 호칭이 달라서 약간의 웃음 발생—전시 축하합니다.

변진서는 촛불을 끄려다 말고 눈물을 보인다. 한번 터져버린 눈물이 주체가 되질 않는지 촛불 하나를 부는데도 여럿의 도움을 받아야 한다. 그간 전시를 준비하며 누적된 스트레스가 만만치 않았나. 아니면 이 또한 다큐를 위한 연출이고 연기인데 내가 깜빡 속는 건가.

변진서가 우는 건 그만 찍히고 싶은 듯 이마께로 손을 들어 가리자, 누군가 기다렸다는 듯이 그 손에 마이크를 쥐어준다. 이제 당신의 이야기를 들려달라는 듯이, 오늘 이렇게까지 주목을 필요로 하면서 당신이 해야만 하는 그 뜨거운 말들로 우리를 전율케 해달라는 듯이 경청의 분위기를 만든다.

변진서의 소감이 이어지거나 이어지지 않는 동안, 나는 바닥까지 비웠음에도 언제 어떻게 다시 채워졌는지 알 수 없는 잔을 들고 지하로 향한다. 문지기처럼 계단을 지키던 카메라맨이 사라지자 길이 생겼고, 차단 봉 옆으로 지나다니는 사람들이 하나둘 보인다. 그사이에 지하가 휴게 공간 같은 게 되었는지도 모르겠다.

나는 넘칠 듯 넘치지 않는 와인을 주시하며 계단을 내려가고, 한 걸음 한 걸음 내디딜 때마다 참고 있던 줄도 몰랐던 숨을 조금씩 쪼개어 내쉰다.

그리고 온몸에 찌꺼기처럼 남아 있던 숨을 한꺼번에 후, 하고 내뱉었을 때 네가 떠오른다. 네가 한 말이 쿵쿵 맥박처럼 몸속을 돌아다녀서 호흡이 뜻대로 되질 않았던 어떤 밤이 떠오른다.

상수

그 밤에 나는 너에게 대오가 나더러 감염인이냐고 묻더라는 얘기를 전하며 웃었다. 전후 사정을 듣고는 돌았네, 돌았어 하며 혀를 차는 너를 따라서 웃었고, 소설 뭘까, 소설 뭐지 하고

뇌까리는 너를 따라서 그러게 될까, 뭐지 하며 또 웃었다. 왜 웃지, 하나도 안 웃긴데 왜 웃는 거지 하면서도 웃었는데, 그건 내가 두려워졌다는 사실을 인정하고 싶지 않아서였다는 걸, 고작 여기가 나의 한계일지도 모른다는 자각을 마주하고 싶지 않아서였다는 걸 그때는 알지 못했다.

아니, 알았나. 그래서 그렇게 웃었나.

그래, 나도 너만큼 멀리 갈 수 있고 무릅쓸 수 있다는 걸 보여주고 싶었으니까. 나는 그동안 네 소설에 다양한 모습으로 변주되어 등장했고 그게 당혹스러울지언정 싫지는 않았으니까. 네가 나의 영향 속에 있다는 증거 같아서 기뻤고, 내가 너의 도약, 용기, 프라이드에 동참하고 있다는 흔적 같아서 감격하기도 했으니까. 소설로 삶을 선취해보려는 너의 글쓰기를 누구보다 이해하는 사람. 유구히도 부정된 존재들을 어떻게든 소설로 긍정해보려는 너를 성원하는 사람. 그게 네가 원하는 나였고 내가 원하는 나였지.

그래도 궁금하기는 했다. 어째서 너는 그 포럼이라는 곳에서 그런 대응을 한 건지, 어째서 누군가에게는 예스로 들릴 수도 있는 말을 해서 오해를 불사한 것인지. 그사이에 대오의 생각이 내게도 전염된 건지, 아니면 너도 내심 노코멘트를 그냥 노코멘트로 받아들이지 못했던 건지 그때쯤엔 내게도 해명이 필요했던 것 같다.

그때 너는 내가 미처 생각하지 못했던 이유를 꺼냈다. 우리 안의 피해자, 피해자 중의 피해자에게 너를 결속하고자 애쓰면서 맞닥뜨리게 된 곤란에 대해 말했다. 네가 인정받고 싶은 사람들에게 너의 소수자성을 각인시키기 위해 자처한 곤경. 정상성에서 멀어져야 한다는 강박과, 당사자성을 획득해야 한다는 열망 속에서, 첩첩이 낙인이 들러붙은 자리를 너의 새로운 무대로 만들었기 때문에 감수해야 하는 난관.

생각해봐, 그게 내 경험이냐고 물은 사람이 다른 사람도 아니고 감염인 당사자였다고. 근데 거기서 내가 아니라고 해봐. 이건 다 허구일 뿐이라고 딱 선을 그어봐. 그 사람 기분이 어떻겠어?

뭐가 어때. 소설가가 소설을 썼구나 하겠지.

아니지, 실망하겠지.

무슨 실망?

진짜가 아니구나. 삶을 내걸고 쓴 게 아니었구나. 아니, 어쩌면 기만당했다고 생각할 수도 있지. 잘 알지도 못하면서 자기 삶을 훔쳤다고, 자격도 없으면서 이득을 취했다고 생각할 수도 있지. 아닐까? 그 사람이 왜 물었을 것 같아? 왜 하필 그 자리에서 나한테 그게 궁금했을 것 같아?

……

이건 뭐 함부로 썼다는 자백이고 실토인 건가 생각하다가,

그러니까 도대체 왜 그런 걸 써서 감당하지도 못할 혐의에 스스로 갇힌 거냐고 책망하려다가, 나는 결국 네가 아니라 나에게 물었다. 그 순간 너는 다른 시공간으로 가버린 것처럼 멍한 눈빛이 되었으니까. 방금 전 우리의 대화에서 뭔가 소설이 될 만한 걸 발견했으며 그게 너를 섬뜩하게 하면서도 살아 있게 한다는 걸 나는 직감했으니까.

그렇다면 어째서 너는 '나'가 아니라 '나'의 연인을 감염인으로 만든 걸까. 네가 조물주인 그 허구의 세계에서 '나'는 무엇이든 될 수 있었을 텐데, 마음만 먹으면 '나'는 감염인의 연인이 아니라 감염인이 될 수도 있었을 텐데 어째서 감염인은 '나'가 아니라 '나'의 연인이었던 걸까. 어째서 너는 내가 이 모든 이야기를 다른 사람에게서 전해듣게 한 걸까. 어째서 그날 그 일에 대해서는 내게 일언반구도 하지 않았던 걸까.

그로부터 며칠 뒤 너도 나도 쉬이 잠들지 못하고 푸른빛으로 일렁이는 각자의 휴대폰에만 골몰하고 있을 때, 언제나 너의 첫 독자일 수 있었던 그 특별한 영광이 실은 내게 암묵적 동의를 구하는 절차에 지나지 않았을지도 모른다는 생각이 느닷없이 나를 습격해왔을 때, 나는 너의 인스타그램에 공개된 내 사진을 모두 숨겨달라고 말했다. 자랑하고 싶고 인정받고 싶고 투쟁하고 싶어서 업로드했던 우리의 모습을 더는 사람들이 볼 수 없게 해달라고 말했다.

그리고 무거운 침묵이 살아 있는 생물처럼 우리 사이에 누웠을 때, 얼마나 더 이러고 있어야 하나 싶은 막막함이 단지 이 순간에 국한된 감정은 아니라는 걸 깨달았을 때 너는 자책인지 비난인지 알 수 없는 말을 했다. 적어도 네가 나를 네 멋대로 시험대에 올리지만 않았어도 내가 듣지 않을 수 있었고 듣지 않아도 되었을 말을 했다.

지금 이러는 것도 혐오인 거…… 알지?

하부

저기요, 괜찮아요? 저기요.

누군가 내 오른쪽 상완을 가볍게 흔드는 듯한 느낌에 눈이 떠진다. 일순간 쏟아져들어오는 조명 빛에 눈이 부시고, 잠시간의 명순응을 거친 뒤에야 앞이 또렷해진다. 노출 콘크리트로 마감된 천장과 새하얀 줄눈이 칠해진 타일 벽, 냉온 수도꼭지가 달린 개수대. 여기는 창고 겸 다용도실이고 나는 무릎을 반쯤 끌어안은 채 냉기가 올라오는 바닥에 앉아 있다.

그리고 남자. 내 옆에는 웬 남자가 있다. 방금 나를 깨운 사람인 것 같고 정신이 든 나를 확인하고는 조금 떨어져 앉는다.

숨을 안 쉬는 줄 알았어요.

아, 네. 감사합니다.

눈을 감기 전의 상황을 복기해본다. 지하로 내려왔고, 복도를 지나 화장실 옆 작은 방을 발견했고, 드디어 혼자라는 생각에 주저앉았지. 지쳤나, 편했나, 그래서 깜빡 잠이 들었나.

나는 남자에게 파티가 끝났느냐고 묻고, 그렇다면 자기가 왜 여기서 이러고 있겠느냐며 지겨워하는 반응에 피식 웃음이 난다. 휴대폰을 꺼내어보니 대오와 약속한 시각은 아직이고, 고로 내가 잠든 시간은 고작 몇 분 남짓이었던 것 같다.

어?

그 순간 나는 이곳의 음습한 공기를 나누어 마시고 있는 남자를 알아본다.

위층에서 나를 주시하던 사람. 소매를 접어 올린 짙은 파란색 셔츠에 검은색 트라우저, 곱슬머리에, 아마도 조금씩 탈모가 진행중인 듯한 M 자형 이마, 방치한 것처럼 보이나 실제로는 정성 들여 기르고 있을 턱수염. 아까와 달리 뭔가 좀 심심해졌다 싶더라니 안경을 벗었다. 가까이에서 보니 나이가 좀 있는 것 같고 살집도 좀 있다.

혹시……

나는 한참을 머뭇거리다 남자에게 묻는다.

저를 따라오신 거예요?

무슨 소리냐며 미간을 좁히던 남자가 이내 환히 웃는다.

그랬으면 좋겠어요?

……

아닌가요? 영 별론가요?

아니요, 그건 아니고.

그럼 그런 걸로 해요.

네?

들었잖아요.

……

나는 남자의 중저음이 나를 일렁이게 하도록 놔둔다. 이런 플러팅이 대체 얼마 만인가 싶고, 누군가 내 심장을 한번 쥐었다 놓은 것처럼 갑자기 얼굴에 피가 도는 게 느껴진다.

와, 진짜였다니. 취해서 헛걸 본 줄 알았는데.

뭐가요. 나요?

네, 획 사라지셔서.

나를 찾았군요? 내가 궁금했네요?

……

남자는 대답을 하지 않는 내게 어깨를 으쓱해 보이더니 술을 한 모금 삼킨다. 다정하고 능글맞은 태도. 느긋하고 여유로운 분위기. 나이가 드니 내 취향도 변하는구나 싶고, 어쩌면 상대를 노골적으로 쳐다보는 건 남자가 아니라 내가 아닐까 싶은 생각까지 든다.

나는 보란듯이 건배를 청하는 남자를 지켜보다 문득 내 잔이 사라졌다는 걸 알아차린다. 내려올 때 분명히 챙겼던 것 같은데 양옆은 물론 개수대나 선반 위에도 없다.

그 술이요. 제 거는 아니겠죠?

남자는 이건 또 무슨 소리냐는 듯이 나를 빤히 건너다보더니 머리를 느릿하게 젓는다. 남자가 지어 보이는 표정 그 어디에서도 장난기가 느껴지지 않는다. 하지만 잠시 후 남자가 내 옆으로 바싹 다가와 앉더니 잔을 내민다. 내가 선뜻 받아들지 않자 괜찮다며 턱짓으로 잔을 가리켜 보이는데, 그게 실은 내 술이 맞다는 뜻인지 아니면 같이 나누어 마시자는 뜻인지 모르겠고 몰라도 될 것 같다.

왜냐하면 이제 나는 남자가 쓰는 바디 제품의 향을 맡을 수 있을 정도로 우리가 근접해 있다는 것 말고는 아무 생각도 할 수 없으니까. 온몸의 감각세포가 곤두서는 것만 같고, 덕분에 남자의 숨소리와 배관을 타고 흐르는 물소리, 문밖을 오가는 사람들의 인기척까지 들린다.

이윽고 누군가 안으로 들어오려는지 밖에서 문고리를 이리저리 돌려보는데, 덕분에 나는 한 가지 중요한 사실을 확인한다. 지금 여기, 문이 삼겨 있구나.

근데 왜 숨어 있어요?

문밖의 상황이 잠잠해지자 남자가 묻는다. 남자의 입가에 감도는 미소가 왠지 모르게 비밀스럽고, 나는 맥락 없이 먼저 도착한 그 미소에 부응하고 싶어진다. 남자의 말마따나 내가 숨어 있던 것이면 좋겠고 그런 나를 남자가 흥미로워했으면 좋겠다.

도망쳤어요.

도망?

네, 도망.

왜요? 전 애인이라도 봤어요?

아니요, 못 봤어요. 아예 못 봤어요.

……네?

차라리 봤으면 좋겠는데 보이질 않는다고요. 그게 내 문제예요.

……

무슨 말인지 모르겠다는 남자의 반응에 나는 괜히 말하기 어려운 척 뜸을 들인다.

시선이요. 나를 향하는 시선이 있는데, 계속 나를 따라다니며 관찰하는데, 시선의 주인은 보이질 않는 거예요. 처음에는 카메라인가보다 했어요. 오늘 무슨 촬영을 한다고 카메라가 많았잖아요. 근데 카메라가 나를 향하지 않아도 시선이 감지되는 거예요. 그래서 도망쳤어요. 혼자가 되면 좀 나아질까 해서……

남자는 어째 좀 오싹하다며 말끝을 흐리면서도 여전히 내가 재밌다는 듯이 웃는다. 다시 보니 두 뺨이 발그레한 게 그만 마셔야 하는 사람은 나 혼자만이 아닌 것 같다.

그래서요? 좀 나아졌나요?

남자의 질문에 나는 반쯤 고개를 주억이다 실은 아니라고 대답한다. 시선은 여기에도 있으며 지금 이 순간에도 우리를 구경하는 것 같다고, 우리의 대화, 표정, 행동 일체를 감상하는 것 같다고 말한다. 남자의 눈이 나를 떠나 손바닥만한 새시 창문과 먼지가 자욱한 환풍구로 옮겨가고, 나는 남자를 따라서 다용도실 안을 살핀다. 그리고 남자의 눈길과 내 눈길이 서로에게 닿았을 때 남자에게 말한다.

그쪽이요. 저는 그쪽도 이상해요.

내가 왜요?

진짜가 아닌 것 같아요.

아하, 아직도 내가 헛것 같아요?

네, 꼭 누가 만든 캐릭터 같아요. 무슨 말을 어떻게 해야 내가 좋아하는지 아주 잘 아는 사람이 심어둔 캐릭터.

그 말은…… 내가 좋다는 뜻인데?

……

나는 남자를 만지고 싶은 충동을 누르며 반응하지 않는다. 내가 너무 외롭고 취약하다는 걸 들키지 않기 위해 서서히 눈을 내리깐다. 그리고 불현듯 스치는 두려움에, 정말이지 이 모든 게 꿈이어서 남자가 아까처럼 단 일 초만에 증발해버리면 어쩌나 싶은 아쉬움에 남자를 다시 바라본다.

남자는 무슨 생각을 하는지 골똘해진다. 하지만 침묵은 그리 오래가지 못하고 남자는 다시금 하얀 이를 온통 드러내며 웃을 수 있는 사람이 된다. 손을 잡아보고 싶고 입을 맞춰보고 싶고 이제는 알몸이 궁금해지는 그 사람으로 돌아온다.

그럴지도 모르죠.

남자가 내게 알랑거리는 눈빛을 보내며 말한다.

나는 가짜일 수도 있죠. 하지만 이 순간은 진짜라는 거, 그거 하나만큼은 분명히 확인할 수 있는 방법이 있어요.

뭔데요?

그때 남자가 동의를 구하듯 눈썹을 두어 번 치켜올리더니 내 왼뺨을 만진다. 내가 쓰고 있는 가면 뒤의 열망을 모두 알아본 것처럼, 자꾸만 자신의 아랫입술로 미끄러지는 내 눈길의 뜻을 정확히 읽은 것처럼 다른 한 손으로 오른뺨도 만진다. 하지만 남자는 내 바람과는 조금 다른 방향으로 움직인다. 눈을 감거나 입술을 포개는 대신 뺨에 닿아 있던 두 손을 눈가로 옮긴다. 그러고는 눈가리개를 씌우듯 점점 내 시야를 좁힌다. 내 눈 속에 자신을 가두고 자신의 눈 속에 나를 가둔다.

어때요? 지금도 우리를 보고 있나요?

남자가 우리만의 작은 터널 속에서 묻고,

그럼요, 다 보고 있어요.

나는 손톱으로 꾹 눌러놓은 듯한 남자의 인중을 보며 대답한다.

하지만 몇 초쯤 뒤에 나는 얼굴을 뒤로 뺀다. 이렇게 많은 말을 했는데도 남자에 대해 아는 게 하나도 없다는 사실이, 그래서 흥분되지만 그래서 두려워지는 이 감각이 내게 또다른 불안을 낳기 때문이다. 나는 남자에게 딱 한 가지만 알아보기로 한다.

혹시 예술인 패스가 있나요?

네?

예술인…… 패스…… 모르세요?

어리둥절해하던 남자가 이내 의뭉스러운 미소를 흘린다. 그러고는 자기도 뭐 하나만 물어봐도 되겠느냐며 나지막이 속삭인다. 그리고 이어지는 말은 그 즉시 남자의 따뜻한 숨결과 함께 귓바퀴를 타고 흘러들어오며 이것이 결코 환상일 수 없다는 확신을 갖게 한다.

맨 처음 봤을 때부터 궁금했는데요.

뭐가요?

바텀 맞죠?

오프

대오는 상기인지 피곤인지 분간할 수 없는 안색으로 햄버거를 먹는 둥 마는 둥 한다. 행사 내내 배가 고팠다며 울상이었을 때는 언제고 막상 주문한 베이컨 토마토 디럭스를 받아들자 한입 크게 베어 물고는 더 손도 대지 않는다. 행사의 여파로 긴장이 채 가시질 않은 것 같고, 당장의 허기를 채우는 것보다는 오늘 전시장에서 만난 사람들로부터 전해들은 소감을 내게 옮기는 게 더 중요한 것 같다. 대오는 일부 그림의 순서와 조명 위치를 바꾸고 싶어하는데, 오프닝을 무사히 마쳤음에도 후련함보다는 아쉬움이 더 커 보인다.

오늘 정말 괜찮았던 거지?

대오가 자꾸 물어 미안하다는 듯이 묻고,

좋았다니까. 무지 좋았어.

나는 백 번도 더 말해줄 수 있다는 듯이 대답한다.

얼마쯤 지났을까. 우리가 앉아 있는 창가석 바깥에서 누가 알은체를 한다. 창유리를 똑똑 두드리고는 손을 흔든다. 누군가 했더니 전시장에서 대오를 이리저리 끌고 다니며 사람들에게 소개해주던 그 컬렉터다.

그리고 그의 동행인 남자. 지금은 살짝 경직되어 있으나 조금만 웃어도 얼마나 근사해지는지 나는 알고 있는 남자.

남자는 나와 눈길이 얽히지만 반응하지 않고, 나는 그게 어떤 신호 같아서 남자가 아닌 것에만 눈을 두는 방식으로 남자를 본다.

그때 대오가 두 사람을 향해 어서 안으로 들어오라며 손짓한다. 내게는 묻지도 않고 빈자리를 콕 집어 보이며 합석을 권한다. 하지만 남자와 무어라 얘기를 나누는가 싶던 컬렉터가 그냥 가야 할 것 같다며 손목시계를 가리켜 보인다. 아무래도 남자가 원치 않는 듯하고, 컬렉터는 조만간 통화하자는 제스처를 남긴 채 물러선다. 그러고는 내 쪽을 더는 쳐다보지 않기로 결심한 듯한 그 남자와 함께 가던 길을 간다. 창가에 비친 내 모습 밖으로 사라진다.

친구인가? 아님 연인? 어느 쪽이든 모르고 싶고 모르는 게 더 낫겠다는 예감에 테이블로 눈을 돌리는데, 대오가 무슨 영감이라도 받았는지 멀어지는 두 사람을 손가락 프레임 안에 담다 말고 말한다.

아, 저 형이야.

응?

오늘 내 구세주. 아까 그림 하나 팔았다고 했잖아. 니가 마음에 든다고 했던 거. 그걸 지 형이 샀거든.

치과 의사라는?

아니, 영진이 형 말고. 형 애인분.

아……

나는 갈라져 있는 줄도 몰랐던 마음의 틈새로 서운함이 밀려드는 걸 느낀다. 우리가 이렇게 다시 마주쳤을 뿐만 아니라 같은 그림을 선택하기까지 했다는 우연을, 이 순간을 우연이 아니라 필연으로 바라보고 싶어하는 내 의지를, 남자에 대한 실망감과 배신감이 단번에 휩쓸어버리려는 걸 느낀다.

저 두 사람 말이야. 십오 년이나 됐대. 십오 년이라니 상상이 돼?

대오는 상상도 못 할 일이라며 혀를 내두르지만 나는 너무도 쉽게 그 십오 년을 상상할 수 있다. 원해진다는 실감. 소속되었다는 기쁨. 다 괜찮을 거라는 믿음. 남자의 눈빛과 웃음, 농담에서 새어나오던 그 모든 것을 하루하루 모으다보면 어느새 일 년은 이 년이 되고 이 년은 삼 년이 됐을 테니까.

근데 너무 아깝지 않아?

뭐가?

영진이 형 말이야. 누가 봐도 아쉬울 게 하나 없는데 왜 저런 늙다리를 만날까. 아, 역시 그건가? 많이 남다른가?

자신의 농담이 흡족한 듯 큭큭대는 대오를 보면서, 얘는 어떤 남자가 진짜인지 좆도 모르면서 그 많은 남자 그림을 그렸구나 안타까워하면서, 나는 대오가 함부로 얕잡는 남자의 외모와 나이, 직업 같은 정보를 애써 흘려듣는다. 그 어떤 내용도 내가 실제로 느낀 것에 부합하지 못한다는 사실에 약간의 고통과 기쁨을 동시에 느끼면서 남은 햄버거를 마저 욱여넣는다.

하지만 다행히 얘기는 그리 오래 이어지지 않는다. 잠시 후 테이블 위에 올려둔 내 휴대폰이 진동하기 때문에. 새 메시지가 왔다는 알림. 아직 이름을 붙여 저장해두지 못한 번호.

〔내일 저녁에 뭐해요? 지금 먹는 것보다 훨씬 더 맛있는 거 먹으러 갈래요?〕

누군데 그렇게 웃느냐는 대오의 말을 듣고 나서야 나는 내가 웃고 있었다는 사실을 깨닫는다. 회사 사람이야, 팀원이야, 후배야, 누구야 하고 되는대로 둘러대며 웃음기를 완전히 지우고 나서야 내가 이 사람에 대해서는 그 누구에게도 말하지 않으리라는 것을 확신한다. 방금 전 나를 엄습했던 낭패감은 아무것도 허물지 못했고, 나는 옅은 한숨을 내쉬며 다시 창문 쪽을 바라본다. 마치 거기에 누가 있는 것처럼. 오늘밤 모두 지켜봤을 테니 이제 내가 어떻게 할 것 같으냐고 묻는 것처럼.

답장하지 않으면 남자는 기다릴까 아니면 단념할까. 내일 밤 말고 오늘밤은 어떠냐고 물으면 남자는 달려올까 아니면 곤란해할까. 나는 그 누구도 알 수 없는 비밀이 되기를 원한다고, 내게는 자랑도 인정도 투쟁도 필요 없는 관계가 절실하다고 말한다면 남자는 어떤 표정을 지을까. 그건 나를 안타까워하던 너의 표정과는 얼마나 다를까.

나는 고무공처럼 이리 튀고 저리 튀는 생각들이 잦아들기를 기다리면서, 햄버거를 다 먹고 남은 포장 용지를 아주 작디작은 공처럼 똘똘 뭉쳐 대오 쪽으로 가볍게 튕기면서 말한다.

이제 그만 집에 가자.

그리고 여기서부터가

사소한 일이다

커밍홈

회의를 마치고 자리로 돌아와보니 엄마였다. 네시 반부터 다섯시 반까지 방해 금지 모드로 설정해두었던 휴대폰에 부재중 전화가 다섯 통. 통화 목록 상단에 엄마의 이름 세 글자가 불발된 통화 횟수와 함께 빨갛게 남아 있었다.

잔뜩 긴장한 채 층계참 쪽으로 나와 콜백을 했더니 엄마가 받았다. 받기는 바로 받았으나 어쩐지 마음놓고 통화하기는 어려운 듯한 조심스러운 목소리였다.

바쁜 거야?

엄마가 뜻밖의 차분한 어조로 물었고,

뭐야? 무슨 일 있어?

내가 덩달아 음량을 낮추며 되물었다.

있지, 무슨 일, 하면서 무거운 한숨을 내쉬던 엄마는 대뜸 입원중이라는 소식을 전했다. 지난주에 코로나19 확진 판정을 받아 지금 김포에 있는 한 전담 병원에 격리되어 있다는 것이었다.

양성이라고? 엄마가?

야, 작게 말해. 사람들 들어.

엄마는 입원한 지 오늘로 사흘이 됐다고 했다. 코로나19는 일종의 균이고 살균은 역시 불로 하는 거라는 큰이모의 말에 홀랑 넘어가 경기도에 있는 무슨 숯가마까지 따라갔다가 감염이 됐는데, 아스트라제네카를 맞은 큰이모는 음성이고 화이자를 맞은 엄마만 양성인 걸 보면 화이자가 제일 낫다는 항간의 속설도 믿을 건 못 되는 것 같다고 했다. 엄마는 그래도 백신 덕분인지 처음 며칠 고열과 오한으로 고생한 것 말고는 큰 이상은 없다고도 했는데, 내가 어째서 이런 얘기를 지금에서야 하느냐고 성을 내자 이렇게 덧붙였다.

너한테 피해가 갈까봐 그러지.

무슨 피해?

전화한 거 기록 남으면 너랑 만났다고 오해 살 수도 있고. 아무튼 너는 절대로 걸리면 안 돼. 무슨 말인지 알지?

……

나는 그게 무슨 소리냐며 못 알아들은 척했으나 엄마의 의중이 짐작되지 않는 건 아니었다. 엄마는 여전히 작년 봄의 기억을, 이태원 클럽발 집단감염으로 세상이 떠들썩했던 그 시기에 들이닥친 공포를 염두에 두고 있을 테니까. 확진자 동선과 신상 정보가 까발려지면서 하루종일 포털 사이트에 '게이'와 '이태원 코로나'가 인기 검색어로 걸려 있던 그날 밤, 엄마는 갑자기 내게 전화를 걸어와서는 혹시 너도 거길 갔었느냐고, 행여라도 그런 데는 절대로 가면 안 된다고 울먹였다. 엄마, 그런 데도 갈 수 있는 애들이나 가. 주변머리가 있어야 간다고. 내가 그럴 위인으로 보여? 그때 나는 그렇게 말은 못하고 생각만 했던가.

그런데 얘기를 들어보니 엄마가 내게 연락해온 건 단순히 당신의 감염 소식을 전하기 위해서만은 아니었다. 용건은 따로 있었고 남에게 말해봤자 흉이나 되겠다 싶어 내게 부탁하는 듯했다.

엄마는 퇴원할 때까지만 집을 좀 봐줄 수 있겠느냐고 물었다. 어젯밤 꿈에 할머니가 나왔다고 했다. 예전부터 엄마는 돌아가신 할머니가 나오는 꿈은 무조건 흉몽이라고 생각하는 경향이 있었고, 몇 해 전 집 앞을 지나던 차가 갑자기 담장을 들이받았던 날도, 내가 지하철 에스컬레이터에서 미끄러져 팔이

그리고 여기서부터가 사소한 일이다

부러졌던 날도 모두 할머니 꿈을 꿨다고 주장했다.

어젯밤엔 난리도 아니었다니까. 집이 홀라당 다 타버릴 뻔했어. 너희 할머니가 가스불에 찌개를 올려놓고 깜빡 잠이 든 거야. 아랫집 사람들이 계속 문을 두드리는데도 세상모르고 자는 거지. 119가 바로 와서 화를 면하기는 했는데, 아무튼 노인네가 예전 같지가 않은 거야.

나는 세상을 떠난 지 이십 년도 더 된 할머니를 여전히 걱정하는 엄마가 도리어 걱정돼 일단 말을 끊었다. 방금 자다 깬 것도 아니면서 어째서 꿈속 상황에 이토록 과몰입하는지 알 수가 없었다.

엄마, 꿈에서 그랬다는 거지?

그래, 꿈에서.

근데도 불안한 거고?

내가 여기 갇혀서 아주 피가 마른다니까.

*

퇴근 후에는 간단히 짐을 챙겨 엄마 집으로 갔다. 그 꿈이 개꿈이라는 것엔 조금의 의심도 없었지만 혹시나 아무도 없는 집에 무슨 문제가 생긴 건 아닌지, 그래서 엄마가 그런 꿈을 꾸게 된 건 아닌지 거듭 생각하다보니 걱정이 안 되는 건 또 아니었다. 나는 생각만으로도 불안을 키우는 재주가 있었고, 그건 확실히 엄마로부터 물려받은 것이었다.

꿈속이었어도 어쨌든 화재는 화재였으므로 집에 들어서자마자 가스레인지부터 확인하게 됐는데, 다행히 염려했던 일은 없었다. 밸브는 제대로 잠겨 있었고 화구는 완전히 비어 있었으며 집안 어디에도 할머니는…… 없었다.

환기를 위해 부엌과 거실 창문을 열어두고는 엄마에게 이상무, 라고 카톡을 보냈다. 직접 두 눈으로 보기 전까지는 안심하지 않으리라는 걸 알기에 부엌 사진도 남겼더니 일이 분쯤 뒤에 답장이 왔다.

〔그래걱정도팔자다〕

〔걱정 그만하고 얼른 낫기나 해.〕

〔그래고맙다미안하고〕

〔이제 꿈 같은 건 꾸지도 말고 믿지도 말았으면 해. 띄어쓰기도 좀 해줬으면 하고.〕

〔그게맘대로되니맞다락스로다닦았는데혹시모르니내방은들어가지마〕

알겠다고 답은 했으나 들어가지 말라는 말을 듣고도 안 들어가볼 수는 없는 나여서, 곧바로 안방 문부터 열었다. 스위치를 누르면 삼사 초쯤 뜸들이다 파바박 켜지는 형광등과, 한때는 엄연한 재산이었으나 지금은 돈을 내야만 폐기가 된다는 체리색 원목 장롱, 찢어진 자리를 군데군데 박스 테이프로 기워둔 장판…… 언젠가부터 엄마 방은 낮잠을 자다 깨어났을 때처럼 단숨에 나를 서글프게 만들었다. 엄마처럼 오래되고 엄마처럼 아프고 엄마처럼 쓸쓸해 보이는 방.

바닥에 앉았더니 금세 찬기가 엉덩이를 타고 올라왔다. 깔아놓은 이부자리 밑도 차갑기는 매한가지. 엄마는 매일 밤 이 자리에 누워 무슨 생각을 했을까. 내가 떠난 뒤에 홀로 남겨진 이 집에서 어떤 시간을 보냈을까. 엄마 방에 앉아 있다보니 왠지 엄마가 했을 법한 생각들이 하나둘 머릿속을 활보하면서 마음이 산란해졌는데, 때마침 아직 할말이 남았는지 엄마가 다시 카톡을 보냈다.

〔보일러 이빠이 켜 춥게 있지 마〕

거짓말

느지막이 일어나 씻고 밥을 안치려는데 누군가 현관문을 똑똑 두드리는 소리가 났다. 누구세요, 물어도 별말이 없기에 문을 실쩍 열어보았더니 파란집 아줌마가 어머, 하면서 한 걸음 뒤로 물러섰다. 엄마와 비슷한 시기에 이 동네에서 시집살이를 시작한 엄마의 오랜 이웃이자 친한 언니. 대문이 파란색인 집에 산다는 이유로 자신의 시모에 이어서 파란집이라는 별칭으로 불리는 장년의 여성. 대개는 파란집, 가끔은 종연이 엄마, 일요일에는 엘리사벳.

웬 시커먼 아저씨가 나와서 깜짝 놀랐네.

……

집에 왔구나.

나는 꾸벅 인사를 하고는 엄마는 지금 안 계시는데, 하고 말끝을 흐렸다. 집안을 살피려는 듯 잠시 내 어깨 너머로 향했던 아줌마의 시선이 다시 내게로 모였고, 아줌마와 나는 누가 먼저랄 것도 없이 어색한 미소를 주고받았다. 아줌마는 엊그제부터 너희 엄마가 연락두절이라며 혹시 무슨 일이 있나 싶어 찾아와봤다고 했다. 보아하니 엄마는 나를 제외한 누구와도 연락을 삼가고 있는 듯했다.

아, 그게…… 여행 가셨어요, 큰이모랑.

여행? 어디를?

저기 멀리…… 제주도……

아니, 이 난리통에 제주도를 갔어?

예, 이 난리통에 굳이……

……

영 의심스럽다는 반응에 나는 어떻게든 말을 돌리려는 심산으로 할머니의 안부를 물었다. 아줌마의 시모이자 생전에 우리 할머니와 형님 동생 하며 우애가 참 좋았던 파란집 할머니. 엄마에게서 파란집 할머니가 치매 진단을 받았으며 아줌마가 할머니 간병을 위해 조리실 일을 그만두었다는 얘기를 전해들었던 것이 벌써 몇 해 전이었다.

그럼, 잘 지내시지. 오늘도 굴비에 밥 한 공기를 다 비우셨는걸.

다행이네요.

응, 다행이지. 너는 요즘 어떠니? 책 쓰는 건 잘 되고?

……

얘기를 지어내느라 아주 머리를 쥐어뜯는다며.

제가요?

응, 엄마가 그러던데?

아…… 요즘은 안 쓰고 있어요. 다른 일이 바빠서……

그래, 열심히 돈 벌다가 나중에 또 쓰면 되지.

……

내 다음 말을 기다리는 듯한 아줌마의 표정에 다정과 염려, 긴장이 더해지며 정적이 길어지는 사이, 아줌마가 아차차, 하더니 들고 있던 검은색 비닐봉지를 내게 건넸다. 안에 든 건 제법 묵직한 자주색 타파통이었고 어제 담근 김장김치라고 했다. 잠깐만 기다려주시면 통은 바로 돌려드리겠다고 하니 아줌마가 나중에 천천히 줘도 된다며 손을 내저었다. 그러고는 이만 가보겠다고, 잘 지내다가 이렇게 또 보자고 내 어깨를 가볍게 두어 번 쓸었다.

난간을 잡고 한 칸 한 칸 계단을 내려가는 아줌마를 지켜보는데, 아줌마가 어쩐지 풀이 죽은 목소리로, 하지만 분명히 내게 들릴 만한 크기와 높낮이로 덧붙였다.

그래도 씹지는 말라 그래. 별별 생각이 다 드니까.

*

수년 전 동네 어른들 사이에서 내가 신부가 될 거라는 낭설이 퍼진 적이 있다. 대학을 졸업할 무렵이었고, 어느 날 귀갓길에 슈퍼에 들러 이것저것 필요한 것을 주워 담고는 계산을 하려는데 주인아저씨가 다짜고짜 성경 공부는 잘 되어가느냐고 물었다. 무슨 말씀이냐고 되묻고는 전후 맥락을 파악해보니 소문의 진원지는 엄마. 어떤 연유에서인지 내가 신부가 되고자 하며 관련 공부를 위해 대학원 진학을 계획중이라는 난데없는 얘기를 꾸며낸 모양이었다. 물론 내가 성직자의 삶을 동경해본 적이 아예 없었던 것은 아니나, 그건 어디까지나 복사를 서고 주일학교 어린이부 활동을 했던 초등학교 때의 일.

그날 저녁 일을 마치고 돌아온 엄마에게 왜 그런 거짓말을 하고 다니느냐고 물었더니, 엄마가 세상에, 그게 그렇게 퍼졌니? 하고 도리어 놀라며 나보다 더 황당해했다. 요즘 성당 구역 모임에서 자꾸 그 집 아들은 만나는 사람이 있느냐는 둥, 아직 멀었다고 넋 놓고 있다가는 자기처럼 며느리를 잘못 들인다는 둥 하면서 원치도 않는 조언을 일삼는 자매님이 한 분 계시는데, 더는 묻지도 말고 궁금해하지도 말았으면 하는 마음에서 둘러댄다는 게 그런 말이 튀어나왔다는 것이었다.

그냥 웃어넘기면 되지 무슨 말도 안 되는 얘기를 지어내느냐며 어이없어하는 내게 엄마는 거짓말도 하던 사람이나 잘하는 거라며 말끝을 흐렸는데, 그런 엄마를 보고 있자니 마음이 짠해지는 건 또 어쩔 수가 없었다. 엄마가 나 때문에 괜히 안 해도 될 거짓말을 하면서 살고 있다는 걸 새삼스레 자각하게 되었던 순간. 나로 인해 덩달아 수상쩍고 못 미더운 사람이 되어가고 있다는 걸 실감하게 되었던 순간.

*

파란집 아줌마의 방문 소식에 이어 앞으로 말을 맞추려면 숙지해야 하는 몇 가지 정보를 전하자, 엄마는 내 거짓말이 터무니없다며 난감해했다. 확신 얘기를 안 한 건 잘했으나 제주도 여행 운운한 건 아무래도 의심만 더 키웠을 거라고. 잠시 후 엄마는 무슨 소설을 쓴다는 애가 이렇게 허술하냐며 내게

통을 주었는데, 이게 지금 내 탓을 할 일인가 싶으면서도 여기서부터 뒷감당을 해야 할 사람은 내가 아니라 엄마였기에 아주 살짝이지만 미안한 마음이 들기도 했다.

그나저나 메시지 확인도 늦고 답장도 꽤 늦어서 많이 아픈 거냐고 물었더니 아픈 건 아니고 바쁘다는 대답이 돌아왔다.

〔바쁘다고? 거기서 왜 바빠?〕

〔책봐여기있으니까책이잘읽히네〕

〔책을 봐? 무슨 책?〕

〔있어너책은아니야〕

엄마는 그동안 내가 쓴 책을 완독해보려고 여러 번 시도했으나 번번이 실패했고, 그건 단지 엄마가 독서에 익숙하지 않은 사람이기 때문만은 아니었다.

〔엄마 이제 내 책은 그만 놓아줘도 될 것 같은데……〕

〔아니라니까그러네〕

〔그럼 뭘 보는데?〕

〔됐어말시키지마성가셔〕

하트현

산책삼아 동네를 크게 한 바퀴 돌고는 시장 쪽으로 향했다.

때가 되었으니 뭘 먹기는 먹어야 할 것 같았고 그 순간 떠오른 게 장현씨의 만두였다. 길어지는 팬데믹에 폐업한 자영업자가 한둘이 아니었으므로 어쩌면 장현씨도 예외가 아닐지 모른다 싶었지만, 다행히 가게는 성업중이었다.

어째 주인은 안 보이고 찜기만 분주히 김을 뿜는 게 이상해 안쪽을 살피려는데 등뒤에서 아이고, 잠시만요, 하면서 장현씨가 나타났다. 처음에는 내가 포장 손님인 줄 알았는지 바로 용기부터 꺼내고 찜기를 열었으나 이내 나를 알아보고는 얼음이 되었다.

너무 놀라시는데요.

……

무슨 귀신이라도 보셨는지?

귀신치고는…… 좋아 보이는데요.

제가요? 좋아 보이나요?

예, 간만에 잠을 아주 푹 잔 것 같은 얼굴인데요. 한 아홉에서 열 시간쯤?

와…… 귀신같네요.

장현씨는 그제야 활짝 웃었고, 나는 장현씨가 짓고 있는 만큼의 미소를 그대로 놀려주기 위해 마스크를 완전히 내리고는 한껏 입꼬리를 끌어올렸다. 사람 얼굴을 좀 과하다 싶게 빤히 쳐다보는 시선도, 찜기에서 올라오는 수증기를 리드미컬하게 휘휘 두 번씩 젓는 손동작도 모두 우리가 처음 만났던 날을 떠올리게 했다.

장현씨와의 인연은 재작년 이맘때쯤으로 거슬러올라갔다. 시장 초입에서 그동안 못 보던 만둣가게를 발견하고는 메뉴판을 살피는데, 주인으로 보이는 남자가 혹시 장경중학교를 나오지 않았느냐고 물었다. 장경중은 예나 지금이나 이 지역의 유일한 남중. 나는 장경중 출신이 맞았고 심지어 내가 몇 회 졸업생인지까지 알고 있었으나 순간 당황해서는 아닌데요, 했다. 잡아뗄 이유는 딱히 없었는데 어쩌다보니 아닌 척을 하게 됐고, 아닐 리가 없다는 눈빛으로 고개를 갸웃하는 남자의 얼굴을 유심히 살폈다. 아마도 동창인 듯한데 누구인지 짐작 가는 사람이 없었다.

하지만 며칠 뒤 나는 남자에게 먼저 이실직고하게 되었으니, 그건 우리가 지역 기반의 데이팅 앱에서 다시 마주쳤기 때문이었다. 헬스장 탈의실에서 찍은 몸 사진과 공원 산책길에서 찍은 얼굴 사진을 걸어둔 새로운 유저가 근거리에 나타났고, 내가 이 남자를 실제로 본 적이 있을 뿐만 아니라 몇 마디 말을 주고받기까지 했다는 것을 깨닫는 데는 몇 초면 충분했다. 나는 남자의 프로필을 유심히 살피다가 먼저 말을 걸었다. 네, 저 장경중 맞습니다.

알고 보니 장현씨는 일 년 후배였다. 내가 34회 졸업생이니 장현씨는 35회 졸업생. 동급생도 아닌데 장현씨가 나를 기억하는 이유는 우리가 삼 주에 한 번 CA 시간에 스크린 영어회화반 활동을 함께했기 때문이었다. 장현씨에 따르면 나는 은근히 개그 욕심이 있는 아이였고 장현씨의 첫 영어 이름을 지어준 잊을 수 없는 선배이기도 했다. 장현씨는 성이 심씨인데 어느 날 내가 심장은 영어로 하트니까 너는 하트현이라는 실없는 소리를 했고, 덕분에 몇몇 아이가 한동안 자신을 하트현이라고 불렀다는 것이었다. 거기까지 듣고도 그 시절의 장현씨는 곧바로 떠오르지 않았지만 그런 되도 않는 말장난은 딱 내가 했을 법한 짓이기는 했다.

오랜만에 만난 장현씨는 살이 좀 붙은 듯했다. 벌크업 같은 것을 하느냐고 묻자 운동은 때려친 지 오래고 요즘은 먹는 걸로 스트레스를 푼다고 했다. 사회적 거리두기 덕분에 오히려 배달 주문이 증가해 장사가 무서울 정도로 잘되는데, 아무래도 혼자는 무리인 듯해서 알바를 구해볼까 고민중이라고.

장현씨와 함께 일하면 왠지 재밌을 것 같아서 혹시 저도 가능하냐고 물었는데, 선배님이라면 언제든 환영이라던 장현씨가 내심 불안했는지 잠시간의 망설임 끝에 설마 진지하게 하는 말은 아니죠, 하면서 눈을 동그랗게 떴다. 당연히 신지하게 하는 말은 아니었지만 장현씨가 그렇게 물으니 또 진지해져볼까 싶어지는 게 나라는 사람의 작동 방식.

아니, 지금 하시는 일은 어쩌고요?

당장 그만두죠, 뭐.

네? 이렇게 쉽게요? 그럼 나중에 저희 가게도 뒤도 안 돌아보고 그만두는 거 아닌가요?

아…… 그게 또 그렇게 되나요?

네, 그렇게 됩니다.

압박 면접이야 뭐야.

……

우리가 그렇게 시시덕거리는 동안 전화로 주문한 손님과 배달 기사님이 차례로 도착해 만두를 픽업해갔다. 장사가 무섭게 잘된다는 말이 빈말은 아닌지 배달 주문 알람이 연이어 들려왔고, 어느 순간부터는 내가 장현씨에게 방해가 되고 있다는 생각이 들기도 했다. 요즘은 어떻게 지내는지, 어머니는 이제 좀 괜찮아지셨는지 궁금해하는 장현씨에게 그간의 근황을 요약했으나 찜기를 사이에 두고 할 얘기는 아닌지 자꾸 대화의 맥이 끊겼고, 서예와 뜨개질을 거쳐 최근에는 일주일에 두 번씩 미술학원에 다닌다는 장현씨의 새로운 취미생활에 대해 전해듣기도 했으나 이 역시도 얘기가 표면을 스치듯 미끄러졌다.

그래서일까. 나는 장현씨가 예전처럼 이따가 파하고 한잔 어떠신가요, 하고 먼저 청해주기를 살짝 기대하게 됐는데, 다른 약속이 있는 건지, 아니면 마음의 여유가 없는 건지 마감

시간이 그리 멀지 않았음에도 별말을 하지 않았다. 먼저 말해볼까 싶다가도 거절을 당하는 건 또 싫어서 입이 떨어지지 않았다. 일방적으로 연락을 끊은 건 나였고 우리의 공백은 팬데믹 때문은 아니었으니까.

오늘도 장현씨는 끝내 만둣값을 받지 않았다. 돈만 받지 않은 게 아니라 엄마와 함께 먹으라며 김치 통만두 이 인분에 고기 통만두 이 인분, 부추 통만두 이 인분까지 내가 주문하지도 않은 걸 이것저것 후하게 담아주었다. 뭘 이렇게까지 많이 주느냐고 손사래를 쳤더니 장현씨가 이러다가 또 이 년 뒤에 나타날 수도 있지 않으냐며 이 년 치의 서비스를 미리 주는 거라고 우겼다.

그 순간에는 웃었으나 어째 집으로 돌아가는 내내 장현씨의 말이 자꾸 마음에 걸렸다. 아닌 척해도 장현씨가 내게 서운했구나 싶어서 미안했고, 그와 동시에 내가 아직 장현씨를 서운하게 할 수 있는 사람이구나 싶어서 조금은 기분이 좋아졌다.

해프닝

그해 겨울, 소식을 듣고 서둘러 귀가했을 때 엄마는 동네 사람들이 이제 다 알게 됐다며 난감해했다. 파란집이 알았으니 소문이 퍼지는 건 시간문제라고 했고, 앞으로 어떻게 얼굴을 들고 다녀야 할지 모르겠다고도 했다. 말투와 어조는 차분했으나 저녁 내내 울었는지 눈이 퉁퉁 부어 있었는데, 나는 그런 엄마를 차마 똑바로 쳐다볼 수가 없어서 우리 사이에 놓인 신문에 시선을 고정할 뿐이었다. 사흘 전 발행된 일간지의 문화면이었고, '어느 성소수자 소설가의 환희와 비애'라는 제목과 함께 내 초상이 제법 크게 인쇄되어 있었다. 요즘 누가 종이 신문을 보나 했는데 여전히 보는 사람들이 있었고 그중 하나가 파란집 아줌마였다.

기사는 그로부터 두어 달 전 어느 문예지에 실린 내 소설에 대한 리뷰였다. 최근에 발표된 단편 가운데 문학 담당 기자의 눈에 띈 작품을 소개하는 코너였다. 내가 쓴 소설은 게이이자 소설가인 화자 '나'가 책 출간을 기점으로 엄마에게 정체성을 고백하는 과정을 담고 있었는데, 요약하자면 수개월에 걸친 시도 끝에 엄마로부터 이해의 가능성을 발견한다는 내용이었고, 기사 역시 이러한 부분에 초점을 맞춰 성소수자 자녀를 둔 부모의 혼란과 두려움, 그리고 인정과 이해로 나아가기 위한 노력에 주목했다.

사실 처음 기사를 접했을 때 나 역시 당혹스럽지 않은 건 아니었다. 사진과 제목, 그리고 본문 내용이 어우러지며 단숨에 어떤 경계가 무너져내리는 듯한 느낌이 들었으니까. 물론 작가 개인에 대한 기사가 아니라 소설에 대한 기사라는 건 코너 명만 봐도 자명했고, 본문을 조금만 읽어보면 제목이 지시하는 건 사진 속 웃고 있는 남자가 아니라, 사진 속 웃고 있는 남자가 쓴 소설 속 주인공이라는 걸 알 수 있었으나, 그걸 일일이 구분하고 싶어하는 사람은 나 말고는 없을 듯했다. 애초에 아슬아슬한 줄타기를 원한 건 나였으므로 이제 와 누굴 탓하랴 싶었고, 나중에는 누가 어떻게 보든지 상관없다는 마음이 들기도 했다. 그래, 알 테면 알라지 싶은 마음. 착각을 하든 억측을 하든 지들 좋을 대로 하라지 싶은 마음. 이제는 그런 마음을 먹는 것까지가 작업의 일부 같아서 이 정도의 해프닝은 그럭저럭 웃어넘길 수 있었다.

하지만 나는 그럴 수 있어도 엄마는 아니었다. 엄마는 '성소수자'라는 네 글자가 내 얼굴 옆에 달라붙어 있는 것에 기함했고, 무엇보다도 내가 내 정체성을 세상에 떠벌린 것에 분개했다. 엄밀히 따지자면 나는 그저 소설을 썼을 뿐이지 대사회적 커밍아웃을 한 게 아니었지만, 어쨌든 내가 그런 소설을 쓰고 하필 그런 소설이 그런 제목으로 신문에 소개되면서, 엄마는 이전과는 다른 차원의 위협을 느낀 듯했다.

엄마는 내가 이기적이고 무책임하다고 주장했다. 엄마의 입장을 전혀 고려하지 않은 것이 괘씸하다고 했고, 내가 아무런 언질도 없이 우리 얘기를 쓴 것에 배신감을 느낀다고도 했다.

그래, 뭘 쓰든 그건 니 자유지. 나도 그 정도는 알아. 근데 그렇다고 해서 니가 나한테 이러면 안 되는 거잖아. 나한테도 절대로 말하고 싶지 않은 게 있다는 생각은 못해봤니? 내가 이미 충분히 버거울 거라는 생각은 못해봤어? 무슨 염치로 그걸 말하는데?

엄마가 그렇게 따져 물었을 때 나는 말문이 막혔다. 엄마에게 너무 무거운 짐을 지웠다는 죄책감도 죄책감이지만, 내가 엄마 인생에서 절대로 들키고 싶지 않은 비밀이 되었다는 게 억울해서. 내가 되고 싶었던 건 언제나 자랑이었는데 결국 되고 만 건 비밀이라는 게 참담해서.

엄마는 내가 떠넘긴 비밀에 짓눌려 있었다. 그저 엄마한테만큼은 솔직해지고자 했던 내 욕심 때문에, 그저 나를 닮은 이야기를 쓰고자 했던 내 욕망 때문에 엄마는 낙인의 공포에 사로잡혀 있었다.

나는 이게 뭔지 너무 잘 알았다. 이건 틀림없이 벽장 속에 갇혀 있던 내 모습이었으니까. 나를 그만 살고 싶게 만들었던 그 생각들을 엄마가 그대로 되풀이하고 있었으니까. 게이는 난데 왜 엄마가 수치스러워해야 하나? 게이는 난데 왜 엄마가 치욕스러워야 하나? 그 순간 엄마를 벽장 속으로 밀어넣은 사람이 나라는 사실을 부인할 수가 없었고, 내가 엄마를 성소수자 부모라고 아우팅해버린 가해자라도 된 것만 같은 복잡한 기분에 울고 싶어졌다.

그날 그 자리에서 나는 엄마를 안심시키기 위해 내가 할 수 있는 모든 말을 했다. 기사에 나온 건 어디까지나 소설 얘기이며 소설은 실제가 아니라 허구라고. 고로 거기에 등장하는 나는 내가 아니고 엄마 역시 엄마가 아니며, 그러니 누가 묻거든 순순히 인정할 필요도 없고 주눅들 필요도 없다고. 그 순간 내가 기댈 수 있는 것은 오직 허구라는 벽 하나였고, 나는 진작에 찢기고 구멍난 그 백지장 같은 벽을 어떻게든 다시 이어 붙여보려 했다. 그 어떤 말도 틀린 말은 아니었는데 어째서인지 내 입에서 흘러나오는 모든 것이 내가 듣기에도 궁색했다.

얼마쯤 뒤에 엄마가 조금 누그러진 듯한 얼굴로 나를 바라보는가 싶더니 내 손을 움켜쥐었다. 그러고는 타이르듯이 사정하듯이 말했다. 도대체 이런 걸 왜 쓰는 거냐고. 나이도 먹을 만큼 먹었으면서 왜 여태 세상 무서운 줄을 모르는 거냐고. 박수 쳐주는 거 같아도 그거 다 너를 구경거리로 이용하는 거라고.

그때 나는 엄마의 시선을 똑바로 되받지 않으려고 애쓰면서, 내 손 위에 포개진 엄마의 손을, 나를 먹이고 키우느라 마디마디가 망가진 손을 내려다보면서 나도 내가 왜 이러는지 잘 모르겠다며 연신 고개를 저었다. 하지만 나는 모르지 않았고, 이내 머리 위로 피가 솟구치는 듯한 열감 속에서 이게 나한테는 가장 중요하다고 말했다. 그러니까 써야 한다고 말했고 쓰고 싶다고 말했다.

엄마는 한동안 자기 내부로 사라진 것처럼 침묵했다. 이어 상심에 비틀려 삽시간에 온몸의 피가 다 빠져나간 것 같은 표정으로, 이건 단지 시작일 뿐이며 앞으로도 내가 글쓰기로 엄마의 가슴을 찢어놓으리라 예감하는 것 같은 표정으로 입을 뗐다.

내가 죽고 나서.

……응?

이런 건 내가 죽고 나서 마음껏 쓰라고.

배냇니

출근길에 큰길로 이어지는 골목을 따라 내려가다 파란집 앞을 지나는데, 마침 파란집 할머니가 동네를 지키는 장승처럼 대문 앞 의자에 앉아 있었다. 오가는 사람들을 구경하는 게 요즘 할머니의 소일거리인지 의자에 두툼하고 부들부들한 방석도 깔려 있었다.

이제 아흔이 넘으셨으려나? 설마 백 살이 되셨나? 나는 그냥 갈까 하다가 안녕하세요, 하고 알은척을 했다. 날이 찬데 왜 나와 계시느냐고 묻자 할머니가 잘 안 들린다며 이리 와보라는 손짓을 했다.

할머니를 향해 가까이 다가간 뒤에야 할머니의 왼손이 의자 다리에 손수건 같은 것으로 묶여 있다는 걸 알아차렸다. 매듭은 느슨했으나 스스로 풀기는 어려워 보였다. 이래도 되나, 이 방법뿐인가. 나는 괜스레 주위를 한번 둘러보다가 조금 더 큰 소리로 또박또박 물었다.

안 불편하세요? 풀어드려요?

무슨 소린가 싶은 얼굴이던 할머니가 이내 내 시선을 따라서 묶여 있는 손을 가만히 내려다보았다. 그러고는 빙긋 웃으며 말했다.

풀지 마. 풀면 안 돼.

왜요?

내가 자꾸 멀리 가니까. 우리 며느리가 고생해.

……

아무래도 할머니를 집안으로 모셔다드려야 발길이 떨어지겠다 생각을 하는데, 할머니가 말을 이었다.

그나저나 오랜만이네.

……저요?

그래, 정말 오랜만이야. 요즘 통 안 보이길래 궁금했는데. 어디 좋은 데라도 다녀왔나봐.

할머니가 나를 알아볼 거라고는 생각하지 못했기에 나는 깜짝 놀랐다. 이제는 동네 사람들은 물론 자식들 얼굴도 헷갈린다는 할머니였으니까.

저를 기억하세요?

그럼, 알지.

제가 누군데요?

할머니는 내 얼굴 대신 허공에 시선을 걸어둔 채로 대답했다.

누구 엄마잖아.

……누구요?

성범이 엄마.

……

나는 성범이 엄마는 물론 성범이도 아니었지만, 그 순간 할머니를 혼란스럽게 하고 싶지는 않아서 사실을 바로잡지 않았다.

우리집에 날마다 야쿠르트 대줬잖아. 아직도 일해요?

나는 천천히 고개를 저었다.

그래, 이제는 좀 쉬어도 돼. 정말 열심히 했지. 내가 알지, 내가 다 봤지.

……

그동안 늘 미안했는데 미안하단 말을 한 번도 못했어. 미안해요.

나는 할머니의 말소리가 우물에 떨어진 작은 돌멩이처럼 내가슴 속에 고요하게 일으키는 파문을 지켜봤다. 그리고 어째서 고마운 게 아니라 미안한 걸까, 무슨 사연이 있길래 늘 미안했을까 생각하다가 입을 뗐다. 내가 사과를 받고 싶은 사람도 사과를 하고 싶은 사람도 모두 할머니는 아닌데.

저도요, 할머니. 저도 미안합니다.

*

그 일이 있고 나서 얼마 뒤 엄마는 카톡 프로필 사진을 내렸다. 사람들 눈에 띄지 않기로 마음먹은 것처럼, 어느 누구에게도 현재의 삶에 대한 단서를 주지 않으려는 것처럼 얼굴 사진과 직접 찍은 꽃 사진, 풍경 사진 일체를 지웠다.

그리고 두 달여가 지난 다음에는 족발집 일도 그만두었다. 파란집 아줌마의 소개로 거의 십 년 가까이 해온 일이었는데, 날마다 이고 지고 나르는 게 이제는 힘에 부쳐 아무래도 다른 일을 알아봐야겠다고 했다. 이따금 너무 고되다는 말을 하기는 했어도 써주는 곳이 있는 게 얼마나 행운이냐며 안도하던 엄마였기에 이러한 결정이 내게는 갑작스러울뿐더러 석연치 않았다.

나는 엄마가 스스로 그만뒀다는 게 좀처럼 믿기지 않는데, 혹시 무슨 일이 있었던 거냐고 거듭 물어도 그런 건 없다는 반응으로 일관해 결국에는 이 역시도 나 때문일지 모른다는 짐작을 하게 됐다. 그 시기에는 엄마가 반도 더 남은 밥에 물을 부어도 내 탓, 잠을 너무 오래 자도 내 탓 같았으므로 그런 생각이 드는 것도 무리는 아니었다. 같은 하늘 아래 있어도 엄마가 사는 세상과 내가 사는 세상은 너무 달랐고, 나는 엄마가 어떤 마음으로 지내는지 정확히 알 수가 없었다.

시간이 좀 빨리 갔으면 좋겠어.

괜찮은 거냐고 물을 때마다 엄마는 시간 얘기를 했다. 그동안 엄마가 감내해온 거의 모든 일이 그러했듯이 이번에도 시간 말고는 달리 방법이 없다고 생각하는 듯했다. 시간만이 엄마를 도울 수 있다면, 그래서 엄마가 괜찮아질 수만 있다면, 나는 내게 주어진 시간을 기꺼이 반납해서라도 엄마를 몇 년 후로 데려다놓고 싶었다. 하지만 그건 내 능력 밖의 일이었고 그간 남자를 사랑하지 않는 방법을 찾는 데 실패하고, 나에 대해 쓰지 않는 방법을 찾는 데 실패한 것처럼, 나는 시간을 앞으로 빨리 감는 방법을 찾는 데 실패했다.

그 대신 나는 자취방을 알아보기 시작했다. 때마침 다니던 회사가 조금 더 큰 회사의 한 부서로 흡수 합병돼 사무실을 이전하게 되면서 방을 구해도 이상하지 않은, 아니 구하고 싶은 상황이 되었다. 지하철로 겨우 다섯 정거장 더 멀어졌을 뿐이므로 계속 다닌다면 다닐 수도 있는 거리였지만, 이왕이면 새롭게 시작하고 싶은 마음이 컸다. 엄마를 위해서도 내가 나가는 게 더 낫지 않을까, 그동안 엄마를 파먹어도 너무 파먹지 않았나, 그때는 그런 생각을 자주 하기도 했으므로 떨어져 살 수 있는 기회를 굳이 놓치고 싶지 않았던 것 같다. 나는 엄마가 당신의 비밀로부터 가급적 멀어졌으면 했고, 나를 원망하는 일도 스스로를 책망하는 일도 잠시 멈췄으면 했으니까.

*

한번은 엄마가 밥을 먹다 말고 내가 아기였을 때 윗니부터 났다는 얘기를 한 적이 있다. 보통 배냇니는 아래부터 나오는데 나는 그 반대여서 얼마나 놀랐는지 모른다고. 그때는 윗니부터 나오면 어른들이 쌍놈이라고 해서 집밖으로 데리고 나가지도 못했다고.

그래서 엄마는 어땠는데? 내가 미웠어?

내가 한참을 웃다가 물었고,

아니, 예뻤지. 너무 예뻐서 저기 사거리에 있던 베비라에서 빨간색 들어간 거, 꽃무늬 들어간 거, 내 마음에 쏙 드는 그런 옷만 사 입혔지.

엄마가 단숨에 기억을 되살리며 대답했다.

하지만 얼마쯤 뒤에 엄마는 자신이 한 말을 곰곰이 곱씹는

가 싶더니 이렇게 되물었다. 엄마는 과도한 자책으로 스스로를 괴롭히는 재주가 있었고, 그건 확실히 엄마와 내가 공유하는 기질과 관련이 있었다.

 혹시 말이야. 그런 게 다 너한테 영향을 준 걸까? 내가 잘못한 건가?

초대장

 단계적 일상 회복 지침에 따라 영업 제한 시간이 풀렸다기에 퇴근길에 영화 〈이터널스〉를 보러 갔다. 스스로를 괴물이라 여기던 청소년 시절 가장 좋아했던 영화 중 하나가 〈엑스맨 2〉였는데, 사회로부터 배척당한 뮤턴트들이 자신의 정체성을 확립해나가며 싸우는 모습에 거의 구원받았던 기억 때문인지 요즘도 초능력이나 돌연변이를 소재로 한 영화가 극장에 걸리면 눈여겨보게 된다.

 티케팅을 마치고 상영관 입구에서 QR 코드 체크를 하는데 누가 뒤에서 선배님, 하고 알은체를 했다. 돌아보니 장현씨였다. 장현씨도 일을 마치고 〈이터널스〉를 보러 온 모양이었다. 동네 사람과 동네 극장에서 마주치는 건 그리 놀라운 일이 아닌데도 어쩐지 우리에게 희박한 일이 일어난 것처럼 신기했다.

하지만 나는 마음만큼 반가워하지는 못했는데 왜냐하면 장현씨에게 일행이 있었기 때문이었다. 장현씨에게서 몇 걸음 떨어져 있는 남자가 나를 힐끗거렸고, 내가 그 남자를 의식하는 게 느껴졌는지 장현씨도 무슨 말을 하려다 말고 그럼 즐감입니다, 하고 서둘러 인사를 했다. 하필 두 사람의 자리가 내 자리보다 서너 줄 앞이어서 상영 내내 집중이 잘 되지 않았다.

장현씨와는 엔딩 크레디트가 모두 올라간 다음 한번 더 짧게 인사를 나눴다. 장현씨가 일행과 함께 밖으로 나가는 길에 내게 손을 흔들어 보이기에 나도 덩달아 손을 들었는데, 그 순간 쿠키 영상까지 보겠다고 끝까지 아득바득 앉아 있던 내 모습이 왠지 모르게 초라하게 느껴지면서 진작에 일어설 걸 그랬다는 후회가 밀려들었다.

집에 거의 다 왔을 무렵, 장현씨가 메시지를 보내왔다.

〔선배님, 아까는 반가웠습니다! 영화는 재밌게 보셨나요? 저는 무척 재밌게 봤답니다. 그리고 혹시 오해하실까봐 말씀드리는데, 같이 있던 친구는 친한 동생입니다. 이쪽이긴 한데 그냥 친구예요.〕

나 참, 누가 뭐랬나요.

나는 답장은 하지 않고 생각만 했다.

그리고 생각만 했더니 일이 분쯤 뒤에 장현씨로부터 메시지가 하나 더 왔다.

〔혹시 내일 저녁에 뭐하세요? 시간 괜찮으시면 같이 재밌는 거 하실래요?〕

워크숍

아틀리에에는 장현씨 말고도 네 사람이 더 있었다. 모객이 잘 안 됐다기에 참여자가 장현씨와 나, 두 사람뿐일 수도 있겠다 싶었는데, 그사이 신청자가 늘었는지 둥글게 배치해놓은 책상과 거기에 둘러앉아 있는 사람들 수가 딱 알맞았다. 한창 작업중인 듯한 크고 작은 그림들이 한쪽 벽면에 세워져 있었고, 수십 종의 색연필과 마커, 파스텔 같은 드로잉 재료가 트롤리에 한가득 담겨 있었다.

장현씨가 같이하자는 재밌는 것은 원데이 드로잉 워크숍이었고, 진행자는 어제 극장에서 마주쳤던 장현씨의 친한 동생이자 회화 작업을 한다는 문규씨였다. 오늘 워크숍의 제목은 '나만의 동네 지도 그리기'. 참여자들이 동네를 산책하며 보고 듣고 느낀 것들을 각자 한 장의 지도로 표현해보는 시간이었다. 사회적 거리두기로 고립감과 불안감이 커진 지역 주민들의 마음을 치유하고 더 나아가 주민들 간의 소통과 교류를 증진하기 위해 기획되었다고, 문규씨가 나눠준 유인물에 쓰여 있었다. 내게도 이름이 친숙한 어느 문화재단의 긴급 지원을 받은 프로그램이었다.

워크숍은 크게 1부와 2부로 나누어서 진행되었다. 1부는 동네 산책, 2부는 그림 그리기. 참여자들은 간단한 자기소개 후에 문규씨가 정해놓은 코스를 따라 함께 걸으며 지도를 구상했고, 다시 아틀리에로 돌아와 그림을 그렸다.

직장인으로서 맛있는 점심이 휴일만큼 중요하다는 고은님은 맛집 지도를 그렸고, 작년에 숲문화해설사 자격증을 취득했다는 경희님은 나무 지도를 그렸으며, 은퇴 후 매일 저녁 고양이들 밥을 챙겨주는 게 낙이라는 선주님은 길고양이 지도를 그렸다. 그리고 나는 산책하는 동안 밟고 지나갔던 길들, 보도블록과 횡단보도, 아스팔트와 흙바닥의 모양을 그렸다. 마땅한 아이디어가 떠오르지 않아 말 그대로 땅 그림을 그린 것이었는데, 장현씨로부터 걷는 동안 계속 고개를 떨구기에 무슨 안 좋은 일이 있나보다 했다고, 그게 아니어서 참 좋다는 얘기를 들었다.

장현씨는 오늘 함께 걸었던 다섯 명의 옆모습을 그렸다. 자신에게 이 동네는 스치고 만나고 헤어진 사람들로 이루어진다며, 그런 생각 속에서 오늘의 만남을 지도로 표현해봤다고 했다. 하지만 다들 점만 찍어도 좋다 잘했다 해주는 분위기였음에도 장현씨의 그림 속 사람들 모습에는 고개를 갸웃하게 됐는데, 왜냐하면 장현씨의 설명과는 달리 그림과 실제 사이에는 제법 간극이 있었기 때문이었다. 그림 속 모든 얼굴의 눈, 코, 입이 비슷했고, 특히 장현씨가 나라고 주장하는 얼굴은…… 어째 만두 같았다. 속이 꽉 찬 듯 양옆이 둥글고, 주름을 잡은 듯 윗부분은 봉긋한 통만두. 온종일 만두를 빚은 것으로도 모자라 나까지 만두처럼 그려놓은 장현씨였고, 내 감상에 이어 장현씨가 이때다 싶었는지 다른 참여자들에게 가게 홍보를 하며 서비스를 약속했다.

워크숍이 마무리되었을 때 나는 장현씨의 그림을 카메라에 담았다. 내가 땅만 보며 걷는 동안 장현씨는 나를 봐줬구나 싶었고 그 마음을 오랫동안 간직하고 싶었다. 사진이 잘 나오도록 그림을 똑바로 들어 보이던 장현씨가 혹시 그림이 마음에 든다면 기념으로 서로 교환하자고 했다. 그러고는 갑자기 생각나는 게 있는지 손에 잡히는 마커로 그림 오른쪽 하단에 뭔가를 작게 써넣었다. 자세히 보니 서명이었고, 나는 그게 또 마음에 들었다.

♥현. 내가 아주 오래전 지어줬다는 장현씨의 영어 이름.
어때요, 오늘 재밌었죠? 다시 돌아오고 싶어질 만큼?
장현씨가 그림을 내게 건네며 물었고,
네, 재밌었습니다. 시간이 어떻게 지나갔는지 모를 만큼.
내가 내 그림을 장현씨에게 건네며 대답했다.

그리고 여기서부터가 사소한 일이다

*

집으로 돌아오는 길에 편의점에 들러 요구르트 세 줄을 샀다. 그리고 두 줄은 파란집 할머니네 대문 앞 의자에 봉지째 걸어두었다. 문득, 오래오래 건강하게 지내시라는 인사와 함께 몇 마디가 생각나 적었는데 결국 메모는 넣지 않았다. 그냥 야쿠르트를 배달하는 성범이 엄마가 주고 간 거라고 믿으셨으면 해서. 야쿠르트가 아니라 요구르트여서 완전히 속일 수는 없겠지만.

일주일

내일 퇴원하게 되었다는 엄마의 소식에 반차를 내고 집을 치웠다. 엄마에게 그럼 내일 몇시까지 데리러 갈까 물었더니, 어차피 택시를 탈 텐데 뭐하러 돈 쓰고 여기까지 오느냐며 그냥 청소기나 한번 돌려달라는 대답이 돌아와서 보이는 대로 쓸고 닦았다.

청소를 마치고 거실에 누워 배달 앱을 넘겨보는데 엄마에게서 카톡이 왔다. 생각이 바뀌었으니 내일 아침 열시까지 병원 앞으로 와달라는 것이었다. 옆자리 아줌마도 내일 퇴원을 하는데 아들에 며느리, 손자까지 모두 마중을 나온다고 하도 자랑을 해대서 마음이 싱숭생숭해졌다나.

그런 이유 때문이라면 과연 나 하나로 괜찮을까 싶었지만 일단 늦지 않고 시간 맞춰 가겠다고 답장을 했다. 그리고 평소에는 쑥스러워 엄마한테는 잘 쓰지 않는 하트뿅뿅 라이언 이모티콘을 두 개나 남겼을 때, 반응이 없어도 너무 없어 살짝 의기소침해졌을 때 엄마가 대뜸 내 책 사진을 보내왔다. 표지가 잘 나오도록 책을 왼손으로 받쳐들고 있었고, 그 뒤로 침상을 가려놓은 체크무늬 커튼과 하늘색 누비이불이 보였다.

〔다읽었어끝까지읽은건처음이야〕

〔다 읽었다고?〕

〔어근데이해가안가서혼났어〕

〔왜 이해가 안 가. 나처럼 쉽게 쓰는 사람도 없는데.〕

〔안쉬워너는너무복잡해〕

〔내가?〕

〔거기서왜그런고민을하고왜그런말을하는지모르겠어〕

〔엄마, 내가 아니라 주인공이 그렇다는 거지?〕

〔그래주인공이생각이너무많아그거건강에안좋은건데걱정돼〕

나는 소설 속 주인공의 건강을 걱정하는 엄마의 반응에 웃어야 할지 울어야 할지 모를 기분이 되었고, 이해가 안 간다면서도 읽기를 포기하지 않은 엄마의 노력에 가슴 한쪽 구석이 저려왔다.

엄마, 나 다시 돌아올까?

잠시 후 나는 엄마에게 전화를 걸어 물었다. 하룻밤만 지나면 볼 것이면서도 엄마가 보고 싶었고, 막상 보면 또 지긋지긋해할 것이면서도 목소리를 듣고 싶었다.

어때? 다시 여기서 살까?

왜? 무슨 일 있어?

아니, 무슨 일은 없고 그냥 동네가…… 좋아진 것 같아서.

나는 당연히 돌아오고 싶으면 돌아오라는 대답을 예상했다. 정말 돌아오고 싶어서 물은 건 아니었지만 왠지 돌아오라는 대답만큼은 꼭 듣고 싶었고, 단지 그 말을 듣고 싶어서 일부러 물은 것 같다는 생각도 들었다.

하지만 잠시간의 정적 끝에 엄마가 내놓은 대답은 싫어, 였다. 그냥 싫어도 아니고 단호하기까지 한 싫어.

어째서?

뭐가 어째서야.

왜 싫으냐고.

엄마는 한참 말을 고르는가 싶더니 이렇게 내답했다.

엄마 요즘 편해. 혼자 사니까 이보다 더 좋을 수가 없어.

……

나는 서운한 척했지만 사실 서운한 마음은 하나도 없었다. 그보다는 시간이 흐르긴 흘렀다는 실감이, 꾸역꾸역 일기 쓰듯이 하루 또 하루를 살아내는 것 말고는 달리 할 수 있는 게 없었던 그날들로부터 제법 멀어졌다는 체감이 나를 관통하는 듯해 피식 웃음이 새어나왔다. 엄마가 조금이라도 편해졌다니 다행이다 싶었고, 그 말을 모든 게 괜찮아지고 있고 또 괜찮아질 거라는 신호로 기꺼이 오해하고 싶었다.

나는 홀로 있는 시간을 만끽하는 엄마를 상상했다. 지금의 나처럼 해질녘의 창밖을 가만히 응시하는 엄마를, 거실 안으로 차오르는 아늑하고 고요한 황금빛을 마주하는 엄마를 떠올렸다. 보지 않아도 작게 틀어놓는 티브이 소리와 이따금 웅웅거리는 냉장고 소리를 흘려들으며 거실 소파 위 담요 속에서 웅크리고 있는 엄마의 모습, 내킬 때까지 그 어떤 방해도 소란도 허락하지 않는 엄마의 모습, 그러다가 문득 내가 떠오르면, 나는 어떻게 지내나 궁금해지면 연락을 하거나, 하지 않고 생각만 하는 엄마의 모습을 나는 또 속절없이, 손실 없이, 남겨 보고 싶었다.

그때 엄마가 전화기 너머에서 말을 이었다.

가까이 살면 좋겠어. 지금은 너무 멀어.

해설 김건형(문학평론가)

퀴어의 수치심과
온전한 돌봄의 시간

수치스러운 기억이 열어주는 온전한 삶

　김병운의 소설은 '시간'에 무척 주의를 기울인다. 화자 '나'들은 매일 이어지는 일상의 흐름을 그냥 내버려두지 않고 섬세하게 들여다보곤 한다. 언뜻 잊어버렸지만 실은 삶 전체에 결정적인 영향을 미치고 있는 기억을 포착해내는 데 공을 들인다. 그리고 잊었던 기억을 발견했다는 경이감에서 멈추지 않는다. 유년의 기억을 면밀하게 기억하고 반추하면서 '나'는 좀더 명확하고 정직하게 수치심과 자기혐오의 기원을 바라보려 한다. 그 기원을 지금 '나'에게 필요한 의미로 재구성함으로써 다른 삶으로 흘러갈 수 있는 중요한 분기점으로 삼는 것이다. 그래서 『거의 사랑하는 거 말고』에 수록된 소설들의 제목은 언뜻 평범한 일상적 순간으로 보이지만 실은 '나'의 생애를 나눠온 중요한 시기와 일자, 계절을 강조하고 있다. 이 분할은 과거를 단절하고 망각하기 위한 것이 아니다. '나'의 생애에 알게 모르게 영향을 미쳐온 사건과 사람, 관계, 감정 등을 스스로 파악함으로써 과거와 미래를 연결하는 현재의 자기 주도권을 회복하기 위한 것이다. 지나간 소문과 뒤늦게 들려온 이야기, 기억과 일기에 담긴 "모든 글자와 그 안에 깃든 감정을 하나도 빠짐없이 갖고 싶다는 발작에 가까운 충동"(16쪽)은, 화자 '나'의 근본적인 충동으로 소설집 내내 반복된다.

서두에 실린 「봄에는 더 잘해줘」와 「만나고 나서 하는 생각」은 수치스럽고 외면하고 싶은 과거를 기억하는 일이야말로 역설적으로 현재를 온전하게 살게 해준다는 이번 소설집 전체의 메시지를 제시하는 듯하다. 「봄에는 더 잘해줘」에서 '나'의 가장 원초적인 기억은 같은 반 아이의 일기를 훔쳐서 제출했던 부끄러운 순간이다. "부반장으로서 모범을 보여야 한다는 압박"(17쪽)이 단순히 혼나기 싫다는 충동 이상이었다는 사실은 하필이면 자랑스러운 의사 아버지에게 남다른 보살핌을 받는 아이의 일기를 골라 훔쳤다는 점에서 명백히 드러난다. 일기란 각자의 내밀한 삶의 시간을 보존하고 소유하는 한 방법이라는 점에서, '나'는 그저 물건 하나를 가지려 한 것이 아니다.

그 마음 안에는 은연중에 모범적인 중산층 정상 가족에 대한 동경과 "그 안에 담겨 있을 근사한 주말까지도 내 것이었으면 하는 열망"(같은 쪽)이 포함되어 있다. 전형적인 삶을 모방하고 싶다는 욕망, 그리고 실은 현재의 비규범적 가족을 부끄럽게 여긴다는 비밀까지 엄마에게 들켜버리고 만 것이다.

한국 사회는 그러한 삶을 꿈꾸지 않는 자를 검열하고 윤리적으로 심판하곤 한다. 퀴어 공동체와 아이에 대한 애정을 동시에 품었던 경주도 마찬가지였다. 그에게는 "혈연에 집착"해서 "탈반한 변절자"이자 "패션 퀴어"(21쪽)라는 가혹한 비판이 떨어졌다. 물론 이 분노에는 퀴어 공동체의 생존을 위한 '대항 감정'이라는 맥락이 있다. 퀴어한 삶을 열등한 형태로 낙인찍고 이성애 규범적 삶으로 '회귀'하기를 강제하는 사회에 맞서, 퀴어 공동체는 퀴어한 욕망/관계 역시 고유한 삶임을 고수하기 위해 절박감을 두를 수밖에 없는 것이다. 그런 점에서 경주를 향한 비판 역시 퀴어의 억울함과 초조함에서 기인한다. 하지만 주류 규범과 '타협'하지 않는 삶의 형식을 한정하여 '충분히' 퀴어하다고 인준하는 것 역시, 정상 가족이 결혼과 임신, 정상성을 독점하면서 특권을 자처하는 것처럼 개인의 구체적인 삶을 추방하는 보편 규범의 폭력적 배제를 닮아 있기도 하다. 이 역설적인 '퀴어 규범성'은 경주에게 "죄책감과 억울함을 동시에"(같은 쪽) 유발했다. 아이를 좋아하는 자신의 마음이 사랑하는 공동체에 폐를 끼치는 것은 아닌지 검열하여 자신이 가진 선택지를 위축시키게 했다.

하지만 '퀴어하지 않은 퀴어'라는 오명에도 불구하고 경주는 굳건하게 지호를 길러내고 있다. 자신이 자란 세계의 아름다움을 알려주는 기쁨은 그 오명을 넘어선 삶의 전망을 열어준다. 덕분에 '나' 역시 지호를 안아보며 형언할 수 없는 감각을 느끼고, 공원에서 넘어진 아기가 너무 예쁘다고 말할 수 있다. 그러자 엄마는 너 역시 더없이 예쁜 아이였다고, 그 감각을 자신도 잘 기억하고 있다고 말해준다. 이는 아이와 가족 같은 재생산 제도로부터 배제된 퀴어에게는 있을 수 없다고 지레 포기했던, 돌봄(을 물려받고 물려주는 일)이 주는 본래적 기쁨과 보람을 상기시킨다. 꼭 '나'의 아이가 아니더라도 친밀감과 애정을 느끼고 공유할 수 있다면, 마찬가지로 규범적 재생산 제도의 형태가 아니어도 친밀감과 애정을 느끼고 공유할 수 있다.

실은 엄마야말로 이를 몸소 경험한 인물일 것이다. 한집에서 이십오 년 가까이 근속중인 엄마는 아들과 마찬가지로 밥을 먹이고 옷을 빨아 그 집 아이들을 장성하게 키워냈다는 자부심과 애정을 감추지 않는다. 통상적으로 가족이라 부르지는 않을지 몰라도, 분명 친밀감을 나누고 돌봄의 기쁨을 공유하는 '이상한/퀴어한' 친족이다. 헤어지려니 마음이 싱숭생숭하다며 그 집 딸의 취업 선물을 신경써서 고르는 마음과 '나'의 연인 영묵씨를 위한 선물도 같이 사오라고 당부하는 마음은 멀지 않다. 모자는 서로에게 소중한 사람을 위해 초콜릿을 사주며, 그런 '이상한/퀴어한' 가족을 확장하고 있다. 영묵씨가 엄마를 위해 준비한 선물의 "구매처가 임직원몰이라는 얘기를 들으면 엄마가 더 좋아하겠다 싶"(27쪽)은 이유는, 서로를 능숙하게 돌보는 안정적 퀴어 가족을 구성했다는 부모로서의 뿌듯함을 짐작한 것일 테다. 반대로 엄마에게 영묵씨와의 '백년해로 각'을 인정받는 '나'의 기쁨은 (퀴어의 연애가 주로 청년기의 사건으로 재현되는 관습을 넘어) 함께 늙어가는 퀴어 부부의 생애주기를 상상하는 자긍심이 된다. "더없이 전형적이고 평범해서 내게는 허락되지 않을 것만 같았던" "세상의 각본을 훔쳐 기어코 따라 하"(36쪽)는 일은 진부하지만 그래서 소중한 욕망이다. 이는 언뜻 가족제도를 모방하려는 욕망처럼 보인다. 하지만 바로 그 때문에 일상을 장악한 진부한 이성애적 가족 각본을 조금 더 유연하게 개방하고 퀴어하게 흡수하여 서로를 가족으로 돌보는 기쁨은 주변의 퀴어에게, 나아가 이후의 퀴어에게 가닿게 된다. 김병운의 소설은 퀴어 운동/공동체란 각자의 기쁨을 제약하는 새로운 규제로 작동하기보다는 이미 살아가고 있는 사람의 행복을 위한 자원이 되어야 한다고 말한다. 서로를 조심스럽고도 다정하게 대하는 귀여운 게

이 사위와 장모가 퀴어 가족의 일상을 만들어가듯이.

수치심의 기원을 피하지 않고 공유하는 일은 도리어 현재의 삶을 갱신하기 위한 자원이 된다. 「만나고 나서 하는 생각」에서 나이가 들며 아빠를 닮아가는 '나'의 모습은 아빠에 대한 애증을 떠올리게 한다. '나'는 아빠를 '그 사람'이라고 부를 정도로 거리를 두려 했다. 학교 친구들에게 아빠의 청각장애와 알코올의존증을 들키면 놀림받을까봐 두려웠다. 게다가 아빠는 술을 마시면 엄마와 '나'를 앉혀둔 채 밤새 자신의 말을 듣게 강요하곤 했다. "유년의 나는 가장으로서의 지위와 성인 남성으로서의 힘을 앞세워 나를 자기 방식에 복속시키고자 했던 아빠에게 제대로 저항할 수 없었"(51쪽)기 때문에 더욱 아빠를 원망했다. 일종의 정서적 학대로 기억하는 것이다.

이제 성인이 된 '나'는 아빠가 무엇을 향해 저항하려 했는지 생각한다. "세상이 아빠에게 음성언어를 강요해왔던 것에 보복하듯 우리에게 뭉개진 발성과 부정확한 발음으로 이루어진 자신의 데프 보이스를 경청하도록 강제"(같은 쪽)했다고. 비장애인 중심적인 사회에서는 누구도 귀담아들어주지 않는 청각장애인의 고유한 발성과 발음으로 억울함과 원한을 전하고 싶었던 것이다. 그런데 아빠가 오직 취했을 때만 장애인의 억울함과 원한에 대해 말했다는 점은, 사실 그런 자기 감정을 수치스럽게 여겼다는 증거이기도 하다. 그 자기혐오는 아빠를 잘 돌보기 위한 할머니의 노력에서 유래했다.

장애는 의지와 노력으로 극복할 수 있다고 믿어 의심치 않았던 할머니의 양육 방식과 그 방식을 내재화하여 줄곧 농학교가 아닌 일반 학교에서 자신의 쓸모를 입증하려 했던 아빠의 역사. 아빠는 구화 교육을 받느라 수어는 제대로 배워본 적이 없었고, 수어를 쓰는 사람은 짐승처럼 보인다며 애써 그들과 거리를 두려 했다. 그게 자신의 언어를 잃고 소통의 가능성을 포기하는 일이라는 걸 모르지 않았을 텐데도 청인의 삶에 동화되려고만 했다.(54쪽)

할머니는 장애를 무능한 상태로 간주하며 그런 '비정상'을 '치유'하거나 '극복'하여 '정상화'해야 한다고 가르쳤다. 물론 아들이 더 나은 삶을 살기를 바라는 애정 때문이었지만, 그 돌봄 때문에 아빠는 자신의 쓸모를 입증하지 못하면 '짐승'으로 전락할 것이라는 두려움에 떨며 자랐다. 이렇게 장애를 한 개인의 결함으로 간주하고 의료와 교육을 통해 치유하고 극복해야 할 문제로 보는 관점을 장애의 '개인적·의료적 모델'이라고 한다. 이는 장애를 치유·극복해야 한다는 도덕적·정서적 당위를 본인과 (주로 여성) 가족에게 암묵적으로 강제한다. 따라서 장애 극복을 위해 노력하지 않는 시간은 무쓸모한 낭비로 격하하여 수치스럽게 여기게 되는 정서적 위계가 생긴다. 장애에 머물러 있는 시간을 살 만한 가치가 없는, 죽음에 가까운 상태로 전제한다는 점에서 이것은 누군가의 시간과 삶에 대한 착취이기도 하다. 기존의 세계에 참여하지 못해서 차별이 발생하니 참여를 돕겠다는 '돌봄'의 형상을 띠지만, 실은 기존의 세계는 변할 생각이 없으며 이 세계에 위화감을 조성하지 않을 만큼 충분히 동화돼야만 살게 해주겠다는 명령에 가깝다. 이처럼 장애를 거의 살기만 하는 상태로 간주하는 관점에서는, 장애와 더불어 사는 삶을 세계를 인식하고 경험하는 고유한 방법으로 긍정하기 어렵다.* 아이에게 더 나은 삶을

---

* 최근 장애를 보는 주된 관점인 '사회적 모델'은 장애를 개인의 결함이 아니라, 특정한 사회가 제공하는 자원이 부족할 때 발생하는 사회적 불리함과 상대적인 활동 제약 상태로 설명한다. 예를 들어 휠체어를 탄 사람 앞에 경사로가 없을 때, 시각장애인에게 큰 활자의 책이 없을 때, 발달장애인에게 적절한 학습 보조가 없을 때, 비로소 장애가 발생하는 것이다. 환경이 변하면 장애가 없어지기도 하고 생겨나기도 한다. 장애는 개인에게 늘 내재하는 것이 아니라 그것을 불편하게 만드는 바깥 세계와 만날 때 출현하는 것이다. 그런데 비장애인의 몸과 정신도 모두 서로 다르듯 장애(인)의 양상과 경험도 각자 다르다. 각자의 몸과 정신은 수없이 다양한 여러 형태의 인간 스펙트럼 중 하나가 발현된 형태일 뿐이므로, 모두가 서로 다른 고유한 방식으로 세계를 인식하고 살아가는 것이다. 그렇다면 본래 멸칭이었지만 자긍심의 명명으로 전유된 퀴어처럼, 장애를 (실패와 고난이 아니라) 고유한 신체(들)이자 자긍심의 매개(들)로 볼 수는 없을까. 여기에서 페미니즘 및 퀴어적 관점을 통과하여 장애를 해석하는 '정치적/관계적 모델'이 시작된다(앨리슨 케이퍼, 『페미니스트, 퀴어, 불구』, 이명훈 옮김, 오월의봄, 2023). 이는 좋은 몸, 좋은 삶, 좋은 미래에 대한 가치판단 체계가 편향되어 있음을 가시화하고 그 강박으로부터 모두를 해방하는 것이다.

주려는 따뜻한 돌봄의 노력이, 비주류 소수자의 미래를 철저하게 파괴하는 것이다. 그 무한한 강제적 동화에 지쳐버려 아빠는 술을 마셨다. 그런데 동화를 지향하지 않는 비주류 집단을 정상 인간/시민 이하의 '짐승'으로 전락시키는 정서적 착취 시스템, 그로 인해 내면화되는 수치심은 장애(인)에만 국한되지 않는다.

K의 어떤 면면에서 아빠가 겹쳐 보일 때가 있었다. 청각장애인이지만 자신을 농인으로 정체화할 수 없었던 아빠와, 남성과 섹스를 하는 남성이면서도 자신을 게이로는 인정하지 않으려 했던 K. 농인 커뮤니티에 대한 정보를 수집해왔으면서도 그 안으로 진입하는 데는 번번이 실패했던 아빠와, 휴게텔이나 DVD방처럼 게이 커뮤니티 안에서도 낙인찍힌 공간에서만 사람을 만나왔던 K.

이제 와 생각해보면 내가 했던 아빠의 얘기 대부분은 결국 농인 문화와 청인 문화 그 어디에도 속하지 못했던 아빠가 스스로를 어떻게 해쳤는지, 지속되는 자기혐오로 주변을 어떻게 망가뜨렸는지로 귀결되곤 했는데, 그럴 때마다 K는 무슨 말을 해야 할지 모르겠다는 듯 난감한 표정으로 골똘해지곤 했다.(54~55쪽)

「만나고 나서 하는 생각」은 수치심의 감정 경제가 선별적으로 작동한다는 점을 날카롭게 보여준다. 주류 집단과는 다른 성적 욕망과 경험을 인정하면서도, "이렇게 사는 게 뭐 자랑이라고 이토록 당당한 건지 잘 모르겠다고 거북해하던"(57쪽) K의 지난 모습은 낙인과 수치심에서 벗어나는 일이 지난한 과정임을 보여준다. "이쪽 세계의 문법을 자연스럽게 구사하는 K의 새로운 면모"(같은 쪽)가 반갑지만,* 그동안 아빠처럼 (언제나 지연되는) 동화를 포기하지 못하고 자기를 혐오해왔던 시간은 안타깝기만 하다. 온전히 자신으로 살지 못하게 하는 시간적·정서적 착취 시스템은 주류 집단의 정상 규범이라 이를 알아차리기도, 벗어나기도 쉽지 않다. 이를 벗어나는 방법은 수치심과 자기혐오를 손쉽게 단절하는 것이 아니다. 역설적으로 오래, 제대로 바라보는 것이다. K가 아빠의 이야기를 곱씹으면서 자신의 삶을 갱신하고, '나'가 아빠와 닮은 흰머리를 지워버리길 거부하며 금연과 금주라는 나름의 의식으로 아빠를 기억하는 것처럼. 수치스러웠던 기억을 공유하는 사람들끼리 '만나고 나서' 이를 망각하는 대신 수치심의 기원과 시스템을 애써

---

* 한편 '이쪽'과 '이반'이라는 한국 고유의 포괄적 퀴어 범주는 퀴어의 자긍심과 수치심이라는 양가적인 의미를 모두 담고 있기도 하다. 이를 개발해온 공동체의 고유한 역사·언어에 대한 자긍심, 그리고 게이라는 서구적 용어로 일반화하거나 흡수할 수 없는 다면적 성적 실천과 관계성, 정체성까지 포괄한다는 점으로부터 확인할 수 있다.

서 온전히 마주하는 일이 필요하다. 고통스러운 과거를 기억함으로써 현재를 자긍하며 서로를 격려해주는 홍주와 '나'처럼. 그럴 때야 비로소 '거의 사는 거 말고' 온전히 자신으로 살 수 있다. "거의 사랑하는 거 말고 진짜 사랑을"(59쪽) 할 수 있다.

그 시스템이 만든 마음을 볼 수 있는 지금에 와서야 '나'에게는 아빠가 행했던 폭력으로부터 받은 피해와 "아빠의 관점으로 서술된 이야기"(62쪽)를 분리해서 생각할 기회가 열린다. 그러면 거꾸로 '나'가 아빠를 향해 뱉었던 혐오와 폭력도, "애써 다른 곳을 보거나 웃는 얼굴로 기만하며 했던 말들"(63쪽)도 다시 보게 된다. 이제 '나'는 "내가 했던 말들을 하나도 빠짐없이 주워 담고 싶다고"(같은 쪽) 반성할 수 있고, 아빠가 미안함과 사랑을 표시하던 나름의 방법도 기억할 수 있다. 그리고 청인 퀴어라는 자신의 자원이자 "조건이 내게 말해주는 것은 무엇인지, 그렇다면 나는 무엇을 듣고 또 무엇을 말해야 하는지 생각"(64쪽)할 수 있다.

돌보는 폭력을 넘어서는 게이 삼촌과 조카들

그 생각의 끝에 김병운의 화자들은 원기 같은 아이들에게 해줄 이야기를 생각하곤 한다. 어린 시절 홍주와 '나'는 서로

비밀을 숨겨주며 서로를 지켜줬다. 아이들은 생존주의적 경쟁이 만연한 한국사회에서 낙오되지 않도록 수치심을 관리하는 것이 사회화 과정임을 직접적으로든, 암묵적으로든 배우며 자란다. 그렇다면 아이들에게 수치심이 아닌 다른 것을 줄 수는 없을까. "먼 훗날 원기에게는 오늘밤이 어떻게 기억될까. 엄마와 나는 원기에게 어떤 사람으로 남을까."(69쪽) 자신의 기억과 아이들의 기억이 어떻게 달라질 수 있을지 자주 묻는 김병운의 화자들은 (혈연가족 및 재생산과 무관하지만 그래서 더 친밀할 수 있는 느슨한) 친족과 친구의 아이들에게 삶을 가르치고 또 배우고 싶어한다. 전작 「11시에서 1시까지의 대구」(『기다릴 때 우리가 하는 말들』, 민음사, 2022)에서부터 이어지는 김병운 특유의 게이 삼촌-조카 연작이 특히 그렇다.

「크리스마스에 진심」은 '비규범적 남성성-여성성'을 수치스럽게 여기는 유년기의 원초적 체험에서 시작한다. 또래 아이들에게 "여자라고 불릴 때마다 나는 잘못한 사람처럼 얼굴을 똑바로 들 수가 없었"(78쪽)던 이유는, 다름을 틀림으로 바꾸는 효과를 체감했기 때문이다. 어린 '나'가 혼란스러워했던 것처럼 '여자'라는 별명은 사전적 의미를 전달하려는 목적이 아니다. 그보다 말하는 순간 발화자에게 생겨나는 권위가 더 중요하다. 정상 인간이라는 보편 범주에서 이질적인 '너'는 언제든지 배제될 수 있다는 위계가 발생하고, 또 '너'를 지목하고 배제할 수 있는 권력이 발화자에게 있음을 확인하는 것이다. 그렇게 무리에서 배제된 다른 아이들의 비참한 역사를 상기시키고, 지금 여기에서 반복할 수도 있다는 위협을 통해 적극적으로 권력을 배분하는 것이다. 즉, '별명'은 단순히 유년기의 장난이 아니라 사회 전체를 장악한 정치적 혐오 발화와 작동 원리가 같다. 친구 정한이 함께 잘 놀다가도 "우리 관계에서 자신이 우위에 있다는 걸 확실히 하고 싶을 때마다 나를 갑자기 별명"(같은 쪽)으로 부른 것도 이 때문이다. 실은 정한도 형들의 폭력을 두려워하기 때문에 자신을 해칠 수 없는 약한 '나'를 친구로 선택했으면서, '나'가 무시당할까봐 보호한다는 이유로 '남성적' 행동 양식을 이용해 교정하려고 했다. 사회화 과정 초기부터 타인의 폭력과 위계에서 지켜주겠다는 명목하에 다정한 교정 폭력이 일어나는 것이다. 이 '돌보는 폭력'은 규범을 은밀하고 강고한 감시자로 삼아 내면화시키고, 그에 미달할 때마다 자기혐오와 수치심을 축적하게 한다. 총명하고 외유내강인 찬오를 애틋하게 바라보며 '나'가 "앞날이 창창한 애를 두고 이쪽이니 저쪽이니 하는 건 왠지 몹쓸 짓 같"(83쪽)다고 생각하는 것도 그래서다. 한국사회에서 규범적 남성성에 거리를 두는 남성 청소년의 성장 과정에 어떤 곤란이 있는지 먼저 겪어보았기 때문이다.

그런데 용이는 다르다. "이쪽이라고 다 여성스러운 건 아니라는 말"이 표면적으로는 "고착화된 이미지나 편견을 바로잡으려는 말"(89쪽)이지만, 실은 타인의 폭력으로부터 자신을 보호하려면 행동을 교정해야 한다는 다정한 조언과 닮았다고, 그렇다면 그것은 돌보는 폭력이지 않으냐고 반문한다. "우리를 못마땅해하는 사람들을 의식하"고 "잘 보이고 싶어"하면서 "증명하고자 하는 남성성이라는 게 결국 우리를 다시 어떻게 옥죄어올지"(같은 쪽) 모른다는 용이의 말은 날카로운 성찰을 담고 있다. 남성(다운) 퀴어의 사회적 지위를 높이려는 이 말이, 사실은 여성성에 비해 남성성을 우월한 가치로 보는 기존의 이분법에 은밀하게 의존하는 것은 아니냐는 질문이기도 하다. 이성애적으로 정돈된 기성의 젠더 표현 이분법에 순응하는 "부질없는 일틱"(같은 쪽)은 저들의 기준을 내면화하여 자기를 검열하게 하고 온전한 삶의 주체가 되지 못하게 한다. 더 나아가 결국 저들이 이질성을 지목하고 교정할 권력을 유지하게 한다. 그래서 "찬오를 미래의 시스젠더 이성애자로 규정하는 건 당연"한 축복이지만, "미래의 퀴어로 상상하는 건"(90쪽) 아이에게 불행을 줄 것이라는 선의의 죄책감이야말로, 퀴어의 삶과 시간을 착취하길 반복한다고 지적한다. 엄마의 "남들과 다르면 인생이 가시밭일 텐데 이걸 어쩌면 좋나 근심하는 눈빛"(92쪽)은 아이를 진심으로 걱정하는 선의에서 출발하지만, 이와 같이 돌보는 폭력이야말로 퀴어 아이의 미래를 가장 적극적으로 제약하고 배제해왔다고. 그 다정한 걱정은 이성애에 포박당한 남성성 하나만을 제외하고 다양한 남성성(게이 남성성, 장애 남성성, 부치 남성성, 트랜스 남성성, 페미니스트 남성성, '끼스러운' 남성성, 돌보는 남성성……)을 모조리 폐쇄하고야 만다. 이것이 삼촌이 된 용이가 '맨박스'에 갇히지 않고 다른 남성(성)의 견본을 보여주겠다고 자처하는 이유다. 게이 삼촌이자 선배인 자신이 얼마나 씩씩하게, 아름답고 경이로운 삶을 살고 있는지를 알려줄 수 있다면, 이미 학교에서 자연화된 규범적 남성성 때문에 위축되고 수치심을 느끼기 시작한 찬오를 자유롭게 할 것이라고.

덕분에 찬오는 삼촌이 게이인지, 그러면 자신과 삼촌의 비규범적 남성성이 비슷한지, 좋아하는 삼촌과 자신이 얼마나 닮았는지 궁금해한다. 되레 삼촌을 돌봐달라고 요청하며 기꺼이 보호와 통제의 대상이기를 거절한다. '나'는 은연중에 불행한 성장 과정을 전형적인 퀴어의 생애주기로 간주하면서, 후속 세대의 퀴어 청소년이 그 고통을 반복하리라 예상했다. "세상의 눈으로 자기 자신을 바라보기 시작한" 찬오가 "자신을 어떤 식으로 통제하고 또 미워하게 될지"(99쪽)를 미리 염려하며, 불행한 퀴어가 고립을 견디는 법을 알려주고 싶었던 것이다. 하지만 찬오는 우울하지 않다. 오히려 자신을 걱정하는 할머니의 다정함을 걱정한다. 돌보는 폭력이 오히려 제약으로 작용한다는 사실을 인지하고 있는 찬오의 말에서 퀴어 선배의 일방적인 염려도 마찬가지임을 깨닫는다. 이제 '나'는 자신의 어린 시절 풍경을 다시 기억한다. 어른들이 사는 얘기를 오래오래 듣던 아이였음을. 찬오는 이제 다른 어른들이 사는 얘기를 물려받았다. 고립을 호소하기보다 자기긍정의 목소리를 내는 삼촌들의 이야기로부터 삶의 자원을 받았다. '나'에게 물려받은 피아노로 마음껏 연주하는 찬오 덕분에 '나' 역시 자신이 다른 이야기를 줄 수 있는 어른으로 자라났다는 사실을 받아들이며 비로소 과거와 화해할 수 있다.

반대로 「세월은 우리에게 어울려」에서는 조카가 퀴어 삼촌이 들려주는 이야기를 들으러 간다. HIV 감염인이 된 진무 삼촌은 집안에서 부끄러운 비밀로 쉬쉬하고 죽은 사람으로 치부됐다. 불행한 퀴어 선조 때문에 장희는 삼촌과 닮은 점을 계속해서 부정하며 자신을 증명해야 했다. 퀴어의 행복한 미래를 상상하지 못하게 하고, 특히 남성 퀴어의 섹슈얼리티를 질병과 묶어두는 강고한 편견 속에서 자랐기 때문이다. "그렇게 하지 말라는 짓만 골라서 하더니 결국 더러운 병에 걸"(112쪽)렸다며 슬퍼하는 엄마의 모습은 "이런 삶의 말로는 비참한 죽음뿐이라고 내게 일러주"(115쪽)는 암묵적인 교육이기도 했나. HIV 감염을 곧 죽음으로 간주하는 사회적 무지와 혐오를 장희 역시 자연스럽게 내면화했다. 찬오가 겪고 있듯이, 장희도 비정상적인 게이 삼촌을 따라 하면 좋은 삶을 살 수 없다고 염려하는 엄마와 할머니의 다정한 폭력에 노출되어 있었던 것이다. 장희의 엄마 역시 장희를 잃을지도 모른다는 공포 때문에 "너를 보호해야 한다는 절박한 심정"(129쪽)으로 퀴어한 삶은 곧 감염이며 오염과 타락, 징벌, 죽음이라고 가르쳤을지도 모른다.

그런데 갑작스럽게 이영서씨가 삼촌이 아직 살아 있다는 소식을 전해온다. 삼촌은 자신을 안아주던 어린 장희를 기억할 때마다 삶을 이어갈 용기를 얻었다며, 늦게라도 보고 싶어한다. 부산으로 간 장희와 '나'는 영서씨에게 삼촌의 삶에 대해 전해듣는다. 삼촌은 국가와 사회의 의료 시스템이 모두 방치하는 감염인들을 돌보며 살아왔다. 비규범적 섹슈얼리티를 병적인 것으로 낙인찍고, 퀴어들을 비참한 죽음을 기다리는 수동적 존재로 한정해왔던 이야기와는 정반대였다. 오히려 만성 질병과 더불어 살았기 때문에 "삼촌은 절대로 부끄러운 삶을 살지 않았"고 "곁에 있는 사람을 하루라도 더 살고 싶게 만드는 사람"(121쪽)일 수 있었다. 덕분에 영서씨는 자신이 잘 살 수 있었다고, 삼촌은 살 만한 삶을 나누어주는 사람이었다고 이야기한다. 이를 전해듣는 '나'는 "이영서씨에게서 어떤 소중한 것을 건네받은 듯한 느낌이 들었는데, 장희 역시 그것을 놓치지 않기를 바"(같은 쪽)란다. 만성 질환자/퀴어를 고통과 수치심에 가두는 규범에 굴하지 않고, 살 만한 삶을 스스로 개발하고 또 이를 나누며 살았다는 자긍심이 그의 얼굴에서 느껴졌기 때문일 것이다. P를 잃고 삶의 의지를 잃었던 '나'를 끝까지 붙잡아주고 보살펴주었던 장희처럼, 진무 삼촌과 영서 씨도 서로를 돌보며 살아왔다.

퀴어 삼촌/선배의 이야기 덕분에, 퀴어 조카/후배의 과거는 다시 해석될 수 있고 현재의 삶 또한 더 확장된다. 아들을 삼촌으로부터 떨어뜨려 보호하겠다는 마음, 장희는 이를 "그거 혐오였어. 헷갈릴 것도 없고 선해할 것도 없어"(131쪽)라고 결론짓는다. 삼촌의 생애를 경유하여 장희는 이제 가족의 사랑과 보호라는 따뜻한 형상이 차별을 유지하고, 자기혐오를 내면화하게 했다고 단호하게 말할 수 있다. 그 돌보는 폭력은 "나를 반쯤 죽여서 딱 반만 살게 하는"(132쪽) 것이었다고. '나'가 연인 P를 잃고서도 자책하며 관용을 구걸하던 일도 마찬가지다. '나'는 P의 장례에 참여하여 애도할 권리를 나눠 받기 위해, "당신들보다 훨씬 더 도덕적이고 모범적이며 무해하므로 내게도 자격이 있음을 입증하기 위해서 기꺼이 참고 견뎠"(131쪽)다. 그러나 P의 원가족은 그 어떤 것도 나눠주지 않고 '나'를 배제했다. 가족의 사랑을 이해해보려는 '나'의 노력 때문에 오히려 P의 삶에서 퀴어적인 것들은 기억과 애도에 닿지 못한 채 말살되었다. 이렇게 P의 퀴어한 면모는 지워지고 나머지 반만 남게 됐다. 그러니 규범에 삶을 맞추려는 것은 사랑이 아니다. 삶에 맞게 규범을 바꾸는 것이 사랑이다. 한정된 규범 내에서 '거의' 살게 하는 폭력 말고, 각자가 '온전하게' 살게 하는 것이야말로.

소설은 삼촌의 불행을 사후적으로 확인하고 연민하지 않는다. 그가 불행했을 것이라는 규범적 전제에 성급하게 동조한 '나'를 반성하고 성찰하는 데 골몰하지도 않는다. 소설은 선배 세대가 그들의 고유한 목소리로 말하는 주체가 되게 하고, 화자(물론 독자도)가 청취·채록하며 느낀 기분을 돌아본다. 혐오와 낙인에 맞서 서로를 돌보고 사랑하며 살아온 세월, 각자의 방식으로 충만했던 퀴어 생애를 후속 세대가 물려받는 순간, 조카들은 존경심을 되돌려준다. 삼촌과 조카를 갈라두었던 '전염병의 시대'를 넘어 두 사람은 얼굴을 마주한다. 이제, 삼촌이 물려준 카메라가 세월을 뛰어넘어 다시 영점으로 되돌아간다. "한 시절의 끝이자 시작을 알리는 듯한 바로 그 순간"(140쪽)부터, 조카에서 삼촌이 될 다음 세대 퀴어의 이야기가 다시 이어질 것이다. 그렇게 김병운 특유의 세대 간 '미리 보기'와 '다시 보기'는 퀴어를 단독자로 내버려두는 것이 아니라, 퀴어 친족을 형성하게 하여 서로를 돌보고, 그를 통해 다시 자신을 돌보게 한다.

퀴어 예술가의 자기 재현과 수치심의 경제

게이의 내밀한 (불건전한, 비규범적인, 비생산적인……) 섹슈얼리티를 재현하고 고백하는 이야기에는 서로 다른 양가적인 기대가 따라붙곤 한다.「오프닝 나이트」는 이 퀴어 재현의 중층성을 면밀히 탐구하고 있다. 유명 배우 변진서의 커밍아웃과 퀴어 미술 전시 기획자로서의 데뷔에는 "변진서의 커리어를 무지갯빛으로 갱생하기 위해 고군분투중인 스태프들"(180쪽)과 자본이 따라붙는다. 상업적 가치가 있는 영상, 미술 영역에서 퀴어의 자기 재현에 갈채를 보내기 위해 사람들이 모이는 일은 이제 전혀 낯설지 않다. 대오를 비롯해서 퀴어 정체성을 근간으로 하는 작품 및 작가에 대한 비평적·대중적·상업적 관심과 (재)생산 역시 이러한 분위기 속에서 이루어지기도 한다. 기존과는 다른 각도로 조명한 남성성과 성적 실천, 게이 에로티시즘, 거기에 따르는 불편과 긴장, 위험, 즐거움 등을 담은 퀴어 예술(가)의 창작에 중요한 기회이기 때문에 대오는 잔뜩 긴장했지만 즐거운 흥분에 휩싸여 있다.

그런데 대오의 일상(적 섹스와 친밀성)이 "이토록 진지하고 고상한 구경거리가 됐으며 절찬리에 판매까지 되고"(185쪽) 있는 것을 보는 '나'는 (물론 대오를 응원하면서도) 미묘한 냉소를 품는다. 상의를 벗은 사진으로 유명해진 인플루언서와

온리팬스로 큰돈을 버는 게이들 사이, 게이의 신체와 섹슈얼리티를 문화적·경제적 자본으로 매끄럽게 전환하는 시스템의 한복판에서 퀴어 예술가로서 은근한 자긍심과 이상한 생경함을 동시에 느낀다. 그 양가감정은 퀴어를 매끈하게 흡수해 재현하는 예술에 대한 불안을 반영한 것이다. '나'의 연인이자 소설가인 '너-윤범'은 HIV 감염인과 비감염인의 사랑을 그린 소설을 썼다. 그런데 PL* 독자로부터 작가의 실제 이야기냐는 질문을 받는다. 자전적 정보를 담은 '너-윤범'의 소설은 당사자로서의 퀴어의 자기 발화라는 서술 전략을 빌려 현실에 실존하는 "퀴어로서의 진정성과 구체성을 확보"(192쪽)하려 했다. 그런데 "온건하고 용납 가능한 게이들만 보여줌으로써 헤

---

* 'PL(People Living with HIV/AIDS)'은 '감염인'을 곧 죽음과 등치하던 비과학적 낙인 및 비윤리적 타락이라고 징벌하던 사회적 배제에 맞서 감염인 운동계와 의학계에서 사용하는 명명이다. 장애에 대한 관점 변화와 마찬가지로 감염(인)을 의료적·정책적으로 회피·제거해야 할 수동적 관리 대상으로 한정하지 않고, 사회 안에서 자신의 삶을 영위하고 결정할 주체적 소통 능력과 관계 형성 능력을 가진 주체로 존중하기 위함이다. 위생을 지키는 모범 시민이 되어 감염(인)을 회피하게 하거나 감염을 수치스러운 것으로 여기고 숨게 하는 기존의 관점과 달리, 어떤 질병에든 '휘말리는' 것이 모든 인간 존재의 필연적인 존재 조건임을 당당하게 직시하는 관점이다. 이에 대해서는 서보경의 『휘말린 날들—HIV, 감염 그리고 질병과 함께 미래 짓기』(반비, 2023)가 좋은 참조점이 될 것이다. 한편, 최근 한국에도 꾸준한 투약으로 바이러스 수치가 검출 한계 이하로 내려간 PL은 타인에게 질병을 전파하지 않는다는 'U=U(Undetectable=Untransmittable)' 인식 전환 캠페인이 진행되고 있으며, 사전에 복용하면 전염을 효과적으로 막는 예방약(PrEP, Pre-Exposure Prophylaxis)의 비용을 한국의료재단에서 지원하고 있다.

테로들의 승인에 호소하는 소설"(193쪽)이라서 퀴어하지 않다는 비판도, "비규범적이고 불완전하며 자유로운 사고방식으로 무장"(194쪽)해서 성적·정치적으로 전복적이라는 칭찬도 모두 구체적 삶을 살아가는 퀴어에게 지속적으로 더욱더 '진정'하게 드러낼 것을 요구한다.

그렇지만 특정한 선을 넘어서는 안 된다. 전복적이지만 질병과 무관한 게이, 성적으로 대담하지만 위생적인 퀴어 등과 같이 매력적인 교란만 선별하는 시스템, 즉 '커버링'*이 작동하기 때문이다. 주목받는 퀴어 예술가인 대오와 호수마저도 같은 퀴어 예술가의 감염 여부를 확인하려 드는 것은 그저 배려 없는 호기심만은 아니다. 예술/재현의 선별 시스템의 명예를 보호하려는 무의식적인 기제이기도 하다. 그래서 '너-윤범'은 자전적 소설 속에서도, 독자들이 '너-윤범'이라고 생각할 1인칭 화자를 감염인으로 설정하지는 않았다. 그러면서도 전복적 작가라는 칭찬을 포기하기는 싫었기에 '노코멘트'라고 답했던 것이다. 이에 대해서도 결국 솔직하게 반성하지 않았던 '너'에

---

* 켄지 요시노는 퀴어의 역사에 대해, 퀴어를 이성애 시스젠더로 교정하고 치유하려는 '전환/동화'의 단계, 사적으로는 퀴어하게 살더라도 공적인 영역에서는 이를 드러내지 말라고 구분하는 '패싱'의 단계, 퀴어 정체성을 드러내는 것은 허락하되 주류 규범이 선호하는 속성을 선별해 드러내라는 '커버링'의 단계로 구분한다. 이것은 젠더, 인종, 장애 등의 다른 다양한 소수자 집단에서도 공유되는 역사적 흐름이다(켄지 요시노, 『커버링』, 김현경·한빛나 옮김, 민음사, 2017).

게 실망한 '나'는 결별을 선택했다. 이처럼 더 노골적인 날것의 자신을 노출하게끔 재촉하는 재현-자본 시스템 속에서 퀴어의 재현은 자꾸만 위태로운 지위로 몰리기도 한다. 작가 본인뿐만 아니라 "그 곁의 우리를 위태롭게 만드는"(192쪽) 위험까지 있었던 것이다. 이제 '나'는 "누구도 알 수 없는 비밀이 되기를 원"하며 "자랑도 인정도 투쟁도 필요 없는 관계가 절실하다"(212쪽)는 것을 솔직하게 고백한다. 미학적 진정성을 증명하기 위해 취약함까지 용감히 내보인다는 증거로, 세상의 혐오와 낙인에 무책임하게 던져지는 도구가 되고 싶지 않다고. '나'는 세상의 규범을 파괴하려는 전복과 교란이 도리어 개별적인 퀴어의 삶에는 다시 규범이자 제약이 되는 역설을 발견한 것이다.

전시장의 과잉된 찬사에 느끼는 이질감을 피하러 숨어든 지하실에서, 취한 상태의 '나'는 재력과 문화적 감식안을 지닌 '한 남자'를 만나 매력과 불안을 동시에 느낀다. 그 남자는 "무슨 말을 어떻게 해야 내가 좋아하는지 아주 잘 아는 사람이 심어둔 캐릭터"이자 "진짜가 아닌" "헛것"(206쪽)처럼 느껴진다. 그는 게이의 구체적 일상과 섹슈얼리티를 매끄럽게 흡수하는 미학-자본 시스템에 (알면서도) 매혹되는 '나'의 욕망을 의인화한 것처럼 읽히기도 한다. 십오 년 동안 안정적인 연인 관계를 유지하여 안전하고 모범적인 게이 관계성까지 취득했으면서도 그는 '나'에게 연인 몰래 연락을 보낸다. 그의 문자메시지를 보며 짓는 웃음은 (타인에게 "원해진다는 실감"(211쪽)에 대한 자족감도 있지만) 그 완벽한 모범 퀴어의 세계에서 약간이나마 균열을 발견했다는 "고통과 기쁨"(212쪽)에서 온다.

반대로 「교분」과 「그리고 여기서부터가 사소한 일이다」는 게이 소설가 '나-윤범'의 시점으로 전개된다. 퀴어의 재현 언어가 자신뿐만 아니라 주변의 '우리'에게도 영향을 미친다는 부득이하고 불가피한 사실을 자인한 다음, 그렇다면 더불어 살아가는 사회적 존재로서 어떻게 쓰고 살아갈 것인지 묻는다. 이 질문에 「그리고 여기서부터가 사소한 일이다」는 코로나19를 통해 이웃에 무방비로 노출되는 일의 수치심과 공포의 경험이 퀴어뿐만 아니라 모두에게 언제든 발생할 수 있는 경험일 수 있다는 깨달음으로 확장한다. 엄마는 병원에 격리되어 있다는 사실을 이웃에게 무조건 숨기려 한다. 2020년 5월, 이태원 클럽발 코로나19 집단감염으로 인해, 게이에 대한 혐오와 낙인이 극에 달했던 사건으로부터 얼마 지나지 않은 시점이기에 엄마의 공포는 더 심하다. 확진자의 동선과 신상 정보를 공개하던 정책은 방역의 의학적 의도나 효율성과는 별개로, 전염병에 대한 책임을 개인에게 부착하는 부작용이 있었다. 누구든 질병에 걸렸다는 이유로 이웃의 도움을 받기보다 먼저 이웃에게서 배제될 것이라는 두려움을 떠올리게 되었고, 이는 소수집단일수록 극심할 수밖에 없었다. 이러한 강제적 가시화는 아우팅의 정서적·정치적 효과와 무척 흡사하다. 집이 불타는 흉몽은 이웃에게서 고립된다는 엄마의 불안을 투영한 것인데, 아니나 다를까 오랜 이웃인 파란집 아줌마가 엄마의 행방을 물으러 찾아온다.

파란집 아줌마는 가십에 관심이 높아 엄마에게 위협적인 존재다. 그 집 아들은 왜 연애를 하지 않느냐는 이웃의 간섭을 막기 위해 엄마는 '나'가 신부가 될 거라고 둘러댄다. 하지 않아도 될 수고를 하는 엄마에게 미안하기도 하고 "여기서부터 뒷감당을 해야 할 사람은 내가 아닌 엄마"(227쪽)라며 이해해보지만, 동시에 아들에 대한 수치심이 깔린 것은 아닌가 하는 은근한 서운함을 느꼈다. 설상가상으로 자전적 소설을 쓴 게 이 소설가로 '나'를 주목한 기사를 갑작스럽게 파란집 아줌마가 엄마에게 전달한다. 엄마에게는 이것이 지금까지의 삶을 송두리째 위협하는 무서운 사건이다. 엄마는 언질도 없이 '우리 얘기'를 쓴 것에 배신감을 느낀다고 화를 낸다. "뭘 쓰든 그건 니 자유"지만 이기적이고 무책임하게도 엄마까지 "성소수자 부모라고 아우팅해버린 가해자"(235쪽)라는 지적이다. 이에 '나'는 "내가 되고 싶었던 건 언제나 자랑이었는데 결국 되고 만 건 비밀이라는 게 참담"(같은 쪽)해진다. 죄책감에 더

하여, 낙인의 공포에 사로잡힌 엄마의 모습은 벽장 속에 갇혀 있던 시절의 수치심까지 상기시킨다. 그래서 서로 상처를 주는 상황에서 벗어나 "엄마가 당신의 비밀로부터 가급적 멀어졌으면 했고, 나를 원망하는 일도 스스로를 책망하는 일도 잠시 멈췄으면"(242쪽) 하는 마음으로 이사를 나간다.

애초부터 퀴어의 자기 재현은 주변 사람에게 영향을 끼칠 수밖에 없다. 그 누구도 단독자로 살 수는 없기에, 어떤 '자기 재현'이든 이는 필연적으로 '사회적 관계 속에서 살아가는 자기'에 대한 재현이기 때문이다. 퀴어의 자기 결정권을 침해하는 아우팅이 폭력인 것처럼, 커밍아웃도 청자와 맺어온 기존의 관계를 파괴하고 새로 갱신하기를 일방적으로 요청하면서 청자에게 이에 응답할 책임을 강요한다는 점에서 다소나마 폭력적인 데가 있기도 하다. 즉, 규범에 종속시키는 돌보는 폭력에 맞서는 대항 폭력이다. 거의 사는 것이 아니라 온전한 자신으로 살 수 있도록 하는 '폭력적 돌봄'인 것이다. 그렇다면 문제는 그다음. 폭력이 만든 균열에 응답하고, 돌봄을 서로에게 확장하는 방법은 무엇인가.

끝내 '나'가 찾아내지 못하듯이 단박에 이웃들의 몰이해나 엄마의 두려움을 없애줄 방법이란 사실 없다. 특히나 커밍아웃에 대한 사회적 프로토콜이 부족한 한국에서는 더욱. 고립을 감내하는 시간은 빨리 흐르지 않고, "엄마가 사는 세상과 내가 사는 세상은 너무 달랐"(241쪽)기 때문에 더더욱 더디게 흐른다면, 오랜 시간을 들여도 포기하지 않고 서로의 세계를 경험하는 일은 도움이 된다. 그래서 소설은 모자母子로 하여금 아들의 책을 직접 읽어보고 엄마가 사는 마을을 직접 걷고 그려보게 한다.

퀴어 아들을 숨겨서 수치심을 주었던 것처럼, 엄마는 질병을 이유로 배제되어 개인에게 수치심이 전가되는 경험을 했다. 아들이 신부를 준비한다고 거짓말했던 때처럼, 자신이 제주도로 여행을 갔다고 아들에게 거짓말을 시켜야 하는 수치심의 경제를 체감하게 된 것이다. 그 수치심의 경제에서는 누구도 자유롭지 않다. 그렇지만 격리 병원 덕분에 엄마는 '나'에게 "가장 중요"(237쪽)해서 포기할 수 없는 '나'의 책을, 처음으로 포기하지 않고 끝까지 읽어본다. 이해가 가지 않아서 혼났다면서도, 너만의 복잡함이 있다는 것은 알게 되었다고, 그렇지만 건강은 챙기라고, 엄마는 응답을 보낸다.

'나' 역시 엄마가 '나'를 키우며 살아왔던 마을을 거닐어본다. 덕분에 파란집의 할머니가 남긴, 그동안 정말 열심히 살았다고 미안했다는 말을 듣는다. 수신자가 없는 말이지만, "그동안 늘 미안했는데 미안하단 말을 한 번도 못했"(239쪽)다는 위로와 사과는 어쩌면 '나'가 마을에서 홀로 아들을 키우며 살아남느라 고생했던 엄마에게 진작 해줬어야 하는 말일지도 모른다. 엄마의 수고를 곱씹던 '나'는 시장에 있는 장현의 만둣가게로 향한다. 중학교 후배와 보내는 시간은 특별할 것 없는 사소한 일과지만, 퀴어 집결지/게토가 아닌 동네 한복판에서 퀴어 동료와 대화하고 퀴어 영화를 함께 보는 일은 어쩐지 용기를 준다. 그리고 퀴어 선생님과 퀴어 이웃과 다른 이웃 주민들과 함께 "나만의 동네 지도 그리기"(245쪽)를 하면서, 엄마를 수치스럽게 했던 바로 그 동네에 사소한 퀴어 이야기를 쌓는다. 장현, '나'가 붙여주었던 별명에 따르면 하트현과 함께 엄마의 동네를 퀴어의 동네로도 확장하는 동안은 "시간이 어떻게 지나갔는지 모를 만큼"(247쪽) 재미있어서, 동네가 다시 좋아진다.

　두 사람은 퀴어로서의 고독과 수치심을 극복하기 위해 글을 쓰는 일, 그리고 동네 이웃과 살아가는 일이 서로에게 얼마나 중요한지 마주한다. 서로의 수치심과 자긍심을 마주보는 일. 엄마에게 자신을 솔직하게 고백하고 이해를 요청하는 소설을 씀으로써 정말로 엄마로부터 나름의 이해를, 그리고 엄마의 입장에 대한 솔직한 고백을 되돌려 받은 일도 그와 같다. 서로를 온전한 타인으로 존중하는 거리는 유지하면서도, 너무 멀지는 않게 가까이 살았으면 좋겠다는 미래에 대한 전망까지도 함께 받으며.

혼자 말고 함께 읽는 퀴어 소설의 기쁨

결과적으로 보면 "게이이자 소설가인 화자 '나'가 책 출간을 기점으로 엄마에게 정체성을 고백"하고 "엄마로부터 이해의 가능성을 발견"(233쪽)했다는 작중 소설의 내용은 결국 이 소설 자체로 실현된 셈이다. 과거가 미래를 열어냈다. 그 사이의 시간을 온전히 감당하게 함으로써. 퀴어의 가시화라는 폭력적 돌봄에 대한 이 모든 응답과 확장은, "시간을 앞으로 빨리 감는 방법을 찾는 데 실패"(241쪽)해야만 가능했던 것이다. 전작 「기다릴 때 우리가 하는 말들」부터 '나-윤범'은 1인칭 게이 소설가의 자기 반영적 소설이 현실세계의 독자에게 미치는 영향을 면밀하게 발견하고, 이로부터 영향받은 자신을 성실하게 다시 소설로 써내길 반복한다. 강단 있고 확실한 성격은 아닌 '나'를 닮아, 소설 역시 맺고 끊음이 확실하지 않고 느슨하고 은은하게 이어진다. 실은 그것이야말로 단박에 갈등이 끝나거나 해결되지 않는 세계를 살아가는 현실적이고도 솔직한 태도일 것이다.

「교분」에서도 과거의 소설이 퀴어한 미래를 연다. 그 사이에서 현재 느끼고 있는 고립감과 수치심에 대해 서로가 충분히 말하게 함으로써. 게이 소설가 '나-윤범'은 동네 병원과 약국에서 자꾸만 선생님을 마주치며 청소년기의 기억과 재회한다. 선생님은 만나자마자 "나를 '미스 리'라고 불렀던 어떤 녀석에게 맞섰다가 뼈도 못 추린"(147쪽) 기억을 환기하는 장난을 친다. 잊고 있었지만, 학교는 때로 무척이나 잔인한 공간이다. 퀴어, 여성, 장애, 이주민, 비규범적 신체에 대한 낙인과 혐오를 오락거리로 삼는 아이들 틈에서 살아남기란 쉽지 않다. 유독 청소년기에 이러한 낙인과 혐오가 강해지는 이유는, 타인보다 우위에 서려면 타인을 낮추면 된다는 간단한 사회적 원리를 배우는 시기이기 때문이다. 낙인은 타인을 통제하는 권력을 주고, 혐오 발화는 주체가 된다는 강한 효능감을 주기 때문에 자주 오락거리가 된다. 교사가 가진 연령적·사회적 권력 격차를 무너뜨리는 일은 그 효과가 더 크기 때문에, 선생님은 학생들에게 자주 게이냐는 질문을 받아야만 했다. 부정하는 것은 "사소한 거짓말이 자신을 좀먹고 있다는 걸 알면서도 모르는 척"(167쪽)하는 일이고, 그렇다고 긍정하면 편향되고 올바르지 않은 "사상을 주입하는 폭력적인 교육 방식에 불편을 호소"(168쪽)하는 민원을 받게 된다. "이 학교는 여성이나 미혼 남성 교원에게는 관리직을 허락한 전례가 없었다"(150쪽)라는 말에서 오랜 시간 선생님이 체감해왔을 보수적인 교육제도의 분위기가 짐작된다. 교육자는 모범이 되어야 하므로 보편적이어야 한다는 교장의 훈계는 기만이다. 이미 현실이 편향적인데, 이를 담아내는 제도가 공평해야 한다는 기계적 중립은 기존의 현실을 유지하고 공고하게 하는 무책임에 불과하다. 때문에 게이로 지목되어도 선생님은 이를 개인적으로 대처할 수밖에 없었고 이는 어떤 식으로든 완벽한 실패로 귀결된다. 공적으로는 자기 존재를 부정해야만 생존할 수 있고, 사적으로는 자기혐오와 수치심이 반복된다. 그래서 선생님은 자신의 잘못이 아니지만 자꾸 잘못한 것만 같다고 생각하게 된다.

그 고립과 번민 속에서 선생님은 '나'의 모교 특강을 취소했던 것이다. 또 교지에 '나'의 퀴어 영화 감상문을 싣지 못하게 말렸던 일도 미안하다고 거듭 사과한다. 겉으로 보기엔 늘 당당하고 멋있던 선생님이었지만 "학교 안과 밖의 자신을 철저하게 분리"(167쪽)하는 내적 투쟁을 해야만 했다고 솔직하게 고백한다. "선생님이 나를 보호했던 그 방법이 제외였고 누락이었으며 취소"(165쪽)였음에 내심 서운해하지만, 그런 자기 보호의 방법은 '나' 역시 마찬가지였다. '나' 역시 도서관에서 진행한 글쓰기 워크숍에서 성소수자의 존재를 지우는 일종의 '테러'를 당하고도 이를 공론화하거나 문제를 제기하지 않고 조용히 침묵했다. 주류 규범에 맞서 문제를 제기하는 퀴어에게는 공적 자원을 배분하지 않거나 심지어는 귀찮은 문제를 만들었다며 평가상 불이익을 줄 것이라고 예상했기 때문이다. "소설 안에서나 찧고 까부는 거지 밖으로 나오면 아무 말도 못하는 쫄보"(155쪽)라는 농담은, 공적 영역에서 퀴어가 생존을 위해 자연스럽게 습득한 기술로서의 '자발적 커버링'을 의미한다. 안전망이 있는 "예술과 허구의 세계에서만" "자유와 평등"(158쪽)을 말할 수 있고, 현실에서는 그러지 못한다는 두려움은 여기에서 온다. 선생님과 마찬가지로 "학교에서는 가급적 퀴어나 성소수자 얘기는 하지 말자고 알아서 몸을 사리는 내가 마음에 들지 않"(156쪽)더라도, 공적 영역에서 홀로 말해야 하는 퀴어는 생존을 위해 자기를 검열하기 마련이다.

이 소설은 저항과 연대로 현실세계에 균열을 내는 용기에 대해서 말하지 않는다. 오히려 그러지 못하고 물러섰던 인물들의 후회와 자책에 대해서 말한다. 용감하지 못했다며 실패를 솔직하게 고백하고 서로에게 사과한다. 그런데 실패에 파묻혔던 시간에 대한 고백과 사과는, 오히려 각자가 해왔던 최소한의 내적 투쟁과 은밀하게 품어왔던 내적 결속을 발견하게 한다. "재효와 나는 서로를 의심한 만큼 선생님도 의심했고 서로를 의지한 만큼 선생님 또한 의지했다는 것을"(152쪽) 발견하게 된다. '나'는 "내 이야기처럼 느껴지는 다른 이야기를 지지"(162쪽)하는 글쓰기를 알려준 선생님에게 마음을 전하려 했다. 그것은 자신의 노력이 제대로 전달되었으며 신뢰를 주고 있다는 보람을 되돌려 받는 고마운 일이다. 마찬가지로 선생님도 학생들에게 '나'의 책을 읽히면서 자신처럼 느껴지는 다른 이야기를 지지하고 싶었다. 그렇게 '나'의 소설은 다시 인경과 같은 아이들에게도 "꼭 자기 얘기 같"은 이야기로 전파되어 "소설을 읽는 동안만큼은 혼자라는 생각이 들지 않"(170쪽)게 해준다. 재효는 공적 영역에서 "나만 어디가 깊이 망가진 것 같"은 고립감으로 "억울하고 무섭고 그래서 나 말고 다른 사람은 보이지도"(173쪽) 않았지만, 선생님을 매개로 전파된 이야기들이 서로를 발견하게 해주었다고 고백한다. 이 연쇄적 퀴어 사제 관계는 본받을 만한 위인이나 롤 모델이 아니라, 실패해도 삶은 이어지므로 힘껏 사랑해도 된다고 말해주는 선배들을 찾아 나선다. 혼자 말하는 것이 아니라 먼저 읽고 쓰던 사람들이 곁에 함께 있다는 것을 알게 되었을 때, 비로소 소설 밖에서도 쫑고 까불 수 있는 즐거운 퀴어의 세계가 도래할 수 있기 때문이다.

앞서 김병운의 소설은 시간에 침잠하거나 시간을 반복한다고 말했다. 이 말은 상대적으로 '공간'에 대한 관심이 적다는 뜻이기도 하다. 특정한 퀴어 공간의 정치·문화적 고유성, 혹은 반대로 퀴어 게토로의 사회적 고립의 문제, 그리고 보수적인 고향에서 상대적으로 자유로운 대도시로의 이주를 통한 자기 존중감의 확립 같은 퀴어 문학의 공간적 (분리) 모티프에서 거리를 둔다. 대신 이성애 규범적이라고 간주하던 가족, 이웃 공동체, 마을 공간, 고향, 유년으로 되돌아가 그 속에 퀴어한 시간성이 어떻게 잠재되어 있는지를 발견하려고 한다. 그래서 소설의 얼개도 더 자유로운 곳을 찾아 떠나지 않고 고향과 유년으로 회귀하는 패턴이다. 사건의 발단 역시 인물 '나'의 움직임을 통해 촉발되기보다는 타인이 들려주는 과거가 '나'의 곁으로 밀려들어오면서 시작된다. 대개 엄마나 수다스러운 친구를 거친 집안의 소문, 동네의 풍문에서 소설이 전개되는 것이다. 이러한 전언은 짐짓 고립된 단독자로 상상되(거나 자처하)기 마련인 퀴어 인물에게 구체적인 가족의 역사, 이웃과의 관계성을 부여한다. 혐오에 맞선 단단한 개인 혹은 연인의 내밀한 이야기에 집중하던 한국 퀴어 문학의 관습에 비하면 김병운은 상대적으로 주변의 관계들로 확장하는 일에 더 관심을 기울인다. 그렇게 『거의 사랑하는 거 말고』는 개별적 퀴어 존재론에서 사회적 퀴어 존재론으로 확장해간다. 지금 김병운의 소설을 읽는 기쁨이 여기에 있다.

작가의 말

2022년부터 2024년까지 삼 년간 발표한 소설을 모았다. 작업을 시작할 때마다 손에 잡힐 수 있는 것만 생각하자는 다짐과, 안다고 말할 수 있는 것만 쓰자는 결심을 주문처럼 되뇌곤 했는데, 역시나 뜻대로 되지 않았다. 그럴듯해 보이고 싶다는 열망에 내게서 먼 것들로 눈을 돌리기도 했고, 칭찬받고 싶다는 욕심에 잘 모르는 것을 함부로 취하기도 했으며, 좋은 소설을 쓰고 싶다는 염원에 오히려 소설이 내게 건네는 말을 흘려듣기도 했다.

하지만 돌이켜보면 지난한 불안과 잦은 변덕으로 답보한 덕분에 새로이 얻게 된 것도 있다. 모든 것을 허무는 것 말고는 달리 방법이 없음을 비로소 인정하게 되었을 때의 후련함,

시간을 되돌려 과오를 바로잡듯 처음으로 돌아가 다시 고쳐쓸 때의 충만함. 그리고 어디서 나타난 건지 알 수 없는 문장이 그간 그토록 필요했던 마지막 조각이라는 걸 직감했을 때의 짜릿함. 이러한 것들은 모두 내 다짐이나 결심과는 무관했다.

이제는 적응할 때도 된 것 같은데, 그러니까 여태껏 소설은 단 한 번도 바라는 대로 쓰인 적이 없으며 어쩌면 영영 그러할 거라는 사실을 심상하게 받아들일 때도 된 것 같은데, 나는 여전히 그게 잘 안 된다. 여전히 맘대로 되지 않아서 낙담하고, 여전히 뜻대로 되지 않아서 기대한다. 소설이 내게 아무것도 주지 않을까봐 두렵고, 의식하지 못한 것을 남겨놓을까봐 설렌다.

소설을 다시 살피는 동안, 내가 유년 시절의 내 모습을 허구 속에 편편이 숨겨두었다는 것을 알게 됐다. 의도하지는 않았는데, 어쩌면 근래의 나는 돌아본다는 것과 쓴다는 것을 같은 뜻으로 생각했던 게 아닐까 싶다. 삶의 점들을 연결해보고 싶어서, 그것이 무엇을 말하는지 듣고 어디로 향하는지 알고 싶어서 자꾸만 돌아봤던 것 같다. 나를 여기로 이끈 것을 확인하고 싶을 때는 애써 도망친 곳으로 다시 돌아가보기도 했고, 지금의 나를 이루고 있는 것을 이해하고 싶을 때는 어렵사리 덮어두었던 것을 다시 들춰보기도 했다.

그러나 다행인지 불행인지 아직도 거기엔 무언가가 있다. 돌아볼 때마다 숨어버린 것이 있고 쓸 때마다 흩어져버린 것이 있다. 그것이 결국 무엇이며 언제쯤 마주하게 될는지는 아직 알 수 없지만, 그 순간을 위하여 내게 필요한 것이 무엇인지는 어렴풋하게나마 알고 있다. 반복과 헌신. 지속과 믿음. 규칙과 희망.

선망하는 작가들이 그래왔던 것처럼 언제까지고 반복하고 싶다. 반복을 거듭했을 때만 비로소 알 수 있는 것들, 자꾸만 숨겨지는 것과 드러나는 것이 내 삶의 진실과 어떻게 연결되는지 확인하고 싶다. 생각 위에 쌓아올리는 게 아니라 삶 아래로 뿌리를 내리듯 내려가는 글, 제자리를 돌면서 천천히 파고 들어가는 글, 그리하여 내 안으로 점점 더 깊이 향하는 글. 그런 글을 쓰고 싶다. 이 책을 쓰고 묶는 경험이 나를 한층 더 내려가게 하는 계단이 되어주기를 바란다.

해설에 곡진한 마음을 담아주신 김건형 평론가님과 추천사를 통해 애정과 지지의 마음을 밝혀주신 이주혜 작가님, 임선우 작가님께 고개 숙여 감사드린다. 긴 시간 정성스레 원고를 매만져주신 이재현 편집자님과 출간을 위해 함께 애써주신 문학동네 관계자 여러분에게도 깊이 감사드린다. 이 책의 여정에 기꺼이 동행해주신 독자 여러분에게도 감사의 인사를 전하고 싶다.

2025년 11월

김병운

| 수록 작품 발표 지면 |

봄에는 더 잘해줘 …… 『현대문학』 2024년 1월호

만나고 나서 하는 생각 …… 『창작과 비평』 2024년 가을호

크리스마스에 진심 …… 웹진 비유 2022년 11월호

세월은 우리에게 어울려 …… 『자음과모음』 2022년 겨울호

교분 …… 『문학사상』 2024년 4월호

오프닝 나이트 …… 『림 : 초 단위의 동물』(열림원, 2023)

그리고 여기서부터가 사소한 일이다 …… 『문학동네』 2022년 봄호

문학동네 소설집
거의 사랑하는 거 말고
ⓒ김병운 2025

초판 인쇄 2025년 11월 21일
초판 발행 2025년 12월 1일

지은이 김병운
책임편집 이재현 | **편집** 여승주 김미혜 최예림
디자인 최효정 유현아 | **저작권** 박지영 형소진 주은수 오서영 조경은
마케팅 정민호 서지화 한민아 이민경 왕지경 정유진 정경주 김혜원 김예진 이서진
브랜딩 함유지 박민재 이송이 박다솔 조다현 김하연 이준희
제작 강신은 김동욱 이순호 | **제작처** 천광인쇄사

펴낸곳 (주)문학동네 | 펴낸이 김소영
출판등록 1993년 10월 22일 제2003-000045호
주소 10881 경기도 파주시 회동길 210
전자우편 editor@munhak.com | 대표전화 031)955-8888 | 팩스 031)955-8855
문학동네카페 http://cafe.naver.com/mhdn
인스타그램 @munhakdongne | 트위터 @munhakdongne
북클럽문학동네 http://bookclubmunhak.com

ISBN 979-11-416-0213-0 03810

* 이 책은 서울특별시, 서울문화재단 '2025년 창작집 발간지원 사업'의 지원을 받아 발간되었습니다.
* 이 책의 판권은 지은이와 문학동네에 있습니다.
  이 책 내용의 전부 또는 일부를 재사용하려면 반드시 양측의 서면 동의를 받아야 합니다.

잘못된 책은 구입하신 서점에서 교환해드립니다.
기타 교환 문의 031)955-2661, 3580

www.munhak.com